魅丽文化

黄金剑

困倚危楼 著

陕西新华出版传媒集团

三秦出版社

图书在版编目（CIP）数据

黄金剑 / 困倚危楼著 . -- 西安 ： 三秦出版社，
2019.8
ISBN 978-7-5518-1981-7

Ⅰ．①黄… Ⅱ．①困… Ⅲ．①长篇小说－中国－当代
Ⅳ．① I247.5

中国版本图书馆 CIP 数据核字（2019）第 177754 号

黄金剑

困倚危楼 著

出版统筹	邹立勋
出　品	湖南魅丽文化传媒股份有限公司
总监制	黄　山
责任编辑	韩　星
特约编辑	吴志群
责任校对	赵　炜　郭少华
封面设计	桃　桃
版式设计	黄　芸
封面绘制	纳兰焐

出版发行　陕西新华出版传媒集团　三秦出版社
社　　址　西安市雁塔区曲江新区登高路 1388 号
电　　话　（029）81205236
邮政编码　710061
印　　刷　湖南新华精品印务有限公司
开　　本　880mm×1230mm　1/32
印　　张　9
字　　数　129 千字
版　　次　2019 年 8 月第 1 版
　　　　　2019 年 8 月第 1 次印刷
标准书号　ISBN 978-7-5518-1981-7
定　　价　39.80 元

网　　址　http://www.sqcbs.cn

第一章 / 001

第二章 / 015

第三章 / 027

第四章 / 040

第五章 / 052

第六章 / 063

第七章 / 081

第八章 / 094

第九章 / 106

第十章 / 116

第十一章 / 132

第十二章 / 150

目录

CONTENTS

第十三章 / 163

第十四章 / 175

第十五章 / 183

第十六章 / 201

第十七章 / 222

第十八章 / 232

第十九章 / 242

第二十章 / 251

番外一：送嫁 / 260

番外二：师门 / 268

番外三：新年 / 276

目录

C O N T E N T S

第一章

哗啦啦——

暴雨倾盆。

茫茫的夜色中，只有路边的破庙里闪动着一丝微光。

这庙宇年久失修、蛛网遍布，平日鲜有人来，只因今日的大雨来得甚急，方有人在庙中生了个火堆，将就着避一避雨。

火光掩映之下，十来个江湖汉子正聚在角落里赌骰子。不过这赌法与众不同，旁边非但无人吆喝起哄，反而人人都屏气凝神，偌大一间破庙里，除了骰子的滚动声外，竟不闻半点声响。

坐在赌桌两端的，一个是腰佩长剑的年轻剑客，容貌英俊、神态潇洒；另一个却面容丑怪，脸上布满了横七竖八的伤痕，连五官也因此扭曲了。

这一丑一俊，对比极为分明，但围观的众人只紧紧盯着那几枚骰子，并不朝他们脸上望一望。

掷出去的骰子在桌上打着转，眼看快要停下来时，忽听"砰"的一声，有人慌慌张张地从门外撞了进来。

来人是个浑身湿透的白衣少女。

她衣衫不整，黑发凌乱，一张清秀的面孔苍白得可怕，进门之后，双眼四下乱扫，像在寻找可以藏身的地方。可惜她尚未找到，就有四个黑衣男子追进了庙中。

那四人一模一样的劲装打扮，腰间扎一条靛蓝的带子，手中尖刀明晃晃的好不吓人。他们当然一眼就看见了聚在角落里赌钱的众人，但因瞧不透对方是什么路数，便也不去理会，只一步步朝那少女逼近，狞笑道："美人儿，我家少帮主好心请你喝酒，怎

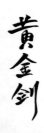

么你一点也不领情？你只要伺候好了我家少帮主，自然是荣华富贵享之不尽，总好过在这荒山夜雨里独自奔逃。万一遇上了野兽，那可不是闹着玩的。"

那少女看似柔弱，脾气却极倔强，当即"呸"了一声，道："我宁愿死了，也不会让姓方的浑蛋碰我！"

"这可由不得你啦。"为首的黑衣男子哈哈大笑，道，"总之少帮主有命，今日非将你捉回去不可！"

说着他上前一步，伸手去抓那少女的胳膊。

少女咬了咬唇，一边扭身闪避，一边望了望旁边的梁柱，打算一头撞死在这破庙之内。她说到做到，情愿血溅当场，也不肯给人污了清白。

"嗒嗒嗒——"

就在这千钧一发之际，远处蓦地响起了一阵马蹄声，接着就是勒马停车的声响，一道清亮的嗓音问道："少爷，此处有座破庙，不如进去避一避雨吧？"

那被称作少爷的人轻轻"嗯"了一声，声音低沉温和，虽只这么简简单单的一个字，却已让人觉得如沐春风。

说话间，破庙的大门再度被人推开了。

率先进来的是个青衣童子，手上提着一个食盒，衣裳甚是华丽。跟在他身后的几个丫鬟小厮，也都是差不多的打扮，手中要么抬着箱笼，要么捧着书匣，鱼贯而入之后，整整齐齐地分立两边，竟是一副贵人出行的排场。

到了最后，才见一个二十来岁的年轻人跨进门来。他身上的一袭长衫颜色素雅，只袖口处绣了流云花纹，腰间悬着一块莹然生光的美玉，愈发衬得他风姿俊秀、容颜若画。

他们一行人闹出这么大的动静，自然惊动了那伙围着赌钱的人，其中一个黑脸汉子不住地打量着那块美玉，脱口道："好一只大羊牯！"

他旁边的红脸汉子瞪了瞪眼睛，立刻喝道："二弟，咱们还有正事要办，莫要多生事端！"

他俩说话时并未压低嗓子，这几句话在安静的破庙中显得尤其刺耳。

但那年轻人却仿佛未闻，只吩咐身旁的小厮道："夜里寒气重，先想法子生个火吧。"

说话的语气斯斯文文的，十分温和。

几个黑衣男子见他像是个怕事的主儿，便再也没有顾忌，继续去抓那白衣少女。少女被扭住了胳膊，痛得叫出声来，死志刚萌，却见那年轻人朝自己施了一礼，温言道："这位姑娘的衣裳都湿了，若不介意的话，过来烤一烤火吧。"

少女听得怔了怔，尚未开口回答，为首的黑衣男子已先皱起眉来，骂道："臭小子，不要多管闲事！"

那年轻人只是微笑："几位大哥也可以过来一起坐啊。相逢即是有缘，小生今日去城外的宝善寺进香，不料遇上了大雨，幸好……"

他说话的声音又轻又软，煞是好听，只是未免有些啰唆。黑衣男子不耐烦地摆了摆手，道："滚开！"

"庙里地方太小，滚起来恐怕不太方便，只要几位放开这位姑娘，小生就不再多言了。"

"好呀，你这小子是存心来捣乱的对不对？你晓不晓得我们是何人？"

"正想请阁下赐教。"

"咱们哥儿几个是沙海帮方帮主的手下，你小子究竟有几颗脑袋，胆敢来碍我们的事？"

"方帮主的大名，小生今日还是头一回听说，不过他老人家的名头这么响亮，日后若有机会，我一定登门拜访。"年轻人边说边拱了拱手，当真尽足了礼数。

黑衣男子见他啰唆到了极点，真是越听越来气，干脆挥动手中的尖刀，恫吓道："你再不退开，小心我在你身上扎几个透明窟窿！"

那一刀飒然有声，几乎贴着年轻人的鼻尖掠了过去。但他眨了眨眼睛，仍旧只是笑笑，说："阁下不肯放开这位姑娘，原来是想同我较量武艺吗？只是刀剑无眼，伤到了人可不太好，咱们还是点到为止吧。"

黑衣男子原本只是想吓唬吓唬他，听他这么一说，不禁怔住了。

那年轻人却已转过了头，吩咐道："取我的剑来。"

"是，少爷。"立刻有一个绿衣小厮翻开箱笼，取出了一柄长剑，恭恭敬敬地捧到他面前。

庙内众人见了这柄剑，全都大吃一惊——原来这剑的剑鞘竟是用黄金打造的，上头镶满了各色宝石，在火光下熠熠生辉，剑穗上则系了两颗拇指大小的明珠，叮叮当当地互相碰撞着，端的是珠光宝气，价值连城！

这样一柄宝剑，原本该是豪富之家悬在堂内玩赏的，如今却在荒山夜庙里，被一个斯文秀气、温文尔雅的青年握在手中，怎不叫人惊奇？

围坐着赌钱的一伙人里，很有几个识货的大行家，这时便忍不住窃窃私语起来。那年轻人只当没有听见，缓缓抽出了手中的长剑。

不过就连他这拔剑出鞘的动作，也如同执笔描花一般，姿态十分优雅。

旁边的江湖人士见了，难免有几分不屑，但等到"当"的一声，长剑出鞘之后，却再无人出声耻笑了。只见三尺青峰犹如一泓秋水，在月光下隐隐透着凛冽的寒芒，明眼人一瞧就知道，这定是柄摧金断玉的宝剑。

而众人的一声"好"字还未赞出口来，那年轻人就已经出剑了！

他手腕轻抬，身形微晃，分花拂柳般在破庙中穿梭来去，不过片刻工夫，就听"叮叮当当"的声响和"哎哟""哎哟"的叫痛声不绝于耳。原来他仗着宝剑之利，先用重手法绞断了敌人手中的钢刀，接着又剑交左手，并指去点对方的穴道。四个黑衣男子竟连还手的机会都没有，就已被他点倒！

这年轻人的剑法如何尚不得知，但他的轻身功夫之妙、认穴功夫之精，却是一目了然。而且果然如他所言，仅是点到为止，并未伤人性命。

"多谢几位大哥手下留情，看来这一场是我赢啦。"年轻人倒转剑柄，笑吟吟地走回原处，道，"嗯，可以放过这位姑娘了吧？"

几个黑衣男子哪里还说得出话，只是呆若木鸡地躺在地上，双眼兀自睁得老大，像是奇怪自己怎会败在这文弱青年的手上。

那年轻人朝白衣少女点了点头，正欲还剑入鞘，却听有人高声嚷道："且慢！"

接着就见两道人影从角落里跃了出来，一左一右地将年轻人围在当中。他们一个脸色黝黑，另一个红光满面，相貌却极相似。其中一个粗声道："小子，你的剑法不错，也来跟俺哥俩比画比画。"

"他们输了留下女人，你若输了……嘿嘿，就留下手中的宝剑吧。"

这番话一说，分明是想夺宝了。

那年轻人却只笑了笑，彬彬有礼地说："晚辈学艺不精，岂敢在两位前辈面前献丑？"

"哦，那你是打算乖乖奉上宝剑了？"

"此剑乃是长者所赐，晚辈不敢自专。不如待我回府禀明家父之后，再去拜会两位……"

"废话少说，撤剑！"

说话间，黑脸汉子出手如电，直扣那年轻人的脉门。

年轻人早有准备，不急不缓地后退一步，轻而易举地避开，同时举剑一撩，道："既然如此，晚辈只好得罪了。"

剑光一闪，三个人很快就斗在了一处。

那两个江湖汉子本是同胞兄弟，使的兵器都是一支铁拐，不过一个用右手一个用左手，两人同时出招，一招一式互相配合，威力大增。他们识得宝剑的厉害，所以出招之时故意避其锋芒，连过了一二十招，竟一次也不和剑刃相交。两支铁拐舞起来沉稳有力、虎虎生风，实在叫人胆寒。

好在年轻人的剑法也不弱，出手疾若迅风，身形飘逸灵动，凭着绝妙的轻功与那两人游斗，虽是以一敌二，却丝毫不落下风。一时间只见剑光闪动，仿佛四面八方都是他的影子，身姿优美，翩若惊鸿。

观战的众人见了这一场打斗，禁不住高声叫好。当中却有一人哈哈大笑，朗声道："错啦，错啦，刚才这招'玉女投梭'原是该取敌要害的，但是傻小子手腕抬得太高，出剑又太慢，反倒将自己的要害送上了门去，真是好笑。"

说到最后几个字，他又是一阵大笑。

他的声音虽不响亮，但是一字一句都像在众人耳边响起一般，每个人都听得清清楚楚。

　　大伙儿循声望去，这才发现说话之人便是那个坐在赌桌旁的俊美剑客，他原本是在跟疤面人赌骰子的，不知何时也抽出了腰间佩剑，忽道："郑老二，我要刺你左肩了！"

　　他身形动也不动，左手照旧按着赌桌，只右手一扬，直刺那黑脸汉子的肩膀。

　　这一剑使将出来，竟与年轻人先前的招式一模一样，只是出剑更快、威力更甚，黑脸汉子明知他要刺向哪里，却是避无可避，"哇"地一声大叫，左边肩膀已是血流如注。

　　同时叫出声来的，还有那个年轻人。他黑白分明的眸子里露出一丝惊讶之色，道："前辈刚才所使的，可是本门的追风剑法？晚辈叶敏玉，斗胆请教前辈高姓大名。"

　　那俊美剑客已经收回了佩剑，轻轻抖落剑尖上的血珠，沉声笑道："傻小子，你连师叔也不认得？"

　　他相貌如此出色，任谁见过一面之后，都不可能轻易遗忘。

　　因此叶敏玉更觉惊愕，一边应付红脸汉子的铁拐，一边喃喃道："师叔？弟子福薄缘浅，虽在师门数年，却从来不曾与前辈会过一面，不知……不知是哪一位师叔……"

　　闻言，那俊美剑客又是数声大笑，眼睛里神采飞扬，反问道："咱们凌云派门下，难道有好些个放浪不羁，以至被逐出门墙的不肖弟子吗？"

　　叶敏玉怔了怔，脑海里立刻跳出一个人的名字来，不禁问道："师叔可是姓周？"

　　他们这一问一答并未避着旁人，何况凌云派在江湖上亦非籍籍

无名，所以当场有人大叫出声："周琰？！"

那俊美剑客微微一笑，道："正是在下。"

"周琰"这两个字在武林中名气忒大，倒不是因为他高明的剑法，也不是因为他俊美的皮相，而是因他性情洒脱、放浪不羁，虽说出身名门正派，却爱与一些旁门左道的人结交，最后闹出好大一场风波，甚至被逐出了师门。

此事闹得尽人皆知，那些正道人士见了他，总要退避三舍，免得传出些风言风语来坏了自己名声。

众人对周琰的身份议论纷纷，那疤面人倒是怡然自若，只冷哼了一声，凉凉地说："轮到你掷骰子了。"

他俩人赌的乃是大小，谁掷的点数大便算胜出，不过十几局下来，始终不分胜负。

这时骰子一到周琰手上，众人的目光便被吸引了过去，那疤面人尤其全神贯注，双手紧紧按住了桌面。

周琰却是态度闲适，随手将骰子一扔，道："傻小子，你是我掌门师兄收的徒弟？"

"是！"叶敏玉仍在跟那红脸汉子恶斗，却于百忙之中行了一个大礼，道，"弟子拜见师叔。"

"嗯，你这古板严谨的性子，倒是像足了我师兄。你的剑法虽还差了些火候，但也练得不错了。"

"师叔过誉了，弟子学艺未精，原不该班门弄斧。"

二人谈笑之际，那黑脸汉子已经裹好了肩上的伤口，但他记着前仇，嘴里大喝一声，铁拐猛地朝周琰头顶击落。

叶敏玉瞧得分明，连忙大叫道："师叔小心！"

周琰连眼皮也不抬一下，仅是反手挥出剑去，剑光如寒芒点点，竟在一招之内，连刺对方七处大穴。可怜那黑脸汉子刚刚哼得一声，便直挺挺地倒了下去，与先前那四个黑衣男子作伴了。

叶敏玉松了口气，这才发现周琰出招之时，左手一直不离桌面，而桌上那几枚骰子更是滴溜溜地转个不停，完全没有停下来的趋势。原来周琰跟那疤面人看似在赌骰子，其实却是在比拼内力，靠着深厚的内劲改变骰子的点数。

他们两人的功力本在伯仲之间，因此总是打成平手，这一回周琰分神出剑，疤面人自然不肯放过机会，掌力一催，内劲如惊涛骇浪般直打了过去。不料周琰使的本就是诱敌之计，竟然勾唇一笑，爽爽快快地放脱了左手，然后俯下身去，朝桌上的骰子吹了口气。

疤面人料不到有此一招，疾吐的掌力扑了个空，根本来不及收回。

而那几枚骰子已经停了下来。

点数不多不少，正好比他先前掷的大了一点。

接着就听"砰"的一声，那张桌子禁受不住两人内力的激荡，突然间炸裂开来，木屑飞扬。

周琰纵身退开两步，拱手道："承让，承让。"

那疤面人的眼神冷若冰霜，道："愿赌服输，我既然输了，东西自然归你。"

说着，他从怀里掏出一个红绸布包，直接扔了过去。等周琰伸手接下之后，又"唰"地甩出一条鞭子来，厉声说："不过，我随时都可以再抢回来！"

那鞭子是乌黑的颜色，上头的倒刺却泛着幽幽蓝光，显然是淬过剧毒的。

周琰见了，却反而赞一声好，道："正是要这样才有趣，咱们

已拼过内力了，再来比画一下兵刃吧。"

他剑尖一抖，却并不抢先进招，直待对方的鞭子劈面而来时，方才迎了上去。一套追风剑法使出来，与叶敏玉刚才的剑招并无二致，只是出手既快又狠，霎时间只见剑光来去，每一剑都隐隐带着风声。

那疤面人则胜在鞭法刁钻诡异，每次都能攻向出其不意的位置，两人缠斗起来，又是胜负难分。

倒是叶敏玉，因为少了一个强敌，已经将红脸汉子也打倒在地了。他那些丫鬟小厮纷纷围了上来，又是递汗巾又是打扇的忙个不停。那扇子还是用檀香熏过的，阵阵香风飘散开来，与破庙中刀光剑影的场面格格不入。

只不过当下无人理会这些，一双双眼睛全都紧盯着激战中的两人。

斗到百招开外时，周琰与那疤面人在半空中对了一掌，然后各自退开数步，全都是一副摇摇欲坠的模样。

周琰喘了喘气，抢先道："你已受了内伤，这一架可不能再打了。"

"阁下也好不到哪里去。"疤面人按了按胸口，冷笑连连，"只怕今日踏不出这扇庙门。"

他这句话可不是随口乱说的，那一众江湖汉子在旁边等了许久，为的就是坐收渔利，此刻见两人都受了伤，自然毫不客气地亮出兵刃，把周琰团团围住了。

大家所为的都是同一样事物，因此连废话也不多说，异口同声道："快将东西交出来！"

周琰虽临大敌，却是一副满不在乎的神情，把那红绸包往上抛了抛，笑说："这是我赌骰子赢来的彩头，可不能随意送人。"

叶敏玉一直按剑旁观，这时便也跳进了圈子中，道："师叔，我来助尔！"

他的轻功本是一绝，追风剑法更是讲求一个快字，只听一阵金属相击之声，转眼之间，十几个人的兵器都已被他绞断。这一来是因为他出手迅捷，二来则是仗着宝剑之利，若论真实功夫，他倒还不是这些人的对手。

周琰趁势冲出了包围，边走边说："好师侄，你这一招使得不错。青山不改，绿水长流，咱们后会有期啦。"

快到庙门时，他双唇一噘，便有匹黑马从远处飞奔而来。

其时暴雨未歇，豆大的雨点打在身上，生疼。周琰却翻身上马，大笑着扬鞭而去。

庙内的众人失了兵刃，却舍不得失去红绸包内的事物，也顾不得找叶敏玉麻烦，一窝蜂地追了出去。

叶敏玉瞧了瞧满地狼藉，又望了望那白衣少女，对身边的小厮吩咐道："待大雨一停，你们便好好地送那位姑娘回去。"

他将宝剑收回剑鞘之内，也跟着出门去牵自己的坐骑。

丫鬟小厮们连忙追了上去，七嘴八舌地直嚷嚷。

"少爷要去哪儿？"

"少爷身边可不能没人伺候！"

"少爷，至少将文房四宝带上啊……"

叶敏玉微微一笑，冒着大雨跨上了骏马，道："回去告诉老爷夫人，中秋之前，我定回府团聚。"

话音未落，人已去得远了。

第二章

叶敏玉自幼娇生惯养，从来不曾这般冒雨独行过，只觉眼前尽是茫茫的雨水，几乎连道路也瞧不清楚。幸喜他所骑的也是一匹宝马，虽在大雨之中，却依然疾驰如飞，不多时，就已赶过了那一群江湖汉子。

　　众人追他不上，便骂骂咧咧地叫嚷起来，金钱镖、梅花针等暗青子纷纷朝他招呼过去。

　　叶敏玉半回过身，袖子轻轻一卷，随手将那些暗器拂落在地，同时叫道："来而不往非礼也，各位接招！"

　　右手作势虚弹一记。

　　夜色中视线模糊，众人只当他也发了什么暗器，叫骂声更是不绝于耳。

　　叶敏玉笑了一笑，策马扬鞭，又行得一程后，终于追上了周琰。

　　远远望去，只见周琰独坐马上，一只手挽着缰绳，一只手提了个酒葫芦，正在这大雨中仰头饮酒。酒水混着雨水自他嘴角流淌下来，这一副狂放不羁的情态，当真是笔墨难描。

　　叶敏玉赶上几步，开口唤了一声师叔。

　　周琰恰好喝尽最后一滴酒，他就地将酒葫芦一摔，转头瞧了瞧他，道："怎么是你？"

　　接着摇头直叹："你这小子真是傻里傻气的，我特意把那群人从破庙里引开，怎么你不知避嫌，反而也追了上来？"

　　"对方人多势众，师叔又受了伤，弟子既然遇上了，岂可置身事外？"

　　他这番话说得极为真诚，周琰直到此时才认认真真地打量他几

眼，眸底笑意盎然，道："你相貌生得很俊呀，同我走得这么近，难道一点也不害怕？"

叶敏玉本想问他有什么好怕的，但念头一转，就想起了有关这个师叔的传言。不过他年纪虽轻，却也晓得传闻不可尽信，当下并不提起，只道："我在山上习武的时候，时常听师父说起师叔……"

"哦？师兄可是常常数落我的不是，叫你们引以为戒？"

这个自然也是有的，叶敏玉却避重就轻，道："师父说师叔的天分极高，是难得一见的学武奇才，可惜……"

周琰知道后面定是一番长篇大论，连忙摆手道："好啦好啦，反正我就是自甘堕落、死不悔改，此事不提也罢。我师兄他自己仰慕少林派的武功，想要出家当和尚也就算了，怎么把徒弟也教得这么古板无趣？对了，师侄你喝不喝酒、赌不赌钱？"

接下来也不管叶敏玉爱不爱听，他净谈些风花雪月之事，将话题扯开了去。

俩人并辔而行，不知不觉间天色渐明，连大雨也已止歇了。

这一日云消雾散，风和日丽，竟是个难得一见的好天气。他们身上的衣衫都被雨水淋得湿透，因此也不再急着赶路，在一条小溪边停下马来，让马儿自去吃草。

周琰较为随性，直接往那带着水珠的草地上一躺，朝叶敏玉招了招手，道："今天日头这么好，衣裳晒一晒就干啦。"

叶敏玉可不习惯如此胡来，只脱下外面那件袍子，挂在树上晾着，自己则倚着树干坐下了，跟周琰有一搭没一搭地闲聊。

衣服果然干得极快，晌午的时候，周琰去附近打了只山鸡来，两人烤着吃了。

叶敏玉吃起东西来细嚼慢咽，动作十分斯文，末了还取出块锦帕擦了擦手。周琰在旁边瞧得好笑，道："师侄你这模样，倒似个饱读诗书的秀才，一点也不像我辈中人。"

他这话原是取笑，不料叶敏玉面露微笑，说："师叔怎知我想考秀才？我家是书香门第，我有个堂叔是庆元二年的进士，另有一个族弟刚考上了举人。我自小体弱多病，才会在凌云派习武，其实我……"

周琰听得头疼不已，只觉自己跟这个师侄志趣殊异，当真是话不投机，忙说："你衣服若已干了，就快点回家去吟诗作对吧，若遇上那些追踪我的人，可又是一场麻烦。"

叶敏玉却坐着不动，问："师叔怎么会惹上那伙人的？是为了那个红绸包吗？"

"喀喀，"周琰面上略现尴尬之色，道，"我这几日囊中羞涩，路过破庙时见一伙人围着赌博，便想去试试手气，不料他们赌的并非钱财，而是一件了不起的宝物。"

"是珍珠？还是美玉？"

周琰摇了摇头，慢慢吐出几个字来："是半张藏宝图！"

"宝藏？"

"因为年代久远，这宝藏的来历已经无人知晓了，只知道藏宝图一分为二，一半在云南的白家，另一半在关外的无影城。这两处地方的人行事诡秘，等闲并不在江湖上露面，但是半年前白家内乱，年纪轻轻的家主害病死了，藏宝图更是被一个满脸伤疤的怪人抢了出来。"

叶敏玉立刻想起了破庙中那个疤面人，问："是他？"

"嗯，这个人的功夫可真厉害，若非他早就有伤在身，我昨日绝非他的对手。"

"师叔虽赢过了他，却反而惹祸上身，昨日破庙里那群人，恐怕来头都不小吧？"

"惹祸？"周琰将那红绸包取出来晃了晃，道，"别人争着抢着要这玩意，你却唯恐避之不及吗？"

叶敏玉点了点头，正色道："君子爱财，取之有道。何况藏宝图只有半张，所谓的宝藏更是虚妄，为了这东西抢得你死我活，才真是可笑。"

"你出生富贵之家，也难怪会这样想。可听说宝藏内除了金银珠宝之外，还有一本惊世骇俗的武功秘籍，习武之人可以视钱财如粪土，但面对着绝世武功，岂有不动心的道理？"

叶敏玉想了一想，道："武学之道，本就永无止境。譬如本门的追风剑法，由我使来跟由师叔使来，便是大不相同。那是因为我功力尚浅，不懂得其中的精妙变化，若想有所大成，必定要潜心钻研下去。一个人即使穷尽一生的精力，也未必学得好一门武功，又何必去贪图别人的秘籍？"

他这番说得有条有理，还真有些道理。

周琰怔怔听着，忽道："不错，追风剑法虽称不上天下无敌，但若练得好，也足以傲视群雄了。"

说到这里，他突然从地上一跃而起，猛地拔出剑来，就在叶敏玉背靠的那株柳树下挖了个坑，把那红绸包埋了进去。

"师叔这是干什么？"

"当师侄的尚且有此见识，我这做师叔的怎可落于人后？"周琰边说边填平了土坑，笑声甚是爽朗，"这玩意若到了江湖上，必惹来一番腥风血雨，倒不如让它长埋于此。"

叶敏玉不过随口说说，料不到他真的会将藏宝图埋于地下，不禁问道："师叔不打开那红绸包来看看？"

"我既无心于此，还要看它作甚？"周琰双脚踏了两踏，将佩剑插在地上，倚着树干低低笑起来，"可惜酒已喝完，不知要去何处再买美酒？"

他眉眼含笑的模样，真是说不出的风流动人。

叶敏玉呆呆瞧着他，顿觉心头一阵激荡。

他从前在师门学艺的时候，早就听说过这个师叔的大名，眼下见周琰有酒便喝、有钱便赌，行事作风全都任心随意，果然如传言般浪荡不羁。可他心中非但不觉厌恶，反而好生佩服，豪气一生，便也跳了起来，朗声道："师叔何愁没有酒喝？我这便请你痛饮三日，不醉不归！"

周琰听得这个酒字，立刻精神大振，击掌笑道："好！难得师侄你这么大方，我自然也不客气啦。"

当下他也不管后头还有多少追兵，就与叶敏玉策马而去，在附近的小镇上找了一家酒馆，两人对坐着畅饮起来。

周琰酒量甚好，一碗碗烈酒灌下肚去，依然谈笑风生。

叶敏玉却不惯饮酒，只陪着喝了几杯，就觉喉咙里火辣辣的，似有一股热气直冲上来。但他不愿扫了周琰的兴，勉强着继续喝下去，结果酒劲一上来，就觉得耳边嗡嗡作响、眼前人影晃动，竟一头栽倒在桌子上。

朦胧间，似乎有人在他耳边吵嚷不断，但转瞬又悄无声息了。

等到叶敏玉清醒过来的时候，早已是月上中天。

四周静谧无声，月光静静地照下来，整个天地间都似笼着一层薄雾。他与周琰共乘一骑，正行走在山间崎岖的小路上。

叶敏玉轻轻"啊"了一声，仿佛还在梦中。

"总算醒了？"周琰就坐在他身后，这时便勒一勒缰绳，低头道，"师侄你的酒量可太差了，才喝到一半就睡死过去。恰好那群人又追了上来，我打他们不过，只好抓着你落荒而逃了。"

　　他提起此事时，面上始终带着微笑，似乎觉得打得过就打、打不过就逃乃十分自然的事，一点也不怕丢了面子。

　　随后他长长叹了口气，道："只恨那群人来得不是时候，我酒还未喝得尽兴，就被硬生生打断了。"

　　叶敏玉酒劲未过，人还有些迷迷糊糊的，只觉今夜的月色格外美丽。但即使如此，也抵不过周琰的微微一笑。他不禁脱口道："那便接着再去喝！天下美酒尽有，难道还怕没地方喝酒吗？"

　　"哈哈，我也正有此意！"

　　周琰不禁大笑，鞭子一扬，骏马便在这夜色中飞驰起来。

　　他俩人并肩而行，一路上遇着酒家就进去买酒，遇着追兵就打打逃逃，原本只说要痛饮三日的，到后来连三十日也不止了。

　　叶敏玉想着离中秋尚早，就算多耽搁几日也不要紧。

　　周琰则是有酒喝就好，乐得打打师侄的秋风。他阅历颇丰，对武林中的掌故知之甚详，便专拣一些奇闻轶事说给叶敏玉听。叶敏玉自幼习文，更喜读书写字，从来没动过闯荡江湖的念头，但这些日子听了周琰的所见所闻，竟不由得心向往之。

　　江湖上的消息传得极快，不过一个月的工夫，周琰得到那半张藏宝图的事就已是尽人皆知了。因此无论走到哪里，他们都是麻烦不断。

　　这一日他们在客栈打尖，刚叫好一桌子的菜，周琰就皱了皱眉头，对叶敏玉耳语几句，然后起身走了出去。他在外面转过一圈后，又若无其事地踱了回来，只是路过叶敏玉身边时，飞快地将一团红布塞进了他怀里。

"师叔？"

"不必多问，好好收着就是了。"

叶敏玉应了一声，果然没有多问，只是一边吃东西，一边聊起他昨日看的那本诗集。周琰对此一窍不通，听得直打瞌睡，心想若有人能治一治这师侄啰唆的毛病，就算千金万金他也甘愿奉送。

恰在此时，忽然有一人从客栈里冲了出去，接着又有一人大叫起来："哎哟，不好！我的钱袋被小贼偷走了！"

被偷那人边说边大步追了上去，只是跑得太过匆忙，"砰砰砰"地带倒了一堆桌椅，最后更是一个趔趄，差点跌倒在叶敏玉身旁。

叶敏玉眼明手快，右掌一伸，稳稳地扶住了那人的胳膊，道："小兄弟，你没事吧？"

那人抬起头来，原来是个十七八岁的少年，圆圆的脸盘儿，一双眼睛又黑又亮，模样十分可爱。只是他现在黑眸含泪，一副泫然欲泣的样子，不住喃喃道："我的钱袋——"

叶敏玉心中一动，说："是被刚才那人偷走了吗？不用担心，我这就帮你追回来。"

说着他便欲起身。

不料周琰伸手一挡，飞快地去抓那少年的手腕，笑道："他自己就已是贼祖宗了，哪里还会被偷？嗯，不来偷我们就算谢天谢地了。"

那少年手腕疾翻，竟与周琰拆起招来，而且出手之快，直叫人眼花缭乱。

叶敏玉被夹在当中，真是进退两难，只听周琰在耳边说道："这人就是鼎鼎大名的神偷贺笑风，传言说只要他愿意，连别人的项

上人头，也能神不知鬼不觉地偷走。我十年前见他时，他就是这副德行，十年后再见还是容颜不老，也不知他究竟多大年纪了。"

贺笑风弯了弯眼睛，颊边现出一个梨涡，笑嘻嘻地说："过奖过奖，我的本领再大，却也偷不到阁下身上的东西。"

"你也是为了藏宝图而来？"

"这世上的金银珠宝，没有哪一样是我不喜欢的，你师侄那柄黄金宝剑也很不错啊。"

说话间，两人已拆了数十招。

贺笑风招招抢先，却总是被周琰挡在一步之外，始终近不了他的身。

两人的武功高低，这时已见分晓。

奇的是叶敏玉一直被他二人夹在中间，你推一掌我拍一下，闹得他头昏眼花。末了，周琰终于腾出右手，唰地拔出佩剑，直刺贺笑风的咽喉。

"糟糕！"贺笑风装腔作势地怪叫一声，在叶敏玉肩头按了一按，轻飘飘地往后退出三丈之远，道，"我的名字里有个风字，可不敢对上你的追风剑法。今日时辰不好，咱们还是改日再战吧。"

他刚才那一套掌法已自不弱，但这会儿使出来的轻身功夫，才真正是精妙绝伦！众人只见人影一闪，连他是如何离开客栈的也不知道。

"等一下！"叶敏玉回过神来，追上去叫道，"既是神偷，岂可空手而回？"

话落，他一把扯下腰间所佩的美玉，朝他掷了过去。

"姓周的有这样一个师侄，倒也真是稀奇。好，我领你的情了，日后绝对不来偷你的宝剑。"贺笑风反手一扬，将那玉佩抓在手里，转眼间便不见了踪影。

周琰早知道这个师侄有些傻气，此刻见他所为，更是哭笑不得，道："傻小子，这回你可吃亏了。你真以为那小贼什么也没偷到？你摸一摸自己身上，可曾少了什么东西？"

叶敏玉伸手一探，只觉怀中空荡荡的，周琰先前塞给他的那团红布，竟已不知去向。不用说，自然是被贺笑风施展妙手空空之术偷走的。但他回想起来，只记得那人是如何与师叔过招的，至于什么时候下手偷的东西，真是毫无印象。

如此神技，怎不叫人钦佩？

叶敏玉这些日子听周琰说起武林中的轶事，关于这个神偷的尤其曲折离奇、精彩过人。今日见了一面，他更觉此人十分有趣，所以才会解玉相赠。不过他这时静下心来一想，只觉另一个人的手段更为高明，于是慢慢坐回桌边，道："神偷真不愧是神偷，我根本不知他是何时动手的。"

"嗯。"

"但我只是失了一块玉佩，他却上了师叔你的大当了。"

周琰仅是笑笑。

叶敏玉接着问道："那块红布是从哪里来的？里头包的什么东西？"

"是我从外头的酒旗上撕下来的，至于里面的东西嘛……"周琰眨了眨眼睛，随手夹起一块鸡肉，"就是我们今日吃的鸡腿。"

说完之后，他自己先忍不住大笑起来。

想那贺笑风巧施妙计，自以为重宝之图手到擒来，结果却得了一只大鸡腿，也不知会气成什么样子。

叶敏玉听了，也跟着笑了一笑，笑过之后方道："他知道自己

被师叔你戏弄了，恐怕很快就会再来。"

"那又如何？"周琰将鸡肉塞进嘴里，状似惋惜地说，"神偷的名头如此响亮，天下间岂有他偷不着的东西？好好的一张藏宝图，就这么被他偷了去，真是好可恶的小贼！"

叶敏玉见他说得煞有介事，不由得再次微笑起来。

自从认识周琰之后，虽然总是麻烦不断，但似乎趣事更多。明知中秋佳节日近一日，他却忍不住陪着师叔又走了一程。

他们本是沿着长江缓缓而行，有时骑马有时乘舟，眼看着快至江陵。叶敏玉早闻得江陵形胜，城内美酒更是不少，本以为定要在此耽搁几日。不料周琰却走了另一条路，竟远远地绕开了江陵城。

难道此地有他的对头？

叶敏玉心中疑惑，但是周琰不说，他也不好多问，何况他们才刚找到投宿的客栈，强敌便又追至。这回来的不是别人，正是当初在破庙里抢叶敏玉宝剑的那对兄弟。不过他们身边还跟了一个使剑的蒙面人，虽然瞧不见面容，但他双目精光湛然，一看就知是内家功夫上的高手。

周琰原本正坐着喝酒，这时便站起身来，一边自斟自饮一边说道："唉唉，我又看不上你们，怎么两位总是纠缠不休？恕我直言，两位的年纪可太大了一些，在下胃口不好，实在……嘿嘿……"

他虽语意未尽，但那一副无可奈何的态度，好像真是被人死缠烂打，正自苦恼不已。

那两兄弟气得哇哇大叫，铁拐一挥，便要冲杀上去，但那蒙面人挥剑一挡，道："你们去对付那个小娃娃。"

接着他长剑指向周琰："姓周的，我来会会你的追风剑法。"

他声音低沉浑厚，自有一种威严气势，而且又用黑巾蒙面，显然不欲别人知晓他的身份。周琰眼珠一转，顿时计上心来，道："好呀，废话少说，快进招吧！"

只听"叮叮当当"一阵响动，两边已经打了起来。

叶敏玉的功夫比那一对兄弟稍差一些，但仗着宝剑在手，暂时未落下风。反而周琰那边险象环生，只走得一二十招，就已不是那蒙面人的对手了。

往常这个时候，周琰定要拉着叶敏玉逃跑，这时却突然"哎哟"叫了一声，也不知被刺中了哪里，竟往桌边倒了下去。

叶敏玉瞧在眼里，霍地一个"凤点头"，自那双拐之下抽出身来，飞扑过去扶住他的胳膊，问："师叔，你怎么啦？"

"我刚才运气太急，前些时候受的内伤又发作了……"周琰喘了喘气，断断续续地说，"师侄，你不用理我，自己先跳窗逃走吧。"

叶敏玉动也不动，只挥剑挡在他身前，道："要走便一起走！"

"傻小子，你何必陪着我死？"

叶敏玉呆了呆，自己也说不出个所以然来。他正不知如何开口，却听那蒙面人道："谁说要取你们性命了？只要将东西交出来，我自会放你们一条生路。"

原来他自恃身份，不愿意乘人之危。

周琰皱了皱眉头，显得甚是为难，最后捏一下叶敏玉的手，道："既是如此，师侄，你就把东西给他吧。"

叶敏玉心想那藏宝图早就埋于地下，怎么还拿得出来？眼见周琰朝自己连使眼色，他方才明白过来，结结巴巴地说："可、可是东西早已被神偷偷走了……"

"笨蛋！你怎么把真话说出来了？"周琰瞪了瞪眼睛，佯怒道，"我本来想保你一命的，现在可好，咱们只能死在一处了。"

叶敏玉咬了咬牙，连声道："师叔……"

他俩人一唱一和，唱作俱佳，旁人怎会疑心有假？那些人全都"哦"了一声，同时叫道："神偷贺笑风！"

红脸汉子道："听说那小贼前几日确实在附近出没过。"

黑脸汉子道："真是晦气，竟然被他抢了先！"

那蒙面人把手一扬，说："现在去追也还不迟。"

他担心上当，特意在周、叶二人身上搜了一遍，见确实找不到藏宝图，心想不必多生枝节与凌云派为敌，因此轻轻巧巧地放过了他们。

那一对兄弟原本还贪图叶敏玉的宝剑，但被蒙面人轻轻一撩，竟似被线扯住了一般，乖乖跟着他出了门。

叶敏玉待他们走得远了，方才松一口气，笑道："师叔，该起来了吧？"

周琰哈哈一笑，忽地从地上跃了起来，丝毫不像是受伤的样子。他随手又倒了一杯酒，朝叶敏玉招一招手，说："师侄，咱们接着喝酒。"

叶敏玉果然接过去喝了一杯，道："师叔这一招移花接木之计，用得真是巧妙。"

"那也是师侄你配合得好。"

叶敏玉回想起方才的情景，也自觉得好笑。他从来不惯说谎，但好像只要同周琰在一起，便是稍稍胡闹一番也是无妨。

"只是那位大名鼎鼎的神偷，从此却要头疼了。"

"他的轻功甚好，旁人根本追他不上，有什么好担心的？"

叶敏玉一想也有道理，又喝得几杯之后，突然说："师叔智计过人，难怪师父常说，你若肯专心武学的话，必然大有所成。"

"奇怪，师兄也会这样夸我吗？"

叶敏玉用力点头，问："师叔可曾想过重回凌云派？"

周琰愣了一下，自嘲道："我素来行事不羁，丢尽了凌云派的脸面，怎么好意思再回师门？"

"其实师叔并未干过伤天害理之事，只除了……除了……"

"除了我生性不羁，名声太差？"

说出这句话时，周琰神情自若，叶敏玉反倒脸红了下，道："师叔年轻时飞扬洒脱，爱喝酒爱赌钱，那也算不得什么，如今都过去这么多年了，说不定……"

话才说到一半，周琰举杯的手就停住不动了。他眼睛里的光芒慢慢黯淡下去，面上虽还带着笑容，声音却已经变冷了："嗯，你也想要我改邪归正吗？"

叶敏玉忙道："我只盼师叔能重回师门。"

"不错，我只要治好了这毛病，可就是皆大欢喜了。"周琰勾了勾嘴角，将杯中的酒一饮而尽，然后往地上一摔，高声道，"只是如此一来，周琰也不再是周琰了！"

说着他站起身来，摇摇晃晃地走到窗边，凭窗而立，抬眼望着那茫茫的江水。他像是醉得厉害，又像是清醒至极，黑眸里倒映出水天一色的美景，若有似无地叹息道："天下虽大，奈何竟寻不到一个知心之人。"

第三章

叶敏玉心里像是被扎了一下，猛地跳将起来，但是又茫茫然不知该说什么。他见了周琰这种神情，也晓得是自己说错话得罪了师叔，却始终不知错在哪里。

　　他只觉眼前这人看似潇洒随性，其实却也孤单寂寞得很，忍不住叫道："师叔……"

　　周琰回头看他，眼中依然含笑，但已不似平日那般神采奕奕了，很有些意兴阑珊的意思。周琰摆手道："时候不早了，你回房去休息吧。"

　　对于方才的话题，他竟是一字不提。

　　叶敏玉碍着礼数，只好闷闷地回了房。

　　这一夜他本有些辗转难眠，不料第二天起来一见面，周琰就说些"天下无不散之筵席"云云的话，意思是提醒叶敏玉玩得太久了，也是时候回家了。其实纵使他不提，叶敏玉也正想着这件事，只是从师叔嘴里说出来，总让他觉得心中怅惘。

　　周琰见他怔怔出神，便取笑道："怎么啦？你是不是不认得回家的路？可要师叔送你回去？"

　　叶敏玉唯有苦笑。

　　当下他谢绝了周琰的好意，草草收拾一下东西，趁着周琰不注意，将几枚金叶子塞进他包袱里，接着又去打酒的地方，替他把酒葫芦灌满了。直到一日忽忽过去，周琰催了又催，他才辞行而去。

　　叶敏玉所骑的是一匹宝马，不几日就能归家，所以也不急着赶路，只沿着旧路缓辔而行。他来的时候诗酒尽兴，回去的时候怅然若失，似乎连那湖光山色，也失了从前的光彩。

过得几日，叶敏玉又回到了当初遇着贺笑风的地方。

他肚中正觉饥饿，便走进去叫了一桌酒菜，吃过后正欲结账，却发现身上的钱袋不翼而飞了。他衣饰华丽、外表温文，又骑骏马又佩宝剑，怎么看都不像是个会赖账的人，这时难免觉得尴尬。何况他身负武艺，没道理掉了东西也不察觉，心中正觉奇怪，远远听得有人"嘿"地笑了一声。

叶敏玉循声望去，只见一个清秀少年坐在靠窗的桌子旁，颊边酒窝若隐若现，正笑眯眯地瞧着他，可不正是神偷贺笑风？

叶敏玉怔了怔，总算明白过来，暂时也不结账了，大步走到那张桌子前，拱手为礼道："贺前辈，咱们又见面了。"

"坐呀，"贺笑风指一指身旁的空位，道，"什么前辈不前辈的，把人都叫老了。你怎么不叫我作'小兄弟'了？我还挺喜欢听的。"

叶敏玉面上一红，虽被他这样作弄，却也并不气恼，只温言道："前辈说笑了。"

"嗯，我正想找你说说话、聊聊天。你刚才可吃饱了？要不要再来一盘点心？不用担心，今天我来请客。"说着，贺笑风故意晃了晃手中一只样式精致的钱袋。

那钱袋瞧着眼熟，赫然便是叶敏玉方才失落的。

叶敏玉已经知道是他捣的鬼了，不禁赞道："前辈真是好本事！只是晚辈愚钝，实在不知你是何时下的手。"

贺笑风很是得意，道："怎么？你想学了我的本事去，当我的同行吗？你这小子呆头呆脑的，恐怕没什么出息。反倒是你师叔那个老贼，若肯拜在我的门下，必然大有可为。"

叶敏玉好生困惑，问："前辈怎么叫我师叔老贼？"

"姓周的奸诈狡猾，连我这贼祖宗也着了他的道儿，我甘拜下风，只好称他作老贼了。"

这番歪理实在有趣，叶敏玉虽觉不妥，但还是忍不住笑出声来。贺笑风性情活泼、言语风趣，俩人聊着聊着，倒是颇为投机。

叶敏玉挂念周琰，总是不知不觉地提起他："听说前辈十年前就已认识我师叔了？"

"确实有过数面之缘。你师叔出身名门正派，不但剑术高明，又爱结交朋友，当时在江湖上也颇有名气。但他不知发的什么疯，竟然缠上了白云庄的少庄主。"

"白云庄？"

"这白云庄就在江陵城内，照说也算是武林世家了，不过并非因为武功闻名，而是因为他家的酿酒之术。"

叶敏玉"啊"了一声，说："我师叔最爱美酒。"

"他因美酒结识了那少庄主，非要跟人家结拜，别人不愿意，他就死缠烂打，在江湖上闹得沸沸扬扬。"

"此事怎会弄得尽人皆知？"

"嗯，让我想想。"贺笑风一时记不清楚，连吃了两块点心，方道，"对了，是那白云庄的少庄主被他纠缠不过，提出要他去完成几桩大事。这几件事都是凶险至极的，人家原本想让你师叔知难而退，谁知他狂性一发，就不管不顾地去送死了。"

叶敏玉虽知周琰自是化险为夷了，却还是觉得心头一紧，忙问："后来呢？"

"后来，他当然是办成了那几桩惊天动地的大事。其中之一，就是凭着一人一剑，独自挑了黄河边的青狼寨。"

叶敏玉未曾听过青狼寨的名头，经贺笑风一解释，方知是十多年前横行江湖的一伙绿林强盗聚众占山所建的寨子。对方人多势

众，而且个个武艺高强，以周琰当时的功力，当真是九死一生。

"我师叔既然践约，那么那位少庄主……"

"他反悔了。"

"什么？！"

"听别人说起，周琰浑身是伤地赶回白云庄时，那少庄主却闭门不见。众人见他衣襟带血、面色可怕，只当他定要大闹白云庄了，谁知他只是喝了三大碗酒，大笑一声之后，便扬长而去，从此再也没有踏入江陵。"

叶敏玉在师门的时候，虽也听说师叔的名声极差，却不知其中还有这许多曲折，如今听贺笑风说了，只觉得荡气回肠。却连他自己也不知道，究竟是被这故事打动了，还是被故事中的人打动了？

他想起周琰那一日凭窗而立的模样，不由得喃喃道："我师叔果然是个至情至性之人。"

贺笑风奇怪地望他一眼，道："你觉得他是真性情，江湖中人却只引以为笑柄。而且你这个师叔，如今却是自身难保了。"

"什么？"叶敏玉大吃一惊，忙问，"我师叔出什么事了？"

"我亲眼瞧见他被人五花大绑地擒住了，你说还能有什么好事？"

"莫非又遇上了夺宝之人？我师叔纵然不敌，也不可能无计脱身。"

贺笑风眨一眨眼睛，道："若有人请他去白云庄喝酒，而对方又恰好是他一心结交的人，你说他会不会想法子脱身？只怕恨不得自投罗网。"

叶敏玉听到这里，已猜着了一些头尾，问："那少庄主也想要藏宝图？"

"这可要问你师叔才知道，不过他这会儿被关进了白云庄的地牢里，也不知是生是死。"

叶敏玉眼皮直跳，一下站起身来，右手按住剑柄，当场就要赶去救人。但他刚踏出几步，便又冷静下来，略微定一定神，慢慢坐回了原处。

原来他虽担心周琰的安危，却也晓得自己毫无江湖经验，这样冒冒失失地跑去，如何能够救人？他一面告诫自己不要冲动，一面忍不住暗想，若师叔遇上这种事，会如何应对？

是了，那人只会智取。

叶敏玉深吸一口气，动手给自己倒了杯茶，脑海里飞快地转过各种念头，等到一杯茶喝完时，他唇边又已露出了微笑。

贺笑风心生疑惑，问："你师叔危在旦夕，怎么你好像一点也不担心？"

"我不只担心得要命，而且还打算立刻赶去救人。"他说到这里，忽然站起来作了一揖，道，"不过此事还要有劳前辈相助。"

贺笑风听得笑起来，挑眉道："姓周的又非我的师叔，我凭什么去蹚这趟浑水？"

"就凭那半张藏宝图。"

贺笑风面色一变，果然微微动容。

叶敏玉接着说道："前辈既为神偷，偷了一次不成，自然还会再偷第二次、第三次。但如今我师叔被白云庄所擒，那藏宝图难免就成了别人的囊中之物，前辈岂会甘心？"

"不错，我非要去偷回来不可。"

"偷东西的方法之一，就是声东击西，靠别的事物扰乱对方的注意力。若我不是那个最好的人选，前辈又怎么会在此处等着我，

还特地告诉我师叔被抓的消息？所以就算我不提此事，前辈也定会助我一臂之力。”

他说话和和气气的，言语轻柔，态度斯文，但是每一句都正好说中贺笑风的要害。

贺笑风呆了半晌，方才眯一眯眼睛，一言不发地绕着叶敏玉转了几圈。

叶敏玉有些不自在，问：“前辈这是干什么？”

贺笑风皱了皱鼻子，模样甚是可爱，说：“我瞧瞧你把狐狸尾巴藏在了哪里？”

叶敏玉不禁失笑。

贺笑风却是一本正经地叹道：“唉，唉，你以后可别跟姓周的走得太近，不然定要被他带坏。”

叶敏玉也不去反驳他，只说：“前辈这是答应了？”

贺笑风气呼呼地哼了一声，算是默认了。

叶敏玉大喜，当下连连道谢，但也不愿白占别人的便宜，便说：“前辈不问问我那张藏宝图在何处吗？其实……”

“千万不要！”贺笑风连忙捂住自己的耳朵，叫道，“不是自己偷来的东西，可就没有意思啦。”

他脾气这样古怪，倒也真是个江湖异士。

叶敏玉心想若说出了实话，他可未必肯去白云庄救人了，因此不再多提。

他俩人都不想耽搁时间，结过账之后，便一同往江陵赶去。

贺笑风的江湖经验比叶敏玉老道得多，又干惯了偷鸡摸狗的事情，只路上这两天工夫，就拟出了救人之计。不过他也再三提醒说，他只是为了偷东西，可绝不帮忙救人。

叶敏玉并不勉强，只是又谢了他几回，弄得贺笑风反而不好意思起来。

他们虽到了江陵，却没有急着动手救人，只夜里跑去白云庄踩了几次盘子，悄悄摸清地牢的位置。等到时机成熟之后，这一夜两人才换上夜行衣出了门。

两人照着先前定好的计划，进了庄就兵分两路，各自行动。

白云庄虽不是龙潭虎穴，但毕竟是武林世家，守备也自森严。好在叶敏玉练得最好的就是轻功，这几日得贺笑风指点，更是大有长进。这会儿他飞檐走壁，竟是一点声息也无。

他在外头探听不到周琰的消息，也不知师叔是生是死，早已心急如焚，这时便尽情施展轻功，一路避开巡夜的护卫，朝地牢直奔过去。

地牢外只有两个护卫守着，叶敏玉若是出手，也未必斗他们不过，但因怕发出声响惊动旁人，所以按照贺笑风先前教他的法子，点燃了怀中的一束迷香。他自己服了解药自然无碍，两个护卫却是昏昏欲睡，连哼也没哼一声，就相继倒在了地上。

叶敏玉虽觉得这个方法不太上道，但他初次接触这些旁门左道的东西，倒也觉得颇为新奇，连忙把昏倒的两人藏进了旁边的树丛中，然后迈步走进了那黑漆漆的地牢。

滴答。

滴答。

地牢内阴森寒冷，不时有冰凉的水珠滴落下来。

叶敏玉打了个寒战，只觉得越往里走，湿气就越重。四周暗得不见五指，只远处有一点微弱的火光，却是昏黄惨淡得令人发毛。

叶敏玉为了救人，虽已将生死抛在脑后，但面对此情此景，心

中也自惴惴。走到一半的时候，他蓦然听见那火光处传来了一阵大笑声。

这笑声低沉悦耳，既狂傲，又潇洒，叫人只闻其声，便已如见其人。

叶敏玉认得这是周琰的声音，顿时精神一振，什么也不再怕，快步冲了过去。

火光下，只见一人白衣染血，双手被铁链锁在了墙上。他的黑发散落下来，脸上也满是血污，样子极为狼狈，但是容颜俊朗，嘴角犹自带着微笑。

除了周琰，还能有谁？

叶敏玉只瞧一眼，就觉心里狂跳起来，立刻冲了上去，挥剑斩断两旁的铁链。

周琰力气全无，顺着墙壁慢慢滑倒下去，却仍旧笑个不住。他抬一抬眼皮，低声道："你终于肯来见我啦？"

叶敏玉呆了一呆，还未明白这句话是什么意思，就被周琰一把抓住了手腕。

他的手掌烫得吓人，声音更是低沉沙哑，一字一字地说："你不是要请我喝酒吗？为何要在酒中下毒？你既然想得到那张藏宝图，又为何……不亲自来问我要？"

叶敏玉听到这里，方知他是认错了人，伸手往他额上一探，果然烫得厉害，忙道："师叔，你可是病糊涂了？我这就救你出去。"

周琰"嗯"了一声，干脆闭上了眼睛，哈哈笑道："好，再拿酒来！"

叶敏玉见他这般情状，心中实在担心，仔仔细细地在他身上查看一番，确定除了一些零碎小伤，其他并无大碍之后，才算放下心来。

他怕耽搁得太久，会被白云庄的人发现，所以咬一咬牙，很快就将周琰负在身上，背着他朝外面跑去。

一路上，只听得周琰不断喃喃着同一个名字，只是声音太轻太轻，根本听不清楚。但是叶敏玉知道，能让师叔这般念念不忘的，必定只有一个人。

十年前，他在这个人门外大醉一场，从此再也不入江陵。

十年后，他为这个人的一句话重踏江陵。

结果，却只等到一杯毒酒。

叶敏玉即便不知其中曲折，只看周琰现在这副模样，便料得到他有多么伤心失望了。他只恨自己嘴拙，说不来安慰的言语，只能闷着头往前走。

待出得地牢时，只见东南面火光冲天，四周吵吵嚷嚷的，尽是喧哗声。

"走水啦，走水啦！"

"快点救火！"

白云庄内乱成一团，所有人都在忙着救火。

叶敏玉知道这是贺笑风的杰作，庄内一乱，他才好趁机救人脱险，于是施展轻功，打算从西北角冲出去。

不料刚到墙边，耳旁就响起一道冷漠的嗓音："好一招声东击西！不过用放火这种手段，未免太不入流。"

叶敏玉循声望去，只见一人立在树上，身形随着树枝微微晃动。他穿一袭青色的衫子，容貌在夜色下有些模糊，依稀可见面孔白皙、五官秀丽，手指修长如玉，尤其生得好看。

但这双手此刻握着一柄利剑，剑尖正对着叶敏玉。

叶敏玉不敢失了礼数,抱拳道:"若非为了救人,晚辈绝不敢出此下策。"

那人哼了一声,声音清冷如同月色:"把人留下,我便放你一马。"

"恕难从命!"叶敏玉想也不想,飞快地抽出佩剑。

那人便从树上跃了下来,挥剑直刺叶敏玉的咽喉。

叶敏玉见他剑法狠辣,当下不敢怠慢,屏气凝神,专心与他拆起招来。他本来胜在轻功过人,这会儿背上负着个人,自然施展不出,只靠着本门的追风剑法勉力抵挡。

斗到二十招开外时,叶敏玉已经是只守不攻,连步法都渐渐乱了。他又急着突围,连使了两次险招,连衣袖都给人家划破了,正自焦急,忽听得周琰的声音传进耳里:"傻小子,我说过多少回了,手腕要抬得更高,剑要出得更快。"

说着,他在叶敏玉肩头轻轻一拍,纵身跃到了他跟前,道:"来来来,师叔使给你看。"

叶敏玉忙把剑递了过去,喜道:"师叔,你总算醒了?"

"但愿长醉不复醒……哈哈,我哪里有这么好的福气。"周琰弹了弹手中宝剑,倏地转过身去,挥剑疾刺那青衫男子。

他使的正是叶敏玉方才使过的一招"玉女投梭",只是速度之快,当真是疾如迅风,对方纵然知道他的剑路,也是绝难闪避。

奇的是对方也并不躲闪,反而同样举剑刺来,用的竟是同归于尽的招数。

周琰"咦"地叫了出来,声音里充满了惊讶:"你、你……是你?!"

剑光一闪而过。

周琰的右手慢慢垂下去，宝剑"当"的一声落在地上，而他肩上则多了个血窟窿，正汩汩地往外冒着鲜血。但他并不叫痛，仅是直直望着眼前之人，低声问："……为什么？"

对方没有答他，反手又是一剑。

好在叶敏玉见机得快，拾起剑来挡了一挡，拉了周琰就跑："师叔，我们快走！"

周琰虽是失魂落魄，却总比半睡半醒的时候好一些，跟着叶敏玉一同跃出了墙去。耳听得后面有人追来，却好像隔了千年万年那么远，周琰脑海里空荡荡的，什么也没办法去想。

黑夜中不辨道路，叶敏玉拉着周琰横冲直撞，见追兵渐渐远了，才在一条小巷子里停下来歇了歇，道："师叔，你伤得怎么样？"

"一点小伤而已，不碍事。"周琰摆了摆手，自言自语道，"奇怪，怎么越来越痛了？"

叶敏玉抬眼看去，只见他肩头仍旧鲜血直流，而他的手却一直按在胸口上，可见真正作痛的，并非刚才的剑伤。

叶敏玉一怔之下，什么也都明白了，一面撕下衣袖来帮他包扎伤口，一面问："刚才那人……便是白云庄的少庄主吗？"

周琰点点头，眼睛里突然多了一丝光彩，问："他生得挺好看的，是不是？"

叶敏玉在夜色下并未瞧得清楚，却还是应了一句，又道："他想要那张藏宝图，师叔给他了吗？"

周琰反问道："你说我会不会给？"

"依师叔的性情，必然会给的……"

"啊，你也知我的心，偏偏他却不知。他跟天下所有人一样，根本不明白我！"

说到这里，周琰突然仰起头来，哈哈大笑。

笑声不绝。

只是在漆黑静谧的夜里，这笑声比哭声更加骇人。

第四章

叶敏玉怔怔在旁听着，一时不觉痴了。隔了半晌他才回过神来，急道："师叔，只怕追兵片刻就至，咱们还是快些走吧。"

他见周琰浑浑噩噩的，只恐他伤心过度，连自己的性命也不要了。

周琰直笑到嗓子都哑了，再也出不了声时，才慢慢停了下来，朝叶敏玉招一招手，问："师侄，你身上有没有带酒？"

叶敏玉一说没有，他脸上便露出一副失望的神情，好似没有酒喝这回事，比肩头的剑伤更叫他难以忍受。

叶敏玉真不知该哭该笑，伸手扶住了周琰的胳膊，道："我知道哪里有酒，我们这就去喝。"

"好！"周琰也不客气，半边身子都压在了叶敏玉肩上，道，"可惜我没带银子，又要师侄你请客了。"

他虽言笑如常，脸色却比平日里苍白得多，一看就是强颜欢笑。

叶敏玉心中明白，却也并不点破，只快步往前走去。他感觉阵阵热意从周琰身上传了过来，显然病得比先前更加厉害，不住地问道："师叔你还好吗？要不要停下来歇一歇？"

周琰当然连说没事，后来被问得烦了，便道："我瞧上去有这么不中用吗？连一点小伤也受不住？"

叶敏玉暗想：恐怕你的伤却在心上。

不过他身为晚辈，这句话怎么好说出口来？他刚想胡扯几句敷衍过去，却被周琰推了一把，听他叫道："小心！"

接着就听耳边响起飞箭破空的声响。

周琰并无兵刃在手，却双足一点，毫不犹豫地凌空跃起，"啪啪啪"几声，空手折断了数支箭矢。因为肩膀受伤的关系，他的动作稍慢了一些，仍有一支箭朝叶敏玉飞了过去。

他眉头一皱，倒也并不惊慌，左脚踏上旁边的墙壁，借力在半空中翻了个跟头，竟然用牙齿咬住了最后那支箭。然后他将头一甩，利箭重新飞了回去，而且力道更大、去势更急！

"啊——"不远处立刻响起了惨叫声。

叶敏玉瞧见几道人影一闪而过，料想必是白云庄派来的，不由得赞道："师叔真是好功夫。"

周琰微微一笑，身形晃了晃，却是险些跌倒。

"师叔？！"

"没事，刚才招数使得太慢，中了一箭而已。"周琰背靠住墙壁喘了喘气，苦笑道，"病了就是病了，我以后可再不敢夸口了。"

叶敏玉低头一瞧，果然见他左腿上插着一支羽箭，正自鲜血直流。

他伤在左腿，却绝不是因为身手太慢，而是为了截住最后那支箭。若不是为了救人，他纵使身在病中，又怎会轻易受伤？

叶敏玉呆呆瞧住那伤口，说不出是何滋味。

周琰抬头望他一眼，却道："师侄，你先走吧。"

"什么？"

"追兵已至，后面还不知有多少人马，我如今行动不便，还怎么逃得掉？"

"我、我可以背你！"

"傻小子，你是打算同我一起死吗？"

叶敏玉面红耳赤，只靠着夜色遮掩，小声说："……那也很好啊。"

"那日在客栈中不过是做戏，今日却真正是大敌当前，你难道不怕死吗？"

他不过是个普通人，怎会不怕？

但叶敏玉只是笑一笑，弯下身来握住周琰腿上的那支箭，柔声道："师叔，你忍一忍。"

说罢，他手上一使力，猛地将箭拔了出来。

周琰闷哼一声，额上汗水淋漓。

叶敏玉却是神情镇定，连眼睛也不眨一下，飞快地用布条裹住了伤口。他本是富家公子，何曾干过这等事？不多时，自己身上也满是血污了。

他毫不在意，仅是随手一抹，道："师叔，我背你。"

"不用了，"周琰此时已半坐在地上了，面上却仍含微笑，说，"咱们的老朋友来啦。"

叶敏玉回头一看，只见数十个江湖汉子从墙头跃了下来，为首的是那个内功精湛的蒙面人，其他人有的陌生有的眼熟，好些是当初在破庙里见过的。

他们的武功参差不齐，当然不可能来去无声，只不过叶敏玉刚才专心替周琰包扎，竟未发现强敌已至。

那蒙面人踏前一步，冷笑道："好呀，你们那天在客栈中果然只是做戏。"

"阁下到今日才发觉吗？"周琰摇头叹气，道，"那可太迟了些，藏宝图早已被别人抢走了。"

"别以为我会再上当！藏宝图若不在你的身上，白云庄的人怎么还会追你？你们乖乖把东西交出来也就罢了，否则休怪我出手无情。"

叶敏玉环顾四周，见一干人都虎视眈眈，对方人多势众，便是乱刀乱剑也足可将他们斫死，看来今日是绝难脱身了。

他略一思索，心中已有计较，"唰"的一声抽出了腰间佩剑。接着他却倒转剑柄，朝那蒙面人施了一礼，朗声道："晚辈不才，斗胆领教前辈的剑法。"

那蒙面人从未将叶敏玉放在眼里，闻言不禁怔了怔，这才打量他几眼，道："你这小娃娃好大的胆子，不过连你师叔也不是我的对手，何况是你？"

"前辈武功高强，晚辈自然万万不及。所以我只求在前辈剑下走三十招，三十招内，若能侥幸赢得前辈一招半式，那么……"

"我便饶你不死？"

"错了，"叶敏玉回头望向周琰，那柄黄金剑将他的眼眸映得灿若星辰，道，"是不许伤我师叔一分一毫。"

周琰未料到他会说出这番话来，一下就怔住了："师侄，你何必为我这样冒险？"

叶敏玉只是反问道："怎么？师叔料定我会输吗？"

周琰顿觉词穷。

那蒙面人则更是为难，若只放过一个小小的叶敏玉，当然无伤大雅，但藏宝图还要着落在周琰身上，怎么好轻易许下诺言？虽然也可什么都不理会，直接动手擒人，不过想要夺宝的人这么多，他若不使出一手上乘功夫，如何能够震慑群豪？

他眉头一皱，很快就有了决断，双手负至身后，沉声道："若三十招未到，你就先毙命于我的剑下，那又如何？"

叶敏玉看似冷静，其实掌心里早已捏了一把汗，直到这时才松了口气，毫不迟疑地答道："晚辈自然愿赌服输。"

"好，你进招吧。"

叶敏玉先是恭恭敬敬地道了声谢，然后才摆出挥剑的架势来。周琰一直在旁看着，这时忍不住叫出来："师侄！"

他虽叫出了声，却不知说什么才好，最后只望住叶敏玉，轻轻吐出两个字："……小心。"

叶敏玉应了一声，顿觉胆气更壮，剑花一挽，率先出了一剑。

追风剑法讲究的是一个"快"字，配合上凌云派的轻功步法，使出来时剑光万道，直令人眼花缭乱。那蒙面人剑法平平，但胜在内力深厚，每一剑都似挟着一股劲风，单是剑气就刮得人脸颊生疼。

围观众人都是这方面的行家，见了如此激斗，不由得喝起彩来。那一对红脸黑脸的兄弟本就跟叶敏玉有仇，这会儿便"第一招""第二招"地数了下去。

若论真实功夫，叶敏玉跟那蒙面人差得甚远，能不能走完三十招也还难说，但他心中早有主意，勉强支撑到第十招时，突然使了一招"玉女投梭"，直刺那蒙面人的肩膀。

此招本是追风剑法中的精华，叶敏玉又多次得周琰指点，出招时又快又准，当真疾如迅风。但那蒙面人岂是等闲之辈，只一眼就看破了叶敏玉的剑路，剑尖斜撩而上，划向他的胸口。这一招乃是攻敌之招，叶敏玉若不变招，胸前马上会多出一个透明窟窿。不料他咬了咬牙，非但没有闪避，反而迎着剑尖撞了过去，手中长剑递得更急，一心要刺中对方的肩头。

原来他自知不是那蒙面人的对手，所谓的三十招只是一个幌子，其实早决定另辟蹊径，即使拼着性命不要，也要赢上一招半式。想那蒙面人自重身份，纵然只肩上被划破一道口子，这一局也算输了。

周围众人到此时方知他的心意，见他年纪轻轻就要丧命于此，都是惋惜不已。

周琰尤其惊讶，挣扎着从地上站起来，叫道："师侄——"

千钧一发之际，也亏得那蒙面人内力浑厚、经验老到，肩膀往后缩了一缩，同时重重挥出一掌。这一掌似有开碑破石之力，叶敏玉原本离剑尖只差着寸许了，却硬生生地被掌力逼退数步，张嘴吐出一口血来。

他虽受了内伤，但也因此捡回一条性命，真不知是福是祸。

周琰在旁瞧着，只觉整颗心都提了起来，双手紧握成拳，竟连伤口又裂开了也不知觉。"师侄，你已打得够了，快回来！"

他平常跟叶敏玉说说笑笑，只像平辈一般，从未用过这样严厉的语气。

但叶敏玉只作不闻，甚至连头也不回一下，将剑一挥，道："还差着二十招，再请前辈赐教。"

"为了这姓周的小白脸，你当真连性命也不要了？他的名声可不太好，你就不怕身败名裂？"

"我本就是无名小卒，有什么好怕的？"

"你现在虽是无名，但再过得十年八年，可就不好说了。"蒙面人这句话中大有怜才之意，似乎打算放叶敏玉一马。

叶敏玉面色煞白，唇边犹自淌下鲜血，却只勾了勾嘴角，一言不发地再次出招。他的计谋已被识破，这回也不再掩饰，一把剑舞得泼风一般，使的尽是不要性命的招式。

周琰知他心意坚决，无论怎么劝说也是无用，便慢慢弯下身去，拾起了先前从他腿上拔出的那支箭，握在手中把玩着，似不再关心眼前恶斗。

而那蒙面人被叶敏玉缠得烦了，出手更是毫不留情，几招过后，

众人只听"啊"的一声，叶敏玉的右手垂了下去，臂上多出好大一道口子，淋漓的鲜血顺着手指不断滴落。不过他只喘了口气，立刻剑交左手，再次扑上来。

那蒙面人十分不耐烦，干脆以掌做剑，再次击向他胸口。

恰在此时，周琰忽然放声大笑起来。

他虽然受了点伤，但是内力尚在，笑声犹如在众人耳边响起一般，听得人心头一震。

饶是那蒙面人武功高强，也被他乱了心神，怒道："你笑什么？"

周琰靠立墙边，漫不经心地转动着手中羽箭，悠然道："我笑阁下的本领真是高强，竟然把金钟罩铁布衫的功夫练得出神入化。"

那蒙面人听出他话中有话，道："我何曾练过这门功夫了？"

"咦？没有练过吗？那阁下的脸皮怎么厚比城墙、刀枪不入？"

"你……！"

"阁下也算得上是武林名宿了，提起你的大名，谁人不说一句佩服？阁下最擅长的明明是开山裂石的绵掌功夫，为什么要藏拙使剑，来欺负我这师侄？"

闻言，那蒙面人眼中杀机一闪，喝道："你认出我是谁了？"

"像阁下这等功夫，天下间又有几人？我怎么会认不出来？"周琰顿了顿，故意拖长了声音，道，"我师兄叫我问您老人家好。"

话音刚落，就见那蒙面人额上青筋暴突，也不去理会还在跟他恶斗的叶敏玉，袖子一扫，就向周琰扑了过去。

周琰早料到他会袭来，所以不躲不闪，只笑吟吟地竖起了手中的羽箭。

"叮——"

剑尖与箭头相碰的那一刻，周琰眸中光芒大盛，朝叶敏玉喊道：

"师侄，仍旧使那一招！"

"是。"

叶敏玉听了之后，自然而然地知他心意，果然手腕一抬，使出那招"玉女投梭"。

那蒙面人这时方知上当，可是剑尖给周琰的内力粘住了，一时抽不出来，只稍微慢得一慢，就听"哧"的一声，已被刺中了右肩。

叶敏玉并不恋战，一击既中，即收剑回鞘，抱拳道："多谢前辈手下留情。"

他这句话一说，就是胜负已分了。

那蒙面人吃了个哑巴亏，一股气无处可出，猛地大喝一声，竟硬生生地将手中长剑震飞了出去。刚才周琰故意用言语相激，其实是合了两人之力才赢得这一招的，但毕竟是那蒙面人自己先动的手，于情于理，总归算他输了。

何况他只略一迟疑，周琰就立刻问道："我师侄尚且知道愿赌服输，难道阁下连他这小辈也不如吗？"

那蒙面人答不上话来，不由得紧紧攥住拳头，眼睛里杀机隐现。比起那半张藏宝图，他此刻倒更关心另一件事，问："你当真晓得我是谁？"

嗓音冰冷阴沉，听得人毛骨悚然。

周琰却是毫无惧意，反而眨了眨双眸，笑说："当然……是假的。阁下又非绝色美人，单凭一双眼睛，我怎么认得出来？"

"那么你师兄……"

周琰更觉好笑，道："我多年前就已被逐出师门了，哪里有机会见着我师兄？哎呀，阁下好像挺怕我师兄的。"

那蒙面人被他气得半死，突然提起右手来，"啪"的一掌拍了

出去。

强劲的掌风从周琰耳边擦过，最后击在他身后的墙壁上，只听轰隆一声巨响，墙面竟然塌了大半。

"好，这回算我着了你的道儿，但你也不见得次次都这样走运！"那蒙面人慢慢收回掌力，森然道，"我虽答应了绝不伤你，但同来的这些江湖朋友，我可管不着。"

说着，他又怒瞪了周琰一眼，这才拂袖而去。

周琰早料到还有一场恶战，因此并不惊慌，只转头望向叶敏玉，问："师侄，你还有力气接着打吗？"

叶敏玉刚受了内伤，唇边血迹未干，右臂更是软软地垂在身侧，但他想也不想，就用左手拔出剑来，大声应道："当然。"

他边说边上前一步，与周琰并肩而立。

那一群江湖汉子早已等得不耐烦了，这时纷纷围拢过来，打算一拥而上。不过他们尚未动手，就先叫嚷了起来。

"奇怪，我的剑呢？"

"我的钢刀去了哪里？"

"糟糕，我的金钱镖不见了！"

黑暗中本就不辨事物，众人又都丢了兵器，登时乱成一团。

接着就见一道黑影越众而出，身后背着老大一个包袱，身形却甚是灵活，只几个起落，就已消失在了夜色之中，只远远传来一阵大笑："这些破铜烂铁虽然值不了多少银子，但既然到了我的手里，就只好将就着收下了——"

众人听了，个个破口大骂。

叶敏玉却是又惊又喜，一下就认出了此人是贺笑风。

原来他不知何时混在了这伙人中，趁大家凝神观战之际，施展妙手空空之术，神不知鬼不觉地偷走了他们的兵刃。

他这么一捣乱，周琰岂会坐失良机？当即朝叶敏玉使了个眼色。

叶敏玉知道这是师叔的绝活之一，打不过就跑，于是应了一声，十分配合地仗剑开路，只听"叮叮当当"一阵脆响，那些不曾丢了兵刃的人，手中刀剑也被削得七零八落了。

周琰则仍靠那支羽箭对付追兵，如此并肩迎敌、互相援护，竟真的给他们杀出一条血路来。

此时夜色沉沉，离天亮不知还有几个时辰。

叶敏玉本就不熟悉道路，这会儿更加辨不出东南西北，急忙问道："师叔，我们往哪里逃？"

"这事不该你说了算吗？"周琰似笑非笑地瞧着他，眸色比平常温柔许多，说，"你刚从别人手上赢了我的性命，以后我什么都听你的啦。"

叶敏玉明知他仅是说笑，却仍心中一荡，脚步一下就慢了。

周琰伸手拉他一把，问："师侄，你怎么了？"

"没事，我只是……腿软了而已。"

他从来不是冲动的人，但先前也不知怎么回事，竟不管不顾地跑去拼命，直到这时方觉得后怕。

周琰笑了笑，干脆紧拉住他的手不放，脚下跑得更急。他腿上的伤口血流不止，想必疼得厉害，但始终谈笑自若，只是追问叶敏玉伤得严不严重。

叶敏玉想到俩人都是一副狼狈不堪的模样，心里暗自好笑，连那些痛楚也不觉得了。

跑得一程之后，眼前豁然开朗。

叶敏玉只道是天色将亮，待看清前方景色时，不禁大失所望。

原来他们不知不觉间跑到了江边来，放眼望去，只见月上中天、江水茫茫，连一条渡船也无，哪里还有路可走？而身后的追兵紧追不舍，已是离得越来越近了。

若他们并未受伤，当然可以仗着高深的功力泅水渡江，但现今这副样子跳下去，定然是九死一生。

叶敏玉似乎失了力气，只靠一把长剑支撑着，道："师叔，是条死路。"

"嗯。"

"我们该怎么办？"

周琰望住那茫茫江水，也不知在想些什么，过了片刻，方才哂笑一声："此处虽无美酒，但到了阴曹地府，自然又可举杯畅饮。"

他边说边朝叶敏玉伸出手来，问："师侄，你陪不陪我喝酒？"

月色下，只见他卓然而立、衣袂翩飞，容颜俊美更胜往昔。

叶敏玉如何还会犹豫？一下就握住了那只手，与他相视而笑，一字一字地说："我定然奉陪到底！"

哗哗的水声响得更急。

转眼间，月光依旧，人影已渺。

第五章

哗啦。

哗啦。

水声不断。

叶敏玉清醒过来的时候，发现他大半个身子都浸在水里，被水底的沙石硌得生疼，抬眼一看，只见头顶上艳阳高照，四周则是群山掩映、草木葱郁，偶尔能闻得一两声鸟鸣，似乎是某处人迹罕至的山谷。

怎么会到了这个地方？

叶敏玉的记忆有些模糊了，只记得跳进水中之后，周琰抓着他一直往前游去。他的水性甚差，只呛了几口水就失去了意识，最后也不知是周琰奋力救了两人的性命，还是力竭后被水冲来此处的？

无论如何，他俩总算命大。

叶敏玉刚恢复一些力气，便坐起来推了推身旁的周琰，叫道："师叔！"

周琰双目紧闭、面色苍白，连唤了几声都无反应。

叶敏玉伸手一摸他的额头，果然还是烫得厉害，而且伤口被水浸过之后，显然已经恶化了，血水和泥沙混在一处，瞧来十分吓人。

其实叶敏玉自己的伤势也不轻，但他没工夫理会这些，只深吸一口气，摇摇晃晃地站起来，半拖半抱地将周琰拉离岸边。刚走得几步，他就觉右臂一阵钻心的刺痛，竟然脚下一软，再次摔回了地上。

这一下摔得甚重，他先前受的内伤又发作起来，不由得咳嗽几声，喉咙里涌上腥甜的血味。身体已经累到极致，动一动都觉吃力。

但此刻日头正毒，明晃晃的晒得人头晕，若在这地方躺下了，只怕再也站不起来。

叶敏玉慢慢喘一口气，心想若是师叔的话，就算用爬的也会接着往前爬。何况他只是右手不能动了，好歹还有一只左手。于是他咬了咬牙，拉过周琰的手来搭在自己肩上，拼着一口气站起身来，仍旧一步一步地往前走。

他现在满身泥污，哪里还有从前那富家公子的翩然模样？只腰间悬着的那把黄金剑，依然在日光下耀然生辉。

离树荫不过短短数步之遥。

但这定然是叶敏玉走过最艰难的一段路了，他根本站立不稳，非但双膝很快就跪在了地上，连左手也只能狼狈地撑着地面，一寸寸地往前挪动。后来他甚至又摔了一跤，危急中抱着周琰滚了两滚，才勉强到了树荫底下。

周琰被他这么一摔，倒是闷闷地哼了一声，可惜始终昏迷不醒。

叶敏玉再没有站起来的力气，便跟他并肩躺着，伸手到怀里摸出几个瓶瓶罐罐来。这些是贺笑风连同迷香一起塞给他的，里头有一瓶上好的金创药，也不知是从何处偷来的。

他此刻顾不上这么多了，张嘴咬开瓶塞，倒了一些在周琰的伤口上，直到最后才来处理自己的右手。他臂上被划出好大一条口子，伤处皮肉外翻，整条手臂都痛得麻木了，连指尖也是泛白的。

金创药倒上去，又是一阵剧痛。

叶敏玉闭了闭眼睛，迷迷糊糊地想，他该不会再也不能使剑了吧？但他实在是筋疲力尽了，这个念头只是一闪而过，很快就被浓浓的困意吞噬。

再次睁开双眼的时候，似乎已是半夜。

叶敏玉睡过一觉后，觉得精神略好了一些，又叫了周琰数声。但身旁之人呼吸沉重，丝毫没有清醒的迹象。

他知道若不吃些东西，俩人的身体都会支撑不住，但这会儿要他再站起来，又真是万万不能了。正为难间，他忽然瞥见头顶的树枝上结着一些红红绿绿的野果，瞧来小巧可爱，却不知有毒无毒。

反正干耗着也是饿死，倒不如试上一试。

叶敏玉也是豁出去了，左手在地上摸着一块小石子，"啪"的一声弹出去，从枝头打下了几枚野果。他不敢给周琰乱吃，自己先咬了一口，咽下后觉得并无大碍，才喂周琰吃了一些。

不晓得是不是贺笑风偷来的金创药本有奇效，如此过得几日，两人的伤势竟一天天地好转了起来。

到得第三天晚上，叶敏玉已可以起身走动，连右手都略有知觉了。他在附近转了一圈，找了个稍微干燥些的山洞安置周琰，又去拾了干柴来生火取暖。

这些杂事都是他这大少爷从未碰过的，如今一点点摸索起来，倒也干得像模像样。

只是周琰的伤口虽在愈合，神智却总归不太清醒，有时叫嚷着要喝酒，有时大笑不止，有时又翻来覆去地重复着同一个人的名字。

林攸。

林攸。

这名字叶敏玉听了成千上百回，当然晓得是谁了。

只是他着实想不明白，一个人怎么会对另一个人如此念念不忘？他心中忍不住想，若是师叔能如愿就好了。至于他是改邪归正还是接着浪荡下去，倒一点也不重要了。

叶敏玉想得出了神，手指不知不觉地摸了周琰的袖边，然后只觉手腕一痛，被周琰一把捉住了。

"师叔？"叶敏玉力气未复，挣扎着想抽出手来。

不料周琰的力道大得出奇，紧紧抓着他不放，低喃道："不要走——留在我身边。"

叶敏玉心头发颤，他是太清醒了，知道师叔这句话是对另一个人说的；但他又仿佛病得糊涂了，就这么望着周琰，轻轻"嗯"了一声。

周琰不知是不是听见了他的声音，又呓语了几句之后，逐渐平静下去，再次沉沉入睡。

叶敏玉静静陪在他身边。隔了许久许久，直到双腿都跪得发麻了，他才慢慢挪开周琰的手，起身去旁边生火。

夜凉如水。

叶敏玉怕周琰着凉，所以每晚都会坐在洞口挡风。

这一夜山林寂静，浓浓夜色有种说不出的凄凉寂寞之意……

天色微亮的时候，周琰似乎低低叫了一声："师侄……"

叶敏玉只当仍在梦中，直到他再叫第二遍时，才一下子从地上跳了起来。结果用力过猛，头撞在山洞的石壁上，疼得他倒抽凉气。

接着就听见周琰熟悉的笑声："傻小子，你还没睡醒吗？"

叶敏玉虽被取笑了一番，却并不放在心上，抬眼望去，只见周琰的脸色仍旧苍白，但一双黑眸亮晶晶的，已恢复了往日的神采。他知道师叔病情大好了，忙快步上前，探一探他的额头，问："师叔肚子该饿了吧？想吃什么？我这就去张罗。"

"这里是什么鬼地方？"周琰瞧了瞧四周的山壁，皱眉道，"嗯，有酒喝吗？"

叶敏玉已摸着了他的脾气，温言道："待病好了才能喝酒，我

先去抓只山鸡来烤着吃吧。"

"你？"周琰可不记得他这娇生惯养的师侄有此本领。

叶敏玉只是笑笑，转身走出了山洞。

他这一去就是半个多时辰，回来时身上满是尘土，好似在哪里摔了一跤，不过手中果然提了一只山鸡。而且他杀鸡烤火的动作虽然生疏，但过得片刻后，毕竟还是香味四溢了。

周琰病了好几日，正觉饥饿难耐，忙接过来吃了，边吃边夸赞了叶敏玉几句。他又问起这几天的情形，叶敏玉也都一一说了。

周琰听后颇觉不好意思，道："师侄，这几日可多亏了你啦。"

"本就是弟子分内之事。"

"都怪我行事鲁莽，为一张藏宝图惹祸上身，把你也牵扯其中了。"

叶敏玉心想若非如此，他怎么会认得周琰？

相比之下，那些打打杀杀的小事，倒也不算什么了。

周琰当然不知他的心思，只是说了这么久的话，倦意又袭了上来，没过多久便熟睡过去。这一次倒没有睡得太久，醒来时才不过夜半时分。

叶敏玉照旧坐在洞口守夜，从周琰的角度望过去，只瞧得见他修长的背影和天际的一轮明月。

月色亮得晃眼。

周琰掐指一算，忽然叫道："今晚是中秋佳节！"

叶敏玉本就未睡，这时便转过头来，叹道："是呀，我本打算中秋之前回去与爹娘团聚的，不料在此耽搁，又要累得他们二老担心了。"

"这可都是我的错。"周琰慢慢坐了起来，背靠在山壁上，道，

"我日后同你一起回家，向他们负荆请罪便是。"

叶敏玉听得笑了一笑，月光照亮他半边如玉容颜，自言自语道："我爹娘有几位哥哥相伴，想来不至于寂寞，但明年此时，却不知是谁陪在师叔身边？"

周琰孑然一身、浪迹江湖，今日尚且不知道明日的事，更何况是明年？他回想起往年的这个时候，自己不是在酒楼厮混，就是独自大醉一场，心中思念之人，离了千里万里那么远，不禁微觉怅惘。

两个人都静静地不说话。

待月光一点点照进洞里来时，周琰蓦地开口道："我初次见着他的时候，也是这样一个夜晚。"

这句话说得没头没尾，但叶敏玉一听就知道，那个他指的是何人。

"师叔要说故事给我听吗？"

"这个故事，你在旁人口中也听得到。"周琰挑一挑眉毛，道，"但说得未必像我这般好听。"

"那我可定要听一听了。"说着，叶敏玉走进洞内，坐得离周琰更近一些。

周琰伸手往腰间一探，习惯性地去摸他的酒葫芦，结果摸了个空，好不懊恼地哀叹一声，这才说道："十年之前，我正像你这般年纪……嗯，可能比你还小着两岁。我那时艺成下山，什么江湖规矩也不懂，结交了不少朋友，同时也得罪了许多人。有一回路过江陵，听说白云庄的美酒乃是一绝，就半夜跑去偷酒喝。"

叶敏玉"哧"的一声笑出来，说："师叔怎么也学贺前辈去偷东西？"

"喀喀，我的银子在路上用尽了，偏巧酒瘾又上来了，就……"

反正最后什么也没偷着，因为我刚进白云庄，就遇着了那个人。"他说这句话的时候，脸上露出一种动人的神情来，像是又回到了那个夜晚。

只听周琰继续说道："他相貌生得那么好看，跟个姑娘家似的，脾气却冲得很，一见我就拔出了剑。我也是年少好胜，斗了几招之后，见他剑法不错，便提议要跟他赌一赌。"

"原来师叔这么喜欢打赌，你们是赌酒吗？"

"错了，"周琰笑了笑，样子甚是得意，"我跟他说，谁若是输了，谁就脱光身上的衣裳……"

"啊——"叶敏玉叫了一声，脸上顿时红了。

周琰忙道："你别误会，我只是见他骄傲，要挫一挫他的锐气罢了。又想两个人都是男子，就算脱光了也不算什么。"

"结果呢？是师叔你赢了？"

"当然！只不过我赢了之后，还没来得及笑上一声，他就先横剑自刎了。我那时可真吓坏了，连忙踢走他的剑，又点住他的穴道，大叫道：'算我输了！算我输了还不成吗？'边说边脱自己的衣服。"

"怎么又变成你脱衣服了？"

"输了就是输了，我怎么好耍赖？"周琰眨眨眼睛，一脸无辜，"谁料他还是对着我破口大骂，往后每次见了我，都要提剑杀我。"

顿了顿，他声音渐转轻柔："可我不知道着了什么魔，就是喜欢他那副骄傲的样子，一心想跟他做朋友，一块儿闯荡江湖。"

叶敏玉也像是着了魔，心中忍不住想，若陪着师叔闯荡江湖的人是自己，又当如何？

周琰见他神色恍惚，只当他是倦了，道："你陪我说了这么久的话，也该觉得累了，早点休息吧。"

顿了顿，他又道："山洞里暖和得很，你别坐在洞口吹风啦。"

叶敏玉应了一声，眼看周琰由起先的辗转反侧，再到后来的沉沉入睡，只觉胸口空荡荡的，茫然至极。

师叔定然还想着那位少庄主。

而他的心中呢？

他却想抛下一切，随师叔一道仗剑行走江湖。

怎么办？

叶敏玉长到这个年纪，从来没有如此迷茫过，无论是爹娘还是师父，全都没有教过他此时该怎么办，他必须自己做个决断。

是像从前那般循规蹈矩？

还是学师叔那样任性随心？

叶敏玉心乱如麻，这一夜几乎没有阖眼，到得第二天早上，却还是早早起来张罗吃食，去外头采了一些充饥的野果。

周琰的病情既有了起色，以后就是一日好过一日了。

叶敏玉见他无人照顾也行，便抽空离开山谷，到附近的镇上走了一趟。

他们藏身的地方虽跟江陵离得不远，但因地处偏僻，并未遇上什么仇敌。不过叶敏玉行事谨慎，不敢在外头久留，买了两套干净的衣裳同一些干粮后，又急急赶回了山谷。

两人直到这时才换下满是泥污的衣衫，不过周琰见叶敏玉没有买酒回来，自是好生失望，接下来几天总是念叨个不停，在山洞里滚来滚去的直哼哼。

好似他早已病入膏肓，若再没有酒喝，随时都会一命呜呼了。

叶敏玉料不到他这么会耍赖，真是又好气又好笑，劝道："等师叔的病痊愈了，再喝酒也不迟。"

"不过一点小病而已，有什么要紧的？我从前伤得更重，浑身是血的时候，也还是照饮不误。"周琰知道这师侄看似温和，性子却固执得很，所以不来硬的专来软的，可怜兮兮地说，"好师侄，你就帮我买壶酒回来吧。"

叶敏玉转开了头，假装没有听见。

周琰却是锲而不舍，说："我保证只喝一半，不，只喝一口，不不，只闻闻酒香就够了。"

叶敏玉拗他不过，只好无奈道："是是是，我这就出去买酒……"

周琰登时大喜，也不管自己还在病中，坐起来拍了拍叶敏玉的肩膀，笑道："师侄，还是你待我最好！"

叶敏玉忙叫他躺下休息，自己转身去收拾东西。

周琰这会儿算是万事顺心了，躺在地上伸了个懒腰，眼盯着叶敏玉忙碌的背影，忽道："我从来只觉得师兄太过古板，这样活着一点乐趣也没有，却只有一桩事情十分羡慕他。"

"什么？"

周琰见叶敏玉转回头来，便故意冲他笑了笑，说："羡慕他收了个好徒弟啊。"

叶敏玉道："师叔就算现在收徒弟，也还不晚。"

周琰想了一想，颇为惋惜地说："可惜你这样的傻小子，天下间恐怕寻不出第二个来了。"

说到这里，他也不知怎么突发奇想，道："对了对了，等你将来娶妻生子，我就收你儿子当徒弟好了。"

"啊？这样岂不是乱了辈分？"

"没错，到时候他既要叫你做爹，又要叫你做师兄，哈哈，哈哈。"他越说越觉有趣，似乎以后有了这个机会，定要如此胡闹一番。

叶敏玉简直哭笑不得。

而且听他提起娶妻生子之事，更加觉得烦恼，趁着天色未暗，早早去了镇上买酒。

回来的时候夜色已深，周琰早等得急了，一瞧见叶敏玉手里提着的酒坛子，眼睛里就像要放出光来，叫道："师侄——"

叶敏玉一下就猜透了他的心思，变戏法似的摸出一只酒杯来，说："只准喝三杯。"

"三杯？"周琰的笑容立刻垮了下去，"会不会太少了点？"

"嗯，那就只闻一闻酒香好了。"

"师侄……"周琰一提到这个酒字，便无计可施了，认命地叹一口气，道："好吧，三杯就三杯，快让我闻闻味道。"

叶敏玉见到他这般模样，忍不住笑了起来，果然开了酒坛子，倒上满满一杯美酒递了过去。

酒香四溢。

周琰伸手接过来，仰头一饮而尽，然后心满意足地闭了闭眼睛，赞道："好酒！"

再睁开时，他目光落在了叶敏玉身上，奇道："师侄，你的剑鞘去了哪里？"

只见他腰间照旧佩着那柄宝剑，剑光凛冽，剑穗上的明珠莹然生辉，但那黄金打造的剑鞘却不翼而飞了。

叶敏玉知道隐瞒不过，所以也不打算隐瞒，随手把剑往地上一插，目光如水，微微笑道："已换成师叔手中的美酒啦。"

第六章

闻言，周琰拿酒杯的手一顿，完全愣住了。

　　半晌他才明白过来，问："你……你把剑鞘给当了？"

　　武林中人多数爱惜兵刃，更何况是这样一柄人人眼红的宝剑？难道只因为他一句话，叶敏玉就连眼睛也不眨一下，将稀世珍宝换成了美酒？

　　他平日有钱就花，也结交过不少豪爽大方的朋友，但这样一掷千金的人，可从来不曾遇过。而且叶敏玉又不爱喝酒，当剑买酒，仅仅是为了哄他开心。

　　周琰心中激荡，一时竟说不出话来。

　　叶敏玉却只若无其事地取过杯子，又满满地倒上一杯酒。他当初匆匆离家，身上带的银子并不多，再加上一路流水般的花销，其实早已用尽了。如今身无长物，除了当掉剑鞘之外，也真没有其他办法。

　　周琰伸手接过第二杯酒，仍是一口气饮了下去，但是酒中滋味，却跟先前大不相同。他怅然道："都怪我一意孤行，方才连累你至此。"

　　"不过是剑鞘罢了，有什么关系？"叶敏玉继续替他斟酒，望一眼身旁的佩剑，笑说，"就算没有那些玩意，这仍是一柄举世无双的宝剑。"

　　周琰心中一动，不由得睁大眼睛，盯住叶敏玉看了片刻，然后大笑起来，喃喃道："举世无双，举世无双……嗯，正是如此！"

　　他嘴里虽赞着宝剑，视线却落在叶敏玉身上，眼角眉梢带着几分醉意，那副悠然含笑的模样，别有一种动人之处。

叶敏玉既不敢多看，又舍不得移开双眼，便将酒杯一收，道："三杯已到，今日不能再喝了。"

周琰这回倒不再耍赖了，勉强压下了酒瘾，点头道："不错，这酒价值千金，可不能随便浪费了。"

他又同叶敏玉说了几句闲话，眼看天色已晚，便翻身睡下了，只不过仍在那夜色中望着叶敏玉，低声道："师侄，你将当票收好，待我们脱此险境，师叔一定把剑鞘赎回来。"

叶敏玉弯了弯嘴角，但笑不语。

一夜无话。

次日起来时，叶敏玉一眼就看见自己的宝剑放在脚边，锋利的剑刃已被人用布条层层叠叠地包裹起来，一点也不会扎手。

想来是周琰把他当成了小娃娃，恐怕他会弄伤自己，所以半夜里悄悄干了这件好事。

叶敏玉瞧了瞧还在熟睡的周琰，想到将来遇上强敌时，他兴许连剑都拔不出来，不禁暗觉好笑。饶是如此，他却依然把那柄剑抱在怀中，翻来覆去地把玩着，真正爱不释手。

接下来的几天里，周琰总算安安分分地待在山洞里养伤，等到一坛酒喝完时，伤势也差不多痊愈了。

他们两人略一商量，都觉得是时候离开山谷了。

叶敏玉挂念家人，打算尽快赶回家去跟爹娘相聚，周琰答应了去负荆请罪的，当然也是陪着。只不过他们仇家不少，出谷之前，免不得要乔装打扮一番。

周琰倒是方便，他在病中消瘦了不少，就算不改装也够落魄了。叶敏玉却始终一副斯斯文文的书生模样，最后还是黏了假胡子上去，才算多了几分江湖气。

两人出得谷来，头一件事就是去饭馆饱餐了一顿，不过他们怕引人注目，白天并不赶路，到了晚上才策马而行。

　　周琰一直记着剑鞘的事，再三要叶敏玉记住当铺的名字，等他凑足了银子就回来赎。

　　叶敏玉不愿多提此事，只是问："师叔从前行走江湖，缺了银子花用时，都是怎么解决的？"

　　周琰哈哈一笑，道："我多数时候赌运不错，偶尔嘛……也会去劫富济贫。"

　　叶敏玉听了，也跟着笑起来，刚欲开口说话，就见周琰脸色微变，朝他打了个手势。

　　叶敏玉连忙噤声，这才听见一阵兵刃相击的声音从不远处传过来，光听那喧闹声，似乎人数不少。

　　"是不是追杀我们的人？"

　　"不清楚，"周琰皱了皱眉，压低嗓音道，"我们绕过去瞧瞧。"

　　叶敏玉忙把剑握在手里，跟着周琰翻身下马，悄无声息地绕过了一片树林。

　　打斗声越来越近。

　　夜色下，只见江边火光点点，两拨人马正在激战。

　　叶敏玉放眼望去，发现其中有不少手持钢刀的黑衣汉子，腰间都扎一条靛蓝的腰带，装束十分眼熟。

　　他将这念头一说，周琰立刻接口道："是不是那什么方帮主还是圆帮主的手下？"

　　"啊，沙海帮。"叶敏玉想起他在破庙中打倒的黑衣男子，疑惑道，"他们这是在围攻何人？"

　　"看来像是普通的江湖恩怨，与我们没什么关系。"

"嗯。"

等他们仔细看下去时，却发现被围在垓心的，竟然是一群女子！

为首的是一个红衣少女，头上除了一支凤钗之外，并无其他饰物，但被那火光一照，却衬得她容色如玉、艳光照人。她使的是双刀，刀柄上扎了红色绸带，舞动起来格外好看。刀法虽称不上绝妙，但是大开大合、招式凌厉，倒也颇有气势。

她手下的几个女子武功也都不弱，只因寡不敌众，已渐渐地落了下风，时不时听见刀剑声中夹杂了几声女子的惨呼。

同时又有男人流里流气地笑道："下手轻一点，可别伤着了美人儿。"

叶敏玉虽不知此事的来龙去脉，可想起破庙中的旧事，料想这个沙海帮路数不正，绝干不出什么正经事。若在平日，他这会儿肯定已经拔剑救人了，但想起周琰尚在旁边，不禁犹豫了一下，抬眼朝身旁之人看过去。

周琰也正瞧着他，朝他微微一笑，说："你是不是在想，我们这会儿自身也是难保了，到底该不该多管闲事？"

"追杀我们的人恐怕还在附近，师叔的伤又刚刚痊愈，万一惹祸上身，泄漏了行踪……"

"大丈夫为人行事，最要紧的是问心无愧。"周琰重病刚愈，脸色仍有些苍白，但眼底飞扬的神采丝毫未减，"难道只有顺风顺水的时候才可行侠仗义，到了身处险境之时，就要见死不救了吗？"

叶敏玉顿觉豁然开朗。

师叔都已这么说了，他自然更不敢迟疑，当下拔出了剑来。

但周琰一把按住他的手，在他额上敲了一记，道："傻小子，你这是要冲过去拼命吗？"

"师叔……"

"敌强我弱、敌众我寡时，该怎么应付？"

"只宜智取。"叶敏玉乖乖退了回来，嘀咕道，"最好是能逃就逃，能跑就跑。"

周琰也不嫌丢脸，反而大大方方地应了一声，道："先沉住气，等看清情况再做打算。"

说话间，沙海帮的人也不知从哪里找来一张大网，数个人扯住网边呼啦一撒，将那几个女子团团兜在了网内。

少女的惊呼声此起彼伏。

叶敏玉听得焦急不已，周琰却低低叫了一个"好"字。

"师叔？"叶敏玉甚觉奇怪。

周琰伸手往前一指，笑着解释道："他们刚刚擒住了人，正是最得意的时候，自然会放松警惕。而你又有宝剑在手，恰好可以攻个出其不意，一剑割破那张大网。"

叶敏玉点了点头，道："可惜师叔身边未带兵刃……"

"没关系，"周琰四下一扫，从地上捡起几颗石子抛了抛，"我用这个就足够了。"

叶敏玉正想问他有何妙计，耳边就先响起了一阵笑声，接着只见一个油头粉面的年轻人越众而出，在一群黑衣汉子的簇拥下走向那张大网。年轻人摇了摇手中折扇，调笑道："哎哟，这不是游龙帮的大小姐吗？你不好好在家绣花扑蝶，怎么跑到我的网中来了？你那个如花似玉的表姐呢？"

"不要脸的下流胚子！"那红衣少女柳眉倒竖，恨恨地骂道，"你休想动我表姐一根头发！"

"怎么？美人儿吃醋了？那我先来碰碰你好了。"说着，他用

扇子挑起了那少女的下巴，语气轻薄至极。

那少女扭头闪避，继续骂道："若让我爹知道了你干的好事，定会将你大卸八块！"

"可惜这儿并非你游龙帮的地盘，否则若有机会，我也很想拜会一下未来岳父。"

"无耻！"

周琰听他们提到什么游龙帮、沙海帮，料想此事绝不简单，不由得暗暗头疼。视线一转，瞥见那年轻人腰间的佩剑时，他却是大吃一惊。

叶敏玉也正好瞧见了，与他同时叫出声来："剑鞘！"

嵌了宝石的黄金剑鞘十分招摇，即便在夜色中也是熠熠生辉，此刻却赫然佩在那年轻人的身上。

"师侄，怎么回事？你的剑鞘不是当了吗？"

叶敏玉也觉惊讶，略一犹豫，才将事情的原委说了出来。原来他心思缜密，恐怕当了剑鞘会泄露俩人行踪，所以把东西卖进金铺，叫金匠直接融了就好。

后来不知怎样一番机缘巧合，这剑鞘非但未毁，反而落到了沙海帮的帮主手中。

周琰听到这里，方知叶敏玉从未打算赎回剑鞘。他平日看似温和无害，可真正该狠下心来时，并不会拖泥带水。

用宝剑换美酒，别人知道了，或许会笑他太傻。

但周琰岂会不知他这是为了何人？

想到此处，他情不自禁地握一握叶敏玉的手。

叶敏玉垂下眸子，低声提醒道："师叔，该动手啦。"

周琰这才收敛心神，又瞧了瞧四周的地形，最后望向系在林边的几匹骏马，凑到叶敏玉耳边说了几句话。

叶敏玉一一应下了。

周琰看准时机，用打暗器的手法将那几颗石子飞射出去，他内劲既强，准头又好，只听"哧哧哧"几声，众人手中的火把几乎同时被他打灭了。

"怎么回事？"

"有人偷袭？"

"快保护帮主！"

惊呼声一起，叶敏玉立刻仗剑冲了出去。他早就认准了道路，在黑暗中也跑得飞快，没过多久就来到那几个少女身边，挥剑击倒几个黑衣汉子后，使巧劲割开了兜住她们的大网。

此时只听有人扯开了嗓子喊道："不好！暗器上有毒，我、我中毒了！"

场面登时更乱。

叶敏玉认出这是周琰的声音，虽在险境之中，也忍不住面露微笑，悄声道："快跟我来！"

黑暗中谁也瞧不见谁。

少女们犹犹豫豫的，一时没了主意。

倒是那红衣少女极有主见，马上说道："你们先走，我来断后！"

"小姐……"

"快走！"

红衣少女边说边舞开了那一对双刀。

叶敏玉见状，也忙挥剑退敌，趁着夜色杀出一条路来。

他跟周琰早已商量好了脱身之计，这时便一路往东南面冲去，不过片刻工夫，就听身后响起一阵马蹄声。

周琰策马扬鞭，御着数匹骏马追了上来，叫道："大家快上马！"

当此危急之际，那几个女子也不再多言，纷纷翻身上马，两人一骑的冲杀了出去。

叶敏玉见周琰落在后面，急忙掉转头来，施展轻功跃至他身边，挥剑砍翻了几个追击的敌人。周琰对他笑了笑，将手一伸，道："师侄，你也上马吧。"

叶敏玉刚要抓住那只手，就听见"呀"的一声惊呼，转身看时，只见那红衣少女为了躲避暗器，险险落下马来。他来不及多想，双足在地上一点，立刻飞扑过去，伸臂揽住了少女的纤腰，抱着她重新坐回了马上。

眼见追兵已至，叶敏玉没空再换坐骑，只得道一句"得罪"，扬鞭朝前冲去。

"不好了，美人儿跑了！"

"快追！"

沙海帮的人在后头喧嚷不断，但声音渐渐远了，除了偶尔掠过几枚暗器外，并没有人追赶上来。

叶敏玉见周琰就跟在旁边，忙问："师叔，剩下的那些马呢？"

周琰嘿嘿一笑，说："被我抽了几鞭子后，早已跑得不见踪影了。任他们沙海帮的人本领再大，这半夜三更的，也寻不着坐骑来追我们了。"

叶敏玉听得有趣，但还未开口说话，就见那红衣少女已缓过了劲来，正怒目瞪视着他，骂道："登徒子！谁准你碰本姑娘的！"

说罢她扬起手来，只听"啪"的一声，竟毫不留情地打了他一巴掌。

叶敏玉一下就蒙了，怔怔地说不出话。

反是周琰面色微变，双手往马背上一撑，借力在半空中翻了个身，稳稳地坐到了叶敏玉身后，同时伸手抓住那红衣少女的背心，随手一掷，已将人扔到了自己的马上。

这一手功夫使得极为巧妙，等叶敏玉回过神来时，已跟周琰坐在了一匹马上。

"师叔……"

"别乱动。"周琰一只手抓住缰绳，另一只手抬起叶敏玉的下巴，低头细看他的脸孔。

淡淡月光下，只见他肤如凝脂、吹弹可破，但此刻那白皙如玉的脸颊微微肿了起来，赫然印着四道指痕，瞧起来格外刺目。

周琰眉头紧蹙，顿觉心中十分不快，若非方才动手的是个女子，他早已将人扔下马去了。但一对上叶敏玉的视线，他又立刻放柔了声音，问："痛吗？"

叶敏玉不习惯给他这么盯着，连忙低下了头去，道："我连更重的伤也受过了，何况只是这个？"

当初他跟那蒙面人比剑的时候，右臂被划破一道口子，伤处鲜血直流，可比今日这情况严重得多了。周琰当时见了，心中也自焦急，却只觉男子汉大丈夫，受点伤吃些苦头都是应该的，远不似现在这般心疼。

究竟是怎么回事，他一时也想不明白，手指慢慢从叶敏玉颊边划过，却舍不得碰触上去，只一夹马腹，更快地往前冲去。

他们所骑的本来就是一匹骏马，这会儿发力狂奔，更是飞快地跑在了前头。

过得一会儿，眼见天色渐亮，后头又无追兵，周琰这才勒紧缰绳，在空旷处停下马来，从怀中取出了一瓶伤药。

叶敏玉见他要帮自己抹药，忙道："我自己来就成了，不必劳烦师叔。"

周琰却不理会，只动手扳过叶敏玉的面孔，指尖蘸了冰凉药膏，轻轻涂抹上去，道："可能会有点疼，你稍微忍一忍。"

即使是他自己受伤，涂药时也绝不会这般小心翼翼。

从周琰的角度看过去，正好可以瞧见叶敏玉的侧脸。

眼眸乌黑如墨，长长的眼睫略微颤动，目光尤其清澈温和——周琰从前总觉得他仍是个小娃娃，此时见了他沉静如水的模样，方才惊觉这师侄已是个翩翩公子了。

会有姑娘骂他作登徒子，自然也会有姑娘……为他心动。

周琰觉得一阵儿气闷，似乎只涂一遍药还嫌不够，仔仔细细地又涂了第二遍。

手指在脸上擦过时，并没有想象中的那种疼痛，反而有些儿痒。

叶敏玉咬了咬牙，忍得十分辛苦，终于开口问道："师叔，还没好吗？"

"啊，"周琰定了定神，这才收回手来，道，"已经上完药了，待过得几日，脸上消了肿之后，便无大碍了。"

不过是一点小伤，他却说得如此郑重其事，未免有点可笑了。

但叶敏玉仍是老老实实地道了谢，俩人刚说了几句话，那几个少女便骑马赶了上来。

"喂，"红衣少女瞥了叶敏玉一眼，随手掷了样东西给他，叫道，"接着！"

周琰怕是暗器，随手抄了下来，低头看时，却是一块黑黝黝的铁牌子，倒并没有什么古怪之处。

"这是我游龙帮的令牌。"那红衣少女奔到近处，方才翻身下马，朝他们抱了抱拳，道，"大恩不言谢。两位将来若有所需，只管来游龙帮找我，本姑娘就算上刀山下火海，也会报答今日的救命之恩。"

顿了顿，见叶敏玉惊讶地望着自己，便哼哼道："眼睛瞪这么大干什么？你当本姑娘是忘恩负义之辈吗？只不过一件事归一件事，我生平最讨厌臭男人碰我！"

叶敏玉恍然大悟，拱手作了一揖，道："刚才确实是我失礼了。"

"知道就好。"

那红衣少女扬了扬眉毛，转头吩咐她手底下的人取水取食、包扎伤口。她虽是个妙龄少女，但行事豪爽大方，竟颇有大家风范。只不过蛮不讲理的本事，也算得上天下一绝。

周、叶二人本就不想惹上麻烦，这时略一商量，就打算先行离去。

红衣少女也不阻拦，互相道别之时，不知怎么就瞧见了叶敏玉的宝剑，指着剑穗上那两颗明珠问道："你这柄剑……是不是还配着黄金剑鞘？"

"咦？姑娘怎么知晓？"

"你姓叶？"

"呃，没错。"

"好呀，真是踏破铁鞋无觅处，得来全不费工夫。"红衣少女面露笑容，嘴里却叫道，"快拿绳子来，将这个小子绑了！"

这一夜真是波澜迭起。

叶敏玉一头雾水，愕然道："姑娘，在下又是哪里得罪了你？"

"我问你，三个月之前，你是不是在一座破庙里救了个女子？"

叶敏玉念头一转，就想起了初识周琰的那个雨夜，不由得点了点头。

"你既然救了人家，为什么不亲自送她回家？又为什么从此就不见踪影了？"红衣少女瞪视着他，咄咄逼问道，"你知不知有人为你害了相思，还差点为此送掉性命？"

"啊？"

叶敏玉越听越是茫然。

而另外几个少女虽未用绳子绑他，却也纷纷围了上来，七嘴八舌地说个不停。

叶敏玉跟周琰听了半天，方明白其中经过。

原来这红衣少女姓严，是游龙帮帮主的掌上明珠，她有一个表姐姓楚，从小也在严家长大。三个月前，两人外出游玩时不小心失散了，楚秀被沙海帮的人一路追赶，最后在破庙里为叶敏玉所救，从此就对叶敏玉念念不忘。

恰好叶敏玉的黄金剑鞘又落到了那个方帮主手里，整天悬在腰间招摇过市，楚秀还当心上人遇了危险，竟然因此一病不起。严双凤为了安抚表姐，便带着几个会武功的侍女出来打探消息，不料与沙海帮的人狭路相逢，平白添了一番曲折。

叶敏玉这才知道此事跟自己有莫大的关系，只得问道："既然如此，姑娘待要如何？"

严双凤眼波流转，理所应当地应道："抓你回去娶我表姐啊。"

叶敏玉顿时无语。他本就不是能言善辩之人，再碰上严双凤这个刁蛮任性的大小姐，更加是有理说不清了。

"严姑娘，我……"

"废话少说，快跟我走吧。"

"可是……"

周琰知道再这么折腾下去，叶敏玉说不定会糊里糊涂地成了人家的如意郎君，所以当机立断地抓起他的手，拽着他重新跃上马背。

"严姑娘不是要谢我们的救命之恩吗？只要你以后别再纠缠我这师侄，就算是一笔勾销啦。"说罢，他将那块游龙帮的令牌扔了回去，鞭子一扬，长笑而去。

阵阵微风从耳边拂过，远处依稀传来严双凤的叫嚷声。

叶敏玉回头望了望，不太放心地问："师叔，咱们就这样走了，不要紧吗？"

"怎么？你真想被绑回去当新郎官？"

叶敏玉面上一红，道："我只担心那位楚姑娘的病……"

"放心，她晓得你如今平安无事，再重的病也不药而愈了。"周琰勾起嘴角，低声笑道，"若这么容易就相思成疾，你师叔我岂不是早已死过千百遍了？"

叶敏玉叹息道："但愿楚姑娘不要病得太重。"

周琰见他如此，忙弯起手指来敲了敲他的额角，道："傻小子，你可别一时心软，又跑回去自投罗网。路见不平拔刀相助，本是十分寻常的事，哪里有被人救了就要以身相许的道理？何况真按这个规矩来，也轮不到那位楚姑娘，光是我就可以嫁你好几次了。"

说完之后，他自己先笑了起来，似乎觉得这样也挺有意思。

叶敏玉勉强跟着笑了笑，急忙岔开了话题："我们今夜这么一闹，不知会不会泄露了行踪？"

"这可难说得很。"周琰只是笑笑，倒一点也不担心此事，"不过船到桥头自然直，我们一夜未睡，还是先养足了精神再说。"

叶敏玉看看天已大亮，便问："仍旧露宿山林？"

周琰摇了摇头。

"那么就是去客栈投宿？"

周琰仍是摇头。

"不然要去何处？"

"师侄你刚当了剑鞘，身上的银子应该够用吧？"

"嗯？"

"我们就去一个……什么严姑娘啊楚姑娘啊，统统不敢找上门来的地方。"

"哪里？"

周琰笑得眼睛也弯起来，风流情态尽显，低声吐出几个字："酒楼啊。"

叶敏玉浑身一震，差点从马上跌落下去。

周琰料不到他的反应这么大，手忙脚乱地抓住了他的腰，连声道："师侄你今年多大了？该不会从来没有逛过酒馆吧？糟糕，糟糕，那可更是非去不可了！"

说着他甩了甩鞭子，马儿跑得更快。

叶敏玉耳根发烫，根本说不出话来。

周琰又是放纵惯了的人，想到什么就做什么，快马在道上飞驰一日，到达下一个城镇的时候，正好是夕阳西下、华灯初上。

只要身上带着银子，什么地方不好找？

周琰只随便晃悠一圈，就把叶敏玉拖进了最热闹的一家酒楼里。

脂粉的香气扑鼻而来。

花枝招展的女子倚门而立，娇笑着招呼客人，富丽堂皇的大厅中，更是莺歌燕语、歌舞升平。

叶敏玉到了这个地步，就算再怎么挣扎也是枉然，只得镇定心神，跟着师叔一步步走进去，眼睛尽量平视前方，不去看那些妖娆冶艳的女子。

周琰好像就爱见他这别扭无措的模样，大大方方地抛了块银子给老板，高声道："要一间上好的厢房，再找两个漂亮点的花娘来陪酒。"

"师叔……"

"咦？两个不够吗？那就四个。"周琰故意曲解他的意思，道，"我家师侄愿意花银子，我也不好替他省钱。"

叶敏玉说他不过，便干脆不再理会，径直对那老板说："整治一桌酒菜，再来两壶美酒就够了，不必……不必找人相陪。"

老板见他们各说各的，一时也弄不懂是什么路数，但她只要有银子赚就好，当下满脸堆欢，引他俩人进了二楼的厢房，言明随时都可唤花娘进来伺候。

酒楼里招呼客人的房间都是精心布置过的，真个是锦帐绣被，满室生香。

周琰大模大样地走进去，十分惬意地往床上一躺，边打哈欠边说："这地方可比客栈舒服多了！不过师侄你不要美人相陪，只我们两个大男人关在屋子里喝酒，难免惹人生疑。"

叶敏玉已知他是存心捉弄自己了，双脚跟钉地上似的，动也不动一下。

周琰拉了几次都不成功，便大笑着在桌边坐下了，支了下巴盯住他瞧，冲着他直眨眼睛："师侄，你要在门口站到什么时候？"

叶敏玉仍旧不理他。

桌上原就备有水酒，周琰干脆自斟自饮起来，笑说："我自认也算是见多识广了，但逛了几百遍的酒馆，还是头一回瞧见你这

种逛法的。"

"师叔何必定要带我来此？"

"我是怕你一见女子就手足无措，随随便便地着了道儿。那位严姑娘如此蛮不讲理，她的表姐能好到哪里去？"周琰仔细打量叶敏玉几眼，笑吟吟地说，"我家师侄这般相貌这般人品，就算公主也匹配得，怎么能娶那种恶婆娘？"

这番话是太过夸张了。

偏偏周琰说得十分认真，还很有些以叶敏玉为傲的意思。

叶敏玉真不知该哭该笑，半晌才道："该同什么人共度一生，我心中自有计较，绝不会任意妄为。"

"是是是，你既然不愿消受这艳福，我难道还能逼着你不成？"周琰数杯烈酒下肚，已有了几分醉意，嚷道，"好师侄，快来陪我喝酒——"

叶敏玉见了他这醉态可掬的模样，就算有再大的火气也发作不出来，果然一步一步地走到桌边，接过了周琰递来的酒杯。

他这几个月里陪着周琰饮酒，酒量亦长进了不少，这时便仰起头来一饮而尽，自嘲道："躲人躲到了酒馆里来，可也真是好笑。"

周琰嘿嘿一笑，说："别人只当我们忙着躲避追杀，哪里料得到是在这里喝酒？呵，保管没人找得到我们。"

叶敏玉心想也有道理，何况除了小厮送来酒菜之外，并无女子过来相陪，只把此处当成普通的客栈，倒也没那么难熬了。

酒过三巡之后，周琰看看夜色已深，便命人撤了酒席，拉着叶敏玉到床边休息。

叶敏玉瞧一眼那张大得出奇的绣床，不禁大为窘迫，急道："咱们又不是没银子用，怎么不在隔壁多要一间厢房？"

"原本是该如此。"周琰脱掉鞋子，极为自然地躺了上去，半真半假地说，"可是师侄你生得太俊了，恐怕会有女子偷偷爬上你的床，我这师叔责任重大，只好留在这里保护你了。"

　　叶敏玉听他这么一说，气得脸都红了，叫道："师叔！"

第七章

周琰见他生气，忙道："师侄，你生我的气啦？我刚才只是跟你闹着玩儿，你、你千万不要放在心上……"

"闹着玩儿？"叶敏玉将这几个字重复一遍，总算抬了抬头，道，"原来师叔又在捉弄我。"

周琰也觉这解释太过牵强，只道："你是知道我的脾气的，我平日里浪荡惯了，一时不慎才会酒后失态。但我已经知道错了，无论师侄你要怎么罚我都成。"

"师叔又在捉弄我了。"叶敏玉将被子一卷，背过身去，轻声道，"可我不爱这般玩闹。"

"是是是，我以后在师侄你面前，绝对规规矩矩的，一句疯话也不再说了。"周琰正色道，"我就算对天下人都不正经，也不该对师侄你这般无礼。"

叶敏玉的肩膀微微一颤，转眼望住周琰，奇道："怎么唯独我成了例外？"

"师侄你有情有义，三番五次救我性命，我若还存心戏弄，岂非禽兽不如了？"顿了顿，周琰似乎对自己的品性也不太放心，接着说道，"只恨我积习难改，日后再有控制不住的时候，只好一刀把自己砍了，以策万全。"

这最后一句，分明就是说笑了。

叶敏玉果然笑了起来，直笑到上气不接下气，声音才慢慢低了下去："师叔，我觉得困了。"

周琰见他脸色比平日苍白许多，忙道："嗯，我不该在此吵你休息，我还是去睡隔壁吧。"

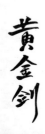

说罢，他匆匆起身朝门外走去，但刚走了几步又折回来，敲一敲床内的那堵墙，道："若再有什么声音传过来，你记得捂好耳朵，千万不要乱听。"

　　叶敏玉听得怔了怔，如水双眸直直地望着周琰，问："在师叔眼里，我永远只是个小娃娃？"

　　周琰只觉他这傻气的模样也挺可爱，替他压了压被角，笑道："那是当然！"

　　叶敏玉"嗯"了一声，似乎真的倦到极致，闭上眼睛沉睡过去。房内红烛摇曳、锦被生香，周琰不敢多留，轻手轻脚地走出了房间。

　　待房门关上之后，原本熟睡的叶敏玉忽然又睁开了眼睛。

　　他拥被起身，走到桌边坐下了，动手给自己倒了一杯酒。

　　刚入口时，酒味清冽甘醇，等到后劲一上来，却又于辛辣中泛出了一丝苦味。

　　而这苦涩滋味……才刚刚开始。

　　第二日天一亮，叶敏玉就去叩开了隔壁的房门。

　　周琰昨夜睡得也不安稳，打着哈欠来开了门，两人视线一触，便都转开了眼睛。

　　一个望了望窗外的天色，道："师侄起得真早。"

　　另一个则瞧着屋内的摆设，说："我想早些离开这里。"

　　周琰连连点头，经过昨夜的教训，这会儿倒是一副正气凛然的态度："没错，烟花之地确实不该久留，咱们这就收拾东西赶路，以后再也不踏足这种地方了。"

　　"不是咱们，而是我自己。"叶敏玉看完了摆设，又把目光转到墙上的字画上，就是不去看周琰的脸，"我急着回家跟爹娘团聚，但师叔盘缠足够，大可在此消磨一段时日。"

"师侄，你要一个人回去？"周琰这才明白了他的意思，问道，"为什么？我们不是说好了一起去的？你……果然在生我的气？"

"绝无此事。"叶敏玉答得飞快。

周琰静了静，忽道："那你敢不敢看我一眼？"

叶敏玉窒了一下，转身就走。

周琰连忙拦住他的去路，干脆把人拉进房里，一脚踢上房门，道："师侄，我昨夜的说话确实太过荒唐，但我已经认真反省过了，随便你要我如何赔礼道歉，我都会一一照办。若你觉得不够解气，便是刺我一剑也成。"

他边说边去抢叶敏玉的佩剑。

叶敏玉眼见他越说越是离谱，真不知如何解释才好。他咬了咬牙，终于抬头跟周琰对视，道："师叔也曾说过，天下并无不散的筵席。"

周琰当然明白这个道理，这一条路并非长长漫漫，永远也走不到头，待他送叶敏玉回家后，两人总要分离。但是……

"但让你孤身上路，我如何能够放心？若实在没有办法，我只好悄悄在后面跟着你了。"

"师叔……"叶敏玉这日头一次露出笑容，嘴上虽然不说，心中已自软了。

周琰原本想去握他的手，又硬生生忍住了，道："在你平安到家之前，我总是跟定你了，不过你记着师叔喜欢喝酒，路上多扔几块银子给我才好。"

说到这里，他突然顿了一顿，低头望住叶敏玉的那柄宝剑。

"师叔？"

"糟糕，差点忘了这件事情！"周琰如梦初醒，猛地在叶敏玉

肩头一拍，叫道，"师侄，我想起还有件要紧事没有办成，你在这里等我一日……不，只要半日就够了。"

"啊？"

"你乖乖待着不要乱跑，我很快就回来！"

周琰说风就是雨，随口交代两句之后，什么东西也不收拾，就急急忙忙地冲出了门去。

叶敏玉一头雾水。

他虽跟周琰相处了几个月，却始终不习惯他心血来潮的脾气，永远猜不着他下一刻会干什么。或许是惊天动地的豪侠之举，也可能是令人哭笑不得的顽皮小事。真要说起来，他这个当师叔的，竟还没有师侄来得成熟稳重。

但叶敏玉就是喜欢他这种飞扬洒脱的性子。

叶敏玉知道这分明就是自找苦吃，但周琰既让他等着，他便安安静静地在屋内坐了下来，又给自己倒了一杯酒。

这味道辛辣酸苦，但尝过一次之后就会上瘾，叫人想戒也戒不掉。

一日的光景很快就过去了。

叶敏玉中午时叫小厮送了饭菜进来，想到周琰不知在何处吃的午饭，难免有些担心。等到天色渐暗，那人迟迟不归时，更是后悔没问清楚他的去向。

此处离江陵不远，会不会遇上夺宝的江湖人士？

周琰要办成的那桩事情又是什么？真有这么要紧？

早知如此，就不该让他独自出门。

叶敏玉一个人胡思乱想着，眼见夜色渐深，酒楼里又开始热闹了起来。楼下大厅里人声鼎沸、笑语盈盈，还有两个美貌的女子敲了敲他的房门，笑着说要来伺候他。

他当然不肯开门，冷着脸将人赶走了，过了片刻，外头又响起一阵喧闹声。不过并非那两个花娘前来聒噪，而是有人在城中大闹，静夜中来回跑动，明晃晃的火把照亮了好几条街道。

叶敏玉觉得奇怪，恰好小厮送来酒菜，就问他出了什么事情。

"客官有所不知，此地是沙海帮的地盘，那伙大爷横行霸道惯了，时常这样深夜吵闹，扰人清梦。"

叶敏玉听见"沙海帮"这几个字，不由得皱了皱眉头。

那小厮掩嘴而笑，接着说道："但今日这件事可真稀罕，听说是沙海帮的帮主在半道上被人抢了，这会儿正大肆搜捕强盗。这些人平日欺男霸女，干的也是一样的勾当，没想到……嘿嘿。"

叶敏玉对沙海帮素无好感，便跟着笑了一回，打发走小厮后，刚打算举箸夹菜，就听见窗子"咚"的响了一声。

他神色一凛，立刻严阵以待。

却见有人推开了窗子，在夜色中跳窗而入，笑着唤道："师侄，我回来了。"

"师叔？"叶敏玉这才放下心来，快步奔了过去，看见周琰衣上的血迹时，却是脸色大变，"你受伤了？"

"别怕，都是别人的血。"

叶敏玉直盯着他，道："你额上的伤口还在淌血。"

周琰"哦"了一声，好像到这时才始发觉，随手用袖子抹了抹，笑说："一点小伤而已，不碍事的，你瞧我带了什么回来？"

说着，他把一样东西塞进叶敏玉手中。

叶敏玉低头一看，只见金光灿烂、宝石熠熠，正是他那黄金打造的剑鞘！他心念电转，很快明白了其中原委："师叔你去抢了

那个沙海帮的方帮主？"

"嗯，我那日见到时，就想帮你夺回来了，只是怕耽搁了救人的事，所以没有动手。"

"沙海帮人多势众，你、你怎么去冒这种险？"

周琰额上的伤口兀自血流不止，但他只靠在窗边，瞧着叶敏玉低低地笑。烛光之下，但见黄金生辉、宝石耀目，却远远及不上他眼底的动人神采。

"唯有这样的剑鞘，才配得上你的宝剑，也唯有这样的宝剑，才配得上我这师侄。"

叶敏玉既是心疼又是感激，与周琰视线相对时，只觉得心头激荡。偏偏面前之人却是一无所知，始终只当他作长不大的孩子，一口一个"我家师侄"。

叶敏玉叹了口气，柔声道："师叔额上受了伤，我帮你瞧瞧吧。"

周琰应了一声，相当配合地走到桌边坐下了。

叶敏玉左手高举烛台，右手轻轻拨开染血的发丝，只见周琰额角上破了老大一个口子，虽只伤及皮肉，血却流得甚多，瞧来甚是狰狞。

他不禁皱起眉头，一边涂抹伤药一边问："师叔这伤是怎么来的？"

"不清楚，"周琰正拿了他的宝剑和剑鞘玩儿，随口答道，"大概是被流矢所伤吧。"

叶敏玉敷药的手颤了颤，道："听说你是在半道上劫了那个方帮主？沙海帮的排场这么大，恐怕并不容易下手。"

周琰微微一笑，"唰"的一声将剑收进了鞘里，道："我动手之前早就先看好了地形，专等他们走上羊肠小道时，骑着马奔出来一阵捣乱。如此反复数次，直弄得他们人心惶惶了，再施展轻功冲杀进去，一举夺回剑鞘。虽然费了些工夫，但也并不为难，反而有趣得很，哈哈！”

他故意说得轻描淡写，可叶敏玉光看他衣上沾染的血迹，就猜到当时有过一番惊心动魄的厮杀了。

他也并不说破，仅是撕下布条来包扎周琰额上的伤口，道："下回再有这么好玩的事，师叔记得要带我一起去。”

"好呀，"周琰答得十分爽快，笑说，"若我说今夜全无睡意，只想泛舟夜游江上，师侄你去不去？”

"啊？”

"沙海帮的人正满大街的抓我，这烟花之地想来也不大安全，所以我在江边准备了一艘小舟。咱们趁着夜色悄悄上船，轻舟顺流而下、日行千里，任他们有再大的本事，也追我们不上了。”

叶敏玉恍然大悟，这才晓得周琰连脱身之计都已想好了，只等着拐他上船而已。

到了这个地步，他就算想不答应也不行了。

但若是答应了，势必继续跟周琰同行，先前那番辞行的话可都等于白说了。周琰冒着性命之险夺回剑鞘，又安排了这么一出逃亡大计，真不知是有心还是无意？

叶敏玉一时拿不定主意。

周琰见他犹豫，眼珠子一转，忽然"哎哟""哎哟"地叫起痛来。

叶敏玉早帮他裹好了伤口，自然听得出他是在做戏，好笑道："原来师叔这样怕痛。”

周琰也不怕丢脸，马上就承认了："我在别人面前当然是不怕的，在师侄面前嘛……就算叫几声也无妨。”

他边说边叫得更加大声，反正目的只有一个，就是要令叶敏玉心软。

叶敏玉无奈地弯了弯嘴角，转身就走。

周琰只当是演戏演过了头，顿时也不叫痛了，拉住叶敏玉的手问："师侄，你去哪里？"

"去楼下抱两坛酒上来。"

"哎？酒？"

"既然要泛舟江上，"叶敏玉回眸一笑，道，"岂可没有美酒相伴？"

周琰先是怔了怔，接着又拍手叫好，等叶敏玉去楼下买了酒会了账，两人便趁夜从窗子里跳了出去。

此时沙海帮的人仍在城中大肆追捕强盗。

周、叶二人系出同门，轻身功夫皆是一绝，这会儿施展开来，旁人如何察觉得到？周琰玩心大盛，还用小石子当暗器击倒了好几个黑衣汉子，闹得沙海帮内又是一阵大乱。

而他俩人则轻轻巧巧地奔到了江边，登舟上船之后，果然顺风顺水，两岸边的重重山峦，转瞬便从眼前掠过。

周琰一面欣赏这江中夜景，一面开了酒坛，与叶敏玉相对畅饮。

山高月小，江水茫茫。

徐徐微风从江面上轻拂而过，带了一丝秋夜的凉意。

他们两人走得匆忙，除了两坛子美酒之外，几乎没带别的东西，周琰便解下了外袍丢给叶敏玉，道："小心着凉。"

叶敏玉也不推辞，小心翼翼地拢紧身上的袍子，靠坐在船舷之侧，微笑着听周琰说一些江湖趣事。

美酒醉人。

美景更加醉人。

叶敏玉眯着眼睛瞧住周琰，只觉一生之中，再没有哪段日子像这几个月般，时而浴血奋战，时而纵歌纵酒，真正跌宕起伏、精彩绝伦。

而世上也没有哪个人像周琰这样，让他倾慕景仰，憧憬不已。

他忍不住将手伸出舷外，缓缓浸入冰凉的水中，盼望这江水无涯，一叶轻舟，永远也到不了岸才好。

直到天际微微泛白时，叶敏玉才缩在船舱里睡了一觉。

醒来时已是第二日中午了。

周琰也不知如何抓来一尾活蹦乱跳的大鱼，正支了锅子用水煮着，见他披衣起身，就笑着招呼道："师侄，快来尝尝我的手艺。"

叶敏玉困意已消，这时便应了一声，主动去取酒坛子。

周琰见他如此知情识趣，不由得心情大好，喜道："师侄，你的酒量可越来越好了。"

叶敏玉斟了满满的一杯子酒递过去，道："我这样算不算被师叔带坏了？"

"哈哈，"周琰拍了拍他的肩膀，笑说，"放心，我保管负责到底。"

说话间，锅中的鱼也煮得差不多了。

虽然腥气挺重，味道也算不上顶好，但胜在现杀现煮，肉质十分鲜美。俩人分而食之，不一会儿就吃了个底朝天。

日头越升越高，秋日的阳光照在身上，暖洋洋的极为舒服。

周琰酒已喝得半醉，干脆在船头一倒，闭上眼睛打起盹来。

叶敏玉抱了胳膊坐在旁边，亦觉得眼前美景怡人，一扫心中烦恼，不禁感慨道："沙海帮的人若知道我们这般悠闲自在，不知

会不会气得跳脚？"

"就是要气一气他们才好。"周琰并不睁开眼睛，只朝叶敏玉摆了摆手，道，"人生苦短，岂可为这些小人坏了兴致？"

叶敏玉想想也有道理，于是不再去考虑那些烦心事，学着师叔的样子，也慢慢闭上了眼睛，任那微风拂面而过。

青山绿水，白云悠悠。

因为后头并无追兵的关系，周琰接下来几天就放慢了速度，让小舟顺着江水缓缓而行。而且他言出必行，果然收敛起风流的性子，尽量规行矩步，在叶敏玉面前正正经经的。不过他向来轻佻惯了，要强忍着连一句俏皮话都不说，可也真是辛苦。

这日天朗气清，周琰一大早就将小舟系在了江边，取出钓竿来教叶敏玉钓鱼。

叶敏玉温文沉静、耐性极佳，学这个倒是很快就上手了，反而是周琰沉不住气，偷懒用暗器打鱼，还时不时到叶敏玉这边捣乱一番。

叶敏玉只当视而不见，由得他去胡闹。

一早上倏忽过去，将近中午的时候，两人的收获竟都不少。

只不过鱼还没有下锅，已远远看见一艘大船驶了过来，船头上站着个妙龄少女，翩飞的红衣甚是眼熟。

周琰眼尖，一下就认出此人是谁，忙把叶敏玉扯过来藏到了身后，低咒道："真是冤家路窄！"

"怎么啦？"

周琰哼哼一声，道："想抓你回去当姐夫的人又来了。"

那红衣少女也瞧见了他们，特意命人掉转船头，待驶到近处，方抬了抬下巴，扬声道："喂，姓叶的你不用躲躲藏藏了，本姑娘已经看得一清二楚了。人生何处不相逢，咱们可真是有缘，这么快又见面了。"

叶敏玉虽觉得头疼，但碍于礼数，只好站起来抱了抱拳，道："严姑娘，那日在下不告而别，真是过意不去……"

"既然知道不应该，那还不快点束手就擒？"严双凤伸手朝叶敏玉一指，刁蛮的脾气丝毫不改，"本姑娘正要去江陵找我表姐，你也同我一起去吧。"

叶敏玉听得江陵两字，眼皮立刻跳了一跳，转眼去看周琰时，却见他神色如常，这才开口问道："楚姑娘不在家中养病，怎么跑去江陵了？"

"还不是因为你这没良心的臭男人？我表姐相思成疾、久病不愈，偏巧这附近的名医又都被白云庄请了去，我爹没有办法，只好带着她去江陵求医了。"

周琰起先一直没有理会严双凤，直到听见了这句话，才蓦地从船上跳起来，问："白云庄请这么多名医干什么？可是有人生了重病？"

严双凤奇怪地瞧他一眼，道："听说是白云庄的小公子中了奇毒，性命危在旦夕，城中的大夫们个个束手无策，只好四处寻访名医了。"

叶敏玉知道那少庄主多年前就已成亲，所谓的小公子自然就是他的儿子了，不由得凝目望住周琰。

周琰似是毫无所觉，只喃喃道："中毒？白云庄最近未曾得罪什么人，怎么会中毒呢？"

"谁知道？大概是运气不好吧。"严双凤对这件事没什么兴趣，随口答道，"早几个月前，少庄主出门找寻名医，不料千辛万苦地将人请回来时，正好撞上贼人大闹白云庄，不仅小半个庄子被火烧了，连那名医都吓得连夜逃走了。"

放火烧庄这事叶敏玉也有印象，想来是救人那一夜，贺笑风干的好事。

周琰当然也想到了。

而且他念头急转，马上察觉了一个矛盾之处，眼睛里光芒闪动，连声问："你说他出门去找名医了？那么大火烧庄那一晚，他才刚刚回府？"

第八章

严双凤怔了怔，愈发觉得莫名其妙："我不过是道听途说罢了，哪里会知道得这么清楚？你若真想晓得，怎么不自己去问他？"

周琰窒了一下，面上微微变色。

他岂会不想赶去江陵，面对面的找那人问个清楚？只因为这当中种种纠缠，他既盼与他相见，又怕与他相见。

叶敏玉知他心意，仔细回想了一下那夜的情景，道："我当时背着师叔逃出地牢时，确实见少庄主从墙边的树上跳下来，只不知他是在守株待兔，还是真的刚刚回府？"

周琰听罢，并未开口说话，只若有所思地点了点头。

严双凤听不懂他们在说什么，很快就不耐烦起来，朝叶敏玉一招手，喝道："喂，你到底跟不跟我走？或是想尝尝被绳子绑起来的滋味？"

她这样霸道无理，叶敏玉却并不动气，仅是反问道："严姑娘可是言而无信之人？"

"本姑娘虽是女子，但从来言出必行！"

叶敏玉赞了一个"好"字，接着又说："那日姑娘送我们游龙帮的令牌时，可曾说过什么话？"

"我……我说只要你们拿了这个令牌来找我，就算上刀山下火海，我也不会眨一眨眼睛。"

叶敏玉微微一笑，气定神闲地说："好呀，我师叔已经将令牌还给了姑娘，只求姑娘莫再苦苦纠缠，这可比刀山火海简单得多啦。难道姑娘想食言不成？"

严双凤被他噎得说不出话来。

半晌她才跺了跺脚，怒道："那我表姐怎么办？"

叶敏玉再次拱手一揖，尽足了礼数之后，才道："在下也很担心令姐的病情，还望姑娘代为问候。"

说着，他转头朝周琰望去。

周琰同他默契十足，马上动手抽出他腰间的宝剑，挥剑斩断了系着小舟的绳子。

流水哗哗。

小舟滴溜溜地打个转儿，很快就随水飘荡开去。

严双凤始料未及，忙命人掉转船头，但急切间哪里掉得过来，只能眼睁睁地看着小舟顺水而下，不一会儿就去得远了。

叶敏玉这才松了口气，靠在船舷上翻弄先前钓来的鲜鱼，思量着中午怎么个煮法才好。

周琰则负手立在船头，遥望着眼前的茫茫江水，并不像平日那般说笑。

叶敏玉一面支起锅子，一面问："师叔还在想着白云庄的事？"

周琰也不瞒他，道："我心中本有疑窦，只是从来不愿多想，现在想来，的确有很多古怪之处。那人用毒酒算计了我之后，为什么一次也不来见我，只叫手底下的人严刑逼供？他心里应该明白，他的一句话，抵得过天下间的任何酷刑。只要他亲自来问我，我早就说出藏宝图在哪里了。"

"所以师叔怀疑，少庄主那时并不在白云庄内，使诡计害你的另有其人？"

"这也难说得很，毕竟他儿子中毒这件事，听起来也颇为蹊跷。"周琰到这时方笑了一笑，道，"兴许是他一直抓不着我，所以才另设了一个陷阱，等着我去自投罗网。"

"师叔……"

"好了，你肚子该饿了吧？咱们快点煮鱼来吃，再搁下去可就不新鲜了。"

周琰匆匆的一句话，就将话题带了开去，而且绝口不再提起此事。叶敏玉自然不好多问，一整个下午，两人都有些魂不守舍。

好不容易等到夕阳西下，周琰早早就催叶敏玉进船舱休息了。

叶敏玉虽然听话，但眼见师叔独自伫立船头，哪里能睡得着？他披着周琰的衣裳躺了一会儿，又悄悄地坐起身来，取过宝剑抱在怀中。

剑鞘上嵌着的宝石有些硌手，在月光照耀下散发出淡淡的光芒。

叶敏玉从前也很爱惜此剑，但绝不像如今这般爱不释手，指尖轻轻抚过剑鞘后，又找来一块柔软的布巾，仔仔细细地擦拭起来。

船舱外传来周琰来回踱步的声音。

一声又一声，都像是敲在叶敏玉的心上。

他知道他为何终夜不眠，也知道他为何辗转反侧。无论真相如何，周琰肯定想回去问个清楚，就算被那少庄主骗过千次万次，再有下一次机会时，他依然会一往无前。

叶敏玉脸上仍带微笑，慢慢擦拭怀中的宝剑，末了才叹一口气，闭了闭眼睛，额头抵上那冰凉的剑柄。

他还记得周琰替他抢回剑鞘的情景。

那人满身尘土，额上还流着血，模样堪称狼狈，但眼底的温柔神采，却胜过任何时刻。

所以……

叶敏玉睁开眼睛时，心中已有了主意。他慢条斯理地收起宝剑，然后掀开帘子，弯身走出了船舱，轻轻念道："似此星辰非昨夜，为谁风露立中宵。"

夜风习习。

周琰正对着江水思量心事，听了这个声音，不禁猝然回头，只见叶敏玉就站在自己身后——月色下，他一副如玉模样，眼波似水，笑吟吟地说："师叔，我们这就回江陵吧。"

"……什么？"

周琰怔了怔，还没反应过来，叶敏玉已先滔滔不绝地说了下去："我们连夜掉头往回走，如果驶得快些，说不定能赶上严姑娘的大船，跟她同路而行，不几日就能到江陵了。只是她若当真拿出绳子来绑我，这可有点吃不消……"

周琰到这时才渐渐明白过来，问："师侄，你也觉得我该回去？"

"不论该或不该，师叔都一定会去。既是如此，又何必在此耽搁时辰？"

周琰被他说中心头之念，倒也不觉尴尬，只点头道："这桩事情疑点重重，我非去弄个明白不可。不过，我原本是打算先送你回家的。"

他们这时正行在半道上，要是先送叶敏玉回家，这一来一去，不知要多花几日工夫。这几日里，周琰岂不是要夜夜难眠了？

因此，叶敏玉笑了一笑，道："我前些日子在山谷里养伤的时候，已先写过家书回去报平安了，就算晚几天回去，想来也无大碍。相比之下，白云庄的事反而要紧许多，那位小公子身中奇毒，拖得越久就越是危险。而且我也挺担心严姑娘的表姐，顺道去探探她的病，也算了却一件心事。"

"但这么来来回回，你不知何时才能到家了，不如……"

叶敏玉知道他要说什么，抢先道："我自己孤身上路，当然也无所谓，反而师叔此去，却是凶险至极。"

"不错。"周琰叹了口气，拉着叶敏玉在船头坐下了，抬眼望住滔滔江水，道，"若这又是一个陷阱，我此去就是重蹈覆辙。即便一切都是误会，我也必要找出当中捣鬼之人，再……再帮那人的儿子寻访解药。不管是哪桩事情，都不容易办成。"

他早已想得清清楚楚，知道这趟回去江陵，将有多少风险。

可就算毫无把握，他也定会前往。

就像当初年少轻狂，只凭一人一骑，便跑去挑了青狼寨那般，该逃的时候就逃，该战的时候……他从来不会退让。

而最让叶敏玉敬佩的，也正是他这一点。

叶敏玉既想多瞧他几眼，又怕神情太过专注，会泄露了心中所想，只好垂下眸子，低声说："所以调转船头之前，师叔要先答应我两件事才好。"

"什么事？"周琰呆了一下，想也不想地说，"别说区区两件事，纵是千件万件，我也一定替你办到。"

"当真？"

"师侄你说的话，我再没有不听的，就算你要我出家当和尚，我……"周琰蹙了蹙眉，似乎对他而言，这是最最为难的一件事了，但最后还是把心一横，咬牙道，"我也立刻就去当了。"

叶敏玉听得笑起来："如此一来，你岂非再不能喝酒了？"

周琰没有应声，只是低头望住叶敏玉，目光里微含笑意，似乎在说，只要你说出口来，我必定尽力依从。

叶敏玉不管他做不做得到，只这么一个眼神就觉得足够了，又笑了好一阵子，方正色道："师叔放心，不用你去当什么和尚。不过我上回大闹白云庄，连声招呼都不打就匆忙离开了，现在想来真是大失礼数，因而这次想跟师叔一起上门赔罪。"

"嗯，你是怕我又中了旁人的诡计，所以想陪我去一探究竟。"周琰略一沉吟，道，"好，就算真的遇上危险，我也定会护你周全。"

叶敏玉笑了笑，接着说道："第二件事——无论伤人还是救人，希望师叔莫让此剑离手。"

话落，他将自己的佩剑解下来递了过去。

周琰一下睁大了眼睛。

"师侄……这柄剑……"

"这宝剑是我家传之物，并不能随意送人，所以我只借给师叔使使，待江陵的事情一了，记得要亲自送还给我。"

这是既要他用宝剑防身，又要他爱惜性命的意思了。

周琰听得明白，顿时只觉心头激荡，道："但师侄你没有兵刃在手，恐怕……"

"咦，"叶敏玉偏了偏头，笑说，"我师叔的武功天下无敌，有你在旁护着，还有什么好怕的？"

周琰平日伶牙俐齿，这时竟说不上话来。

只为叶敏玉情真意切，叫他纵有千言万语，说了也是多余。凝视叶敏玉片刻后，他终于还是握住了那柄剑，轻轻应一个"好"字。

他俩人主意既定，当晚就改变了行程。

不过周琰受不了严双凤的大小姐脾气，所以没有去追赶她的大船，到了第二日便弃舟登岸，买了两匹骏马，一路朝江陵飞驰而去。

路上虽也遇上一些小麻烦，但都被他们随手解决掉了，几日后到达江陵时，正是傍晚时分。

天边霞光万道。

将落未落的红日最是迷人。

周琰并不熟悉城内的道路，但清楚记得白云庄在哪个地方，领着叶敏玉走过几条街后，不一会儿就到了白云庄外。

　　他来时毫不迟疑，这时却顿了顿脚步，转头问叶敏玉道："明知危机重重，偏要身陷险境，师侄，我这样会不会太傻了些？"

　　"怎么会？爱就是爱，恨就是恨，想见一个人时便去相见，如此方合师叔的性情。"叶敏玉斯文俊秀，言语温柔，但说出来的话，无一句不正中周琰的心意。

　　周琰原本只是不经意地一瞥，待瞧见他背对夕阳而立，被淡淡霞光勾勒出如画容颜时，忽觉心头一震。

　　"说得好！"他狂性一发，突然伸手拍了拍叶敏玉的肩，似乎是无酒亦醉了，放声笑道，"哈哈，哈哈，谁说我周琰没有知己？"

　　"师侄……"

　　周琰伸手揉了揉他的头发，刚想开口说话，就听有人在旁边冷笑了一声，淡淡地说："周兄就算寻到了知心之人，也用不着在我家门口大吵大嚷，无端扰人清静。"

　　周琰大吃一惊，这才察觉到自己的失态，忙松开了双手，一把将叶敏玉扯到身后，然后才瞧向说话之人。

　　只看一眼，他整个人就呆住了。

　　隔了半晌他方道："你、你的相貌一点也没有变。"

　　那人"嗯"了一声，随口答道："不过十年没见，周兄也未见老啊。"

　　叶敏玉偷眼看去，只见此人一袭白衣，黑发如瀑、五官秀丽，既是冷若冰霜，又是艳若桃李。但若只是容貌俊秀，那也算不得什么，最要紧的是他果然骄傲得很，那一副目中无人的神气，反而令他更添风采。

周琰怔怔地问："你怎么知道我在这里？"

"周兄难道不晓得自己有多出名吗？人人都想着抢你手上的那张藏宝图，你一踏进江陵，就不知被多少双眼睛盯上了。你敢这么大模大样地走到白云庄来，才更让我觉得奇怪。"

有什么好稀奇的？

正是为了眼前这人，他才甘愿冒此奇险。

周琰把叶敏玉当成了知己，所以什么心里话都对他说，但真正面人时，他却一句也不多讲，只是冲那少庄主笑了一笑。

叶敏玉明白当中的道理，但觉胸口闷得发慌，说不出是何滋味。待那两人寒暄过了，他方上前见礼。

他这样的无名小卒，少庄主当然不会瞧在眼里，只稍微敷衍了几句，道："两位既然来了，便到庄内喝一杯茶水吧。"

那语气非但毫不热络，而且还冷漠至极，像是故意要赶走客人。

偏周琰就是吃他这一套，马上抬脚跟了上去。

叶敏玉紧随其后，压低声音道："师叔，小心有诈。"

周琰总算回过神来，悄悄捏一下叶敏玉的掌心，示意自己会时刻提防。

上回因在夜色之中，叶敏玉并未瞧清白云庄的全貌，如今在夕阳底下细细看来，这庄子虽称不上豪华气派，但雕梁画栋、流水假山，处处可见匠心，只显风雅而不见媚俗，倒是十分难得。

那少庄主领他们到了会客的厅堂，很快就命下人奉上茶来。

周琰是直来直去的性情，喝了一口茶后，开门见山道："我师侄上次大闹白云庄，听说把小半个庄子都给烧了，真是过意不去。"

"提到这件事情，该由我向周兄道歉才是。"

"哦？怎么说？"

那少庄主端起茶盏来抿了一口，仍是不急不缓的样子，道："周兄前些日子路过江陵的时候，我恰好不在庄内，不料内子忧心小儿的病情，竟然使计把你骗了回来，关在地牢里痛加折磨。后来我赶回家时，又正撞上大火烧庄，黑夜中不辨事物，糊里糊涂地刺了周兄一剑……不知你的伤可痊愈了？"

周琰来此之前，已做好了各种打算，如今听说果真是一场误会，当然喜不自胜。但念头一转，他立刻就冷静下来，问："怎么此事又跟令郎有关？"

那少庄主略一思索，道："两位可随我去瞧瞧。"

说着，他命人撤了茶，起身朝内堂走去。

周琰不知其中有什么花样，忙朝叶敏玉使了个眼色。

叶敏玉点了点头。

两人只当有什么阴谋诡计，所以都是全神戒备，没想到跟着少庄主转过几道回廊之后，竟是走进了一间卧房。

房间里有几个侍女在伺候着，一进门就闻得到浓浓的药味。

床上纱帐层层叠叠，隐约可见上头躺着个人，嘴里断断续续地发出呓语声，听声音甚是稚嫩，似乎年纪颇幼。

周琰心中已猜到了几分，张嘴问道："这是……"

那少庄主掀开帐子，自个儿在床边坐下了，道："正是犬子。"

周、叶二人把眼一望，但见床上躺着个七八岁的童子，小小身子裹在棉被之内，只露出一张苍白的面孔。他跟那少庄主有些相像，不过双目紧闭着，嘴唇是一种奇异的青紫色。

周琰皱了皱眉，只上前一步，鼻端就嗅到一股若有似无的酒香。

他见多识广，很快明白是怎么回事了，问："令郎中的可是'千里醉'之毒？"

"周兄也知此毒？"

"曾听人说起过，据说中毒之人唇色青紫，会像喝醉了酒一般昏睡不醒，连身上都带着酒味。但是这毒在中原并不常见，只有……"

"只有关外的无影城方有此毒。"

话说到这里，周琰岂会想不通其中关窍？

藏宝图一分为二，本就有一半在无影城手中，对于剩下的另一半，对方自然是志在必得。他只当消息传得慢，无影城迟迟未有动作，不料早已使了这样卑鄙的手段。

"他们是不是用令郎的性命威胁你？"周琰慢慢握紧拳头，沉声道，"稚子何辜，竟要被牵扯进这样的纷争中来。"

那少庄主垂眸瞧着床上的孩子，道："是我这个当爹的太没本事。"

"你向来与世无争，若不是跟我扯上关系，怎么会招来此祸？尊夫人那日用毒酒对付我，当然也是为了救人，你后来怎么不来寻我？"

"我已为人夫为人父，自当保护妻儿，何劳旁人费心？"

"旁人？"周琰喃喃自语了一遍，苦笑道，"在你眼中，我永远只是个无关紧要的人。"

那少庄主抬头看他一眼，似乎觉得这句话十分多余，冷冷地说："我跟你的事，早在十年前就已说得一清二楚了。"

"没错，你不愿见我的面，我就十年也不见你。但这件事关系到令郎的性命，起因又全都在我，我绝不能坐视不理。"周琰说着，转头望了望叶敏玉，道，"师侄，我有几句话要跟少庄主说……"

叶敏玉识趣地点点头，道："我正好觉得渴了，再去外头喝几

104

杯茶。"

那少庄主一挥手，原本侍立在旁边的婢女们就领着他走出了房间。房门关上的一瞬间，他依稀看见周琰又上前一步，凑到少庄主耳边低语起来。

叶敏玉听不见他的声音。

第九章

叶敏玉回到前厅后，很快又有人上了一遍茶，茶叶当然都是上品，但他尝在嘴里，只觉味道苦得出奇。

饶是如此，他还是一杯接着一杯地喝了下去，也不知喝到第几杯时，才听内堂传来一阵脚步声，然后就见周琰和那少庄主并肩走了出来。

周琰神情自若，面上已重露笑容。

而那少庄主虽然冷漠，眼底的冰霜却也消融不少，边走边说："原来藏宝图是埋在那个地方，我明日就派人去取回来。"

周琰沉了沉眸子，道："事关重大，为保万无一失，你最好亲自去取。"

那少庄主"哦"了一声，不置可否。

见着叶敏玉后，他马上就转了话题，吩咐下人去张罗晚饭。

这一顿酒席算是相当丰盛了，不过吃饭的人各怀心思，菜也没吃几口，就草草散了场。那少庄主似乎不谙待客之道，一下就跑得不见人影，只让两个婢女带周叶二人去客房休息。

一切都很顺利。

但叶敏玉总觉得哪里不对劲，路上便问周琰道："师叔已把藏宝图的事告诉少庄主了？"

"嗯。"

"那很快就能换得解药了。"

"没这么简单，想要解药，还必须跑一趟无影城。"

叶敏玉大惑不解："此去路途遥远，何必如此大费周折？"

"你也说了路途遥远，这一路上不知会出多少状况，无影城不论派谁来取藏宝图，都要冒着极大的风险。还不如让我们自己送上门去换解药，为了救孩子的性命，就算遇着千难万险，也只能拼死相搏了。"

叶敏玉听得"我们"这两个字，已知道是怎么回事了，道："师叔想必也会同去？"

"这本是我分内之事。"

"但少庄主并不想让师叔出手相助，你后来是怎么让他回心转意的？"

周琰先是安静了一下，随后微笑起来，道："我对他说，等解决了此事之后，我就会出家去当和尚，从此再不纠缠于他。他的名字，我连想也不想、提也不提，他不用怕流言蜚语，更不用怕被我牵连。"

叶敏玉绝想不到会是这样一番话，愕然道："……师叔又在说笑了。"

周琰既不承认也不否认，只是笑了一笑，先送叶敏玉进了房间，接着再走进隔壁那间客房。

因为这一墙之隔，叶敏玉不知他夜里能否安睡，自己便也睡得不太安稳，做了许多光怪陆离的梦，第二天醒来时昏昏沉沉的，精神极差。

结果一推开房门，就见周琰站在园中的假山旁，正伸手轻抚树枝上发黄的叶子。

"师叔！"

叶敏玉开口一唤，那树叶便飞离枝头，飘飘荡荡的落到了地上。

周琰低头看了看，微不可闻地叹一口气，似是心事重重的模样，

但转眼看向叶敏玉时，已经收敛了情绪，道："师侄，你这么早就起来了？"

"师叔不是起得更早吗？"

"嗯，既然如此，我们正好可以早些出门。"

"今日要去哪里？"

"上街买东西。"

"啊？"

"你把宝剑借给了我，日后孤身回家，没有兵刃防身可不成。"周琰的视线在叶敏玉身上转一圈，道，"而且如今已经入冬了，你身上的衣裳太过单薄，该去添两件厚实点的。"

衣服这回事，叶敏玉倒从来没注意过，这会儿听周琰说了，方觉得有些凉意。又见周琰目光关切地望着自己，当然更加不会拒绝，乖乖跟着周琰出了门。

他俩在街上逛过几圈后，先是买了一柄锋利的长剑，接着又到成衣铺子里挑选冬衣。

其实这才只是初冬，天气算不上太冷，周琰却千挑万选地找了两件厚厚的衣裳，直把叶敏玉裹得胖了一圈。

叶敏玉拗不过他，只好这么穿着了，眼看周琰又要去选别的，忙道："师叔，好像买得太多了……"

"没关系，"周琰挑了挑眉毛，摆出一脸无辜样，"反正花得是师侄的钱，我不心疼。"

"师叔……"叶敏玉真不知该哭该笑。

周琰却想起另一件事来，道："对了，你不是要去探望那位严姑娘的表姐吗？总不能空手而去，也该备些薄礼才是。"

"嗯，只是不知她们在何处落脚。"

"我已找人打听过了，就住在不远处的那间客栈，跟白云庄只隔了几条街。"

"那我现在买好东西，下午就可去投拜帖。"

"可惜我受不了那位严姑娘的脾气，恐怕不能陪师侄你一起去了。"

叶敏玉只是笑笑，道："这也无妨。"

周琰却不太放心，特意叮嘱道："那位大小姐蛮横无理，她的表姐想必也难缠得很，师侄你千万小心，不要误入了她们的圈套，等到被押着拜堂成亲的时候，再来大叫'师叔救命'！"

他最后那句话学得惟妙惟肖，把叶敏玉逗得笑个不停。

好不容易才止住了笑，问："那师叔会不会来救我？"

"当然。"周琰这一整日都有些心不在焉，直到这时才专心致志地瞧住叶敏玉，一字一字道，"即使隔着千里万里，只要你叫了，我都一定会来。"

这一番话，倒更像是他对另一个人的承诺。

但叶敏玉听了，依旧觉得心中欢喜。

他俩买完东西后，又在外头吃了一顿午饭，这才去游龙帮落脚的客栈找人。周琰挺爱操心的，一直将叶敏玉送到了客栈门口。可惜那位楚姑娘还在病中，并不方便见客，叶敏玉没见到人，反而被严双凤逮个正着，没头没脑地挨了一顿骂。

幸好叶敏玉态度坚决，没再被逼着娶亲。他等严双凤骂完了，告辞后走出客栈一看，竟然发现周琰还站在原处等着。

"师叔？"叶敏玉忙快步上前，道，"你没去别的地方？"

周琰伸出根手指来摇了摇，笑说："我刚干了送羊入虎口这样的蠢事，怎么敢随意走开？当然要确保你平安无事才行。"

叶敏玉听他这样形容，忍不住又笑了一回，道："师叔既然放心不下，怎么不跟我一起进去？严姑娘可不是老虎，没什么好怕的。"

　　"不过是个丫头片子，我难道会怕她？"周琰将眼一瞪，立刻反驳道，"只因她上次无缘无故地甩了你一巴掌，我只要一见着她，拳头就会发痒。你知道我是不打女人的，所以只好避而不见了。"

　　上次被打那回事，叶敏玉早已忘了，没想到周琰竟还记在心上。

　　叶敏玉心头一动，真想告诉周琰，自己也想陪着他去无影城换解药，但他自知武功尚欠火候，去了恐怕会成为累赘，所以硬生生忍住了，只道："我们出来这么大半天，都不曾跟少庄主打个招呼，不知会不会失了礼数？"

　　"没关系，他今日天未亮就已出门，亲自去取那张藏宝图了。"

　　"师叔没有一起去？"叶敏玉怔了怔，恍然大悟道，"原来师叔今天是为此烦扰。"

　　难怪他起得那么早。

　　也难怪他一整天都心神不定、若有所思。

　　不料周琰摇了摇头，道："这回你可猜错了，我想着的是另外一件事情。"

　　"什么事？"

　　"虽已隔了十年之久，但我清楚记得第一次见到那个人时……"周琰说到这里，仿佛回忆起了当时的情景，眼底情不自禁地露出笑意。

　　叶敏玉的心也跟着跳一下，却伴着隐隐痛楚，听周琰接着说道："可是这次再见，我却觉得……"

"觉得什么？"

周琰顿了顿，似觉自己说得太多了，故意捏一把叶敏玉的脸颊，笑说："你的年纪还太轻了，就算听了也不会懂。"

"我早已过了弱冠之年，师叔别总把我当小娃娃！"

"是是是，所以我才敢拐你这大娃娃去喝酒。"周琰伸手勾住叶敏玉的肩膀，果然把烦心之事抛在脑后，又拉着他去找酒馆了。

只不过周琰平日总是开怀畅饮、言笑无忌，这次却多少有些喝闷酒的意思。

偏叶敏玉问不出个所以然来，只能在旁胡思乱想，料定此事跟那少庄主有关。

按照周琰的计划，等少庄主取了藏宝图回来，他两人就该分道扬镳，一个去关外换解药，另一个则回家与爹娘相聚。

叶敏玉虽然不愿，却也只好勉强答应了，一面抓紧时日劝慰周琰，一面又抽空去了几趟客栈。

理所当然的，每次都免不了被严双凤歪缠一番，不过叶敏玉总是和和气气的，一个劲地赔礼道歉，最后弄得严大小姐也不好意思起来，总算对他和颜悦色了一些。

这日叶敏玉照旧备了些礼去探楚姑娘的病，没想到刚一进门，就见严双凤一手支颐一手叉腰，神色不善地坐在桌旁，正虎视眈眈。

叶敏玉吃了一惊，简直想退出门去，好不容易才忍住了，开口道："严姑娘……"

"嗯，"严双凤也不废话，直接说，"托你这臭小子的福，我表姐的病总算有了起色，今日已可以下床走路了。"

叶敏玉听了，自是极为高兴，忙道："这真是太好了，我再过

两天就要离开江陵了，还望严姑娘代为问候。"

严双凤哼了一声，说："我表姐生性害羞，所以我要替她问你一件事情。"

"什么事？"

严双凤并不急着说话，只取出自己惯用的双刀来，"当"的一声，重重地甩在了桌面上。明晃晃的刀子入木三分，瞧来十分吓人。

而她的神情更是霸道无比，眯着眼睛瞪住叶敏玉，恶狠狠地问："你到底喜不喜欢我表姐？愿不愿意娶她为妻？"

她这蛮横无理的态度，哪里像是问话？

根本是在逼亲！

叶敏玉怔了一怔，心想师叔还真是有先见之明，视线一瞥，却见严双凤身后的屏风晃了晃，依稀可见一道人影。他立刻明白过来，知道那位楚姑娘不好意思见他，因而一直躲在屏风后头。

叶敏玉心中早有计较，于是上前一步，对着那屏风长揖到地。

严双凤大吃一惊，问："你干什么？"

叶敏玉仍是长揖不起，对屏风后的人影说道："多谢姑娘错爱，不过在下对楚姑娘并无此意，怕要辜负姑娘的一番深情了。"

屏风后的女子轻轻"啊"了一声，然后就不再作声了。

反而是严双凤大叫起来："什么？那我表姐怎么办？"

她一掌打在桌子上，震得那对双刀也嗡嗡作响，怒道："我表姐知书达理、容貌脱俗，琴棋书画样样精通，中馈女红件件拿手，有哪点配不上你？"

叶敏玉听得好笑。但他不愿跟严双凤针锋相对，还是瞧着那道屏风，认认真真地说："楚姑娘确实样样都好，但并非我心系之人，我若是违心答应了，又怎么值得姑娘垂青？"

他态度文雅，语气温和，但一字一句，皆是掷地有声，竟叫人无法反驳。

严双凤气得要命，还没来得及发作，就听屏风后的女子柔声道："表妹，别再为难叶公子啦。"

接着只闻阵阵幽香，一个白衣女子袅袅娜娜地转了出来，她双目盈盈似水，面上仍带病容，但确实相貌清丽，与英姿飒爽的严双凤站在一起，俩人恰似并蒂之花，真个明艳绝伦。

叶敏玉虽无他念，却也觉得眼前一亮。

只见那楚姑娘朝他福了一福，道："我一直想谢叶公子的救命之恩，可惜久病未愈，实在不好相见。方才表妹所言，正是我心中所想，可惜公子心有所属，我……我……"

她低了低头，脸上晕红一片，却还是坚持着说了下去："我至少将心事说了出来，也算了无遗憾了。只盼公子日后事事顺心，能与心上人白头偕老。"

叶敏玉心头大震，突然觉得胸口气血翻腾。

"多谢姑娘！"他急急朝那两个女子赔了一礼，大声说，"我想起还有一件要紧事，今日先告辞了！"

说罢，他转身就走。

若在平日，叶敏玉绝对不会这般无礼，但他现在脑海中空荡荡的，只剩下周琰一个人的身影。

没错，他急着要去见他。

连一个娇羞怯弱的大家闺秀，也能大大方方地说出心中所想，怎么他竟拖泥带水、犹豫不决？

他不怕艰难险阻。

更不怕流言蜚语。

他恨不得让全天下的人都知道，周琰是他敬重之人，他要守着他护着他，跟他一道仗剑江湖，再不让别人伤他。

第十章

叶敏玉念头一起，就急着跑回去找周琰，直到进了白云庄后，才渐渐冷静下来，发觉自己太过冲动了。

按照师叔的说法，凡事都当谋定而后动，就算是这种事，应该也不例外。

所以，他要用哪种法子才好？

叶敏玉想得出了神，独自在院子里走来走去，不知不觉间，天色已渐渐暗了下去。等他回过神时，才发现自己越走越是偏僻，四周树影幢幢，尽是一些嶙峋的假山，连一丝照明的灯火都不见。

叶敏玉倒不怕黑，只是想到毕竟是在别人府中，不可随意乱闯。何况他是回来找周琰的，也不该继续耽搁下去了，于是转身寻觅归路。

刚走得几步，就听假山后面传来一阵低低的说话声。

此地僻静无人，倒确是夜半私会的好地方，叶敏玉不愿偷听别人说话，连忙避过一边，脚下走得更急。但他到底是习武之人，耳力非同一般，即使走得远了，也听出说话的人共有两个，其中一人的声音十分耳熟，似乎曾在何处听过。

奇怪，究竟是在哪里呢？

叶敏玉正自疑惑，却忽听那人说道："……没想到这么容易就骗过了周琰。"

他眼皮一跳，立刻停住了脚步。

因为隔得太远，接下来的说话声有些模糊了，又过了好一会儿，才隐约听得一句："阁下的易容术果然高明，连声音都学得惟妙惟肖，任谁也瞧不出破绽。"

另一个人低低笑了两声，道："周琰有十年没见过林攸了，恐怕连他长得什么模样都已忘了，就算我只使出两三成的本领，也足以瞒天过海。"

"不错，只要最后能成就大事，倒不枉我们费此周折了。"

叶敏玉听到这里，顿觉掌心里尽是冷汗，许多谜团迎刃而解，但更多的疑惑却又纷至沓来。

难道他日前所见的那个少庄主，其实是别人假扮的？不但整个白云庄的人都被骗了，甚至连周琰也瞧不出来？

而他的同伙又是何人？

他们如此费尽心机，为的仅仅是一张藏宝图吗？

无论事情的真相是什么，总之这是一个圈套无疑了，而他跟师叔俩人，都已入了此局！

叶敏玉竭力屏住呼吸，小心翼翼地转回身去，打算靠得更近一些，仔细听一听当中有什么阴谋。他的轻功虽然不错，对方的内力显然更为深厚，他只稍微走近两步，就听假山后有人喝道："谁在偷听？！"

声音里带着极强的内劲，震得人耳朵嗡嗡直响。

叶敏玉审时度势，知道自己不是对方的对手，所以哼也没哼一声，掉头就跑。

黑夜中他听见呼呼的风响，晓得后头有人追了上来，心中略一思索，明白此时不宜直接回去找周琰，所以几个起落之后，一头扎进了旁边的树丛里。

这矮矮的树丛当然不好藏身。

幸喜左边就是一个池塘，右边则又是连绵的假山。

叶敏玉眉头一皱，很快就有了主意，伸手摸到几枚石子，牢牢

扣在掌心里，待有人追来时，便将石子往右边弹了出去。

石子正中假山旁的参天大树，力道之大，震得树叶纷纷坠落。

接着只见黑影一闪，果然有人朝那边追了过去。

叶敏玉便趁机深吸一口气，悄悄走到池塘边，抬脚跨了进去。他动作极轻极慢，几乎没有发出什么声音，但是当冰凉的池水漫过身体时，还是禁不住打了个冷战。

……好冰。

如今已是初冬了，池水冰凉彻骨，即使是他这样练过武的人，也觉得有些吃不消。何况在水中闭气已是不易，更抽不出精力来运功取暖，只能这么强行忍耐着。

没过多久，叶敏玉就听见地面上响起一阵脚步声，似乎是那道黑影又折了回来寻他。不过池塘边杂草丛生，再加上夜色掩映，对方始终没有发现他躲在水中。

又过得片刻，那脚步声渐渐远了。

叶敏玉不敢轻举妄动，仍旧动也不动地浸在水里。

果然这只是诱敌之计，对方并未真正走远，脚步声在池塘边来来回回了好几遍，才彻底消失不见。

叶敏玉心思缜密，又多等了半炷香的工夫，才"哗啦"一声，从水底浮了上来。

四周静悄悄的，再无旁人。

虽然暂无性命之险，但叶敏玉在水中浸得太久，全身的衣裳都已湿透，一头黑发散在肩上，湿漉漉的不断往下滴着水，而他的脸色更是苍白至极，嘴唇完全失了血色。

他闭气的功夫使得太久，到这会儿还有点喘不过气来，只昏昏沉沉地想到一个人。

师叔……

对了，要快点赶去告诉师叔！

叶敏玉咬了咬牙，略狼狈地爬上岸去，急急奔向周琰住的地方。他一路上为了掩饰行踪，倒是费了不少力气，等走到周琰的房门外时，只觉身上一阵冷一阵热的，寒气已然入体了。

他也顾不得这许多，连门都不敲，一下子就撞开了房门。

周琰正在房中喝酒，抬头看见他这副模样，自是大吃一惊，叫道："师侄，出什么事了？你……你怎么……"

叶敏玉一把抹去额上的水珠，道："师叔，先关门再说。"

周琰神色一凛，立刻阖上了房门，接着抱出条被子来裹在叶敏玉身上，边用帕子擦拭他的头发边说："这么冷的天，你怎么弄得浑身是水？是不是那个严姑娘欺负你了？"

叶敏玉摇了摇头，道："师叔，我要跟你说一件要紧事。"

"什么事？就算再怎么要紧，也该先换一身衣裳。"周琰见他抖个不停，真恨不得连人带被子一起抱住了，道，"你是不是跌进水里了？你年纪也不小了，怎么这么不小心，万一着凉了怎么办？不对，我看根本就已经着凉了！"

周琰平常绝不会这般啰唆，这时关心则乱，竟念叨个没完了。

叶敏玉身上冷得要命，但心底却漾出了一丝暖意，目光不由自主地落在周琰脸上。

他确实有很重要的话要说。

他知道什么是轻重缓急，比如那个冒充少庄主的人，比如他们现在身处的险境。

但他突然想放纵自己一回。

周琰正专心帮他擦干头发，叶敏玉便抬起头来，梦呓似的低喃

道："师叔，我……"

他低声说出了心中所想："我想陪着你纵酒纵剑，一块儿闯荡江湖。"

周琰一下就僵住了，愕然道："你说什么？你、你可知道我是因何被逐出师门的？"

"知道，"叶敏玉道，"师叔生性不羁，不守门规，因而……"

周琰又好气又好笑，说："那你还想学我？"

"我以前也觉得不该像师叔这样任情任性的，可是一路陪师叔走来，觉得如此才是真性情，若能一直这样……那也好得很。"

他这样情真意切，周琰如何答得上来？

霎时只觉心中千头万绪，说不出是欢喜还是烦忧，隔了好一会儿才问："你这念头，是从什么时候开始的？"

叶敏玉想得一想，微笑道："那夜暴雨倾盆，在荒山破庙里相遇之时。"

周琰回想起当时的情景，不知该不该怪自己多管闲事，深深叹了口气。

"你年纪可太轻了，尚有许多事情都不明白。"周琰伸手摸了摸叶敏玉湿漉漉的头发，道，"你先回房把湿衣服换了，这件事情……我们改日再说。"

"只怕等不到改日，师叔明天就会赶我离开，以后也都避而不见了。"

周琰顿了一下，正欲反驳，却听叶敏玉接着说道："师叔不爱提这事，我暂时不说也就罢了，不过另一件要紧事，我可非说不可。"

"还有要紧事？"周琰按了按额角，真想苦笑，"好师侄，你一晚上想给我几个惊喜？"

"此事恐怕有惊无喜。"叶敏玉道，"师叔隔了十年再见那位少庄主，可觉得有什么奇怪的地方？"

周琰怔了怔，微微蹙眉。

叶敏玉知他心意，一见他这般表情，就明白他也觉得不妥了，于是瞧了瞧紧闭的门窗，压低声音道："我刚才在院子里听到一个天大的秘密，我们日前所见的那位少庄主，或许是别人假扮的！"

"什么？"或许是早有心理准备，周琰这回只稍微惊讶了一下，又仔细瞧了瞧叶敏玉浑身湿透的模样，问，"究竟出了什么事？"

叶敏玉裹紧身上的被子，将方才在园中的所见所闻娓娓道来。

仅凭他这一面之词，实在很难取信于人。但周琰听后，一句怀疑的话也没有说，仅是慢慢沉下脸色，若有所思地沉吟起来。

直到叶敏玉受不住凉意打了个哆嗦，他才蓦地回过神，道："为防万一，你暂时别回自己房间了，先换上我的衣服吧。"

他边说边去翻找起来。

叶敏玉在旁看着，问："师叔相信我说的话？"

周琰没有直接回答，只道："若当中真有这样的阴谋，白云庄内自是危机四伏，我们必须处处小心，绝不能打草惊蛇。"

说着，他已将自己常穿的一件衫子递给了叶敏玉，道："你今夜就睡在我这里吧。"

叶敏玉换上了衣服，问："师叔呢？"

"我当然要去探听情况，瞧一瞧……那人究竟是真是假。"他提到那个人的时候，声音依旧难掩苦涩。

叶敏玉也不好劝解，只道："师叔万事小心。"

"嗯，"周琰摆了摆手，习惯性地想去揉揉叶敏玉的头发，但

一对上他的目光，又急忙忍住了，道，"你自己也早点休息。"

说罢他叹了口气，取过一旁的宝剑，大步走出门去。

叶敏玉独自在屋内坐了许久。

在周琰面前，他还能笑得出来，这会儿却觉心里空荡荡的，连扯动嘴角的力气都使不出来了。他刚刚才回绝了那位楚姑娘，当然明白有些事，万万不能强求。

直到"哧"的一声，桌上的蜡烛熄灭之后，他才不再呆坐下去，起身走向床头，摸索着躺到了周琰的床上。

床上只剩下了一床薄被。

但盖在身上倒是十分暖和。

这夜发生了太多事情，叶敏玉早已困倦至极了，这时便不再胡思乱想，闭上了眼睛沉沉睡去。

一开始睡得挺熟的，但到后半夜时，身上忽然一阵阵的发起热来。他也知道自己是浸水后着凉了，但整个人浑浑噩噩，连双眼都睁不开来。

他的意识时而模糊时而清醒，梦到了许多稀奇古怪的场景，而其中出现得最多的，当然只有一个人的身影。

"师叔……师叔……"

叶敏玉身上烫得难受，只能这样断断续续地叫出来，似乎多叫一声，那灼人的热意便会消解一分。

半梦半睡间，他感觉有人轻轻握住了他的手，在他耳边低语道："别怕，我在这里。"

叶敏玉不晓得自己睡了多久，反正等他醒来时，已经出了一身的汗，连嗓子都哑掉了。额角一抽一抽的痛着，勉强睁眼一看，只见周琰就坐在床头。

"师叔……"

叶敏玉顿觉精神大振，刚想冲他笑一笑，却见周琰身旁还站着一个人——那少庄主白衣胜雪，始终是一副清冷骄傲的模样，秀丽的面孔上毫无表情，正冷冷地瞧着他。

叶敏玉顿觉背脊发凉，怔了一怔后，虽然全身无力，却还是挣扎着从床上坐了起来，想要护在周琰身前。

不料周琰扶住他的胳膊，将他重新按了回去，道："你的病还没好，再多休息一会儿。"

叶敏玉确实头疼得厉害，但现在这种情况，叫他如何睡得着？为何那假扮的少庄主也会在此？周琰是尚未跟他撕破脸面，打算继续虚与委蛇下去吗？

"师叔……"叶敏玉裹紧被子，望了望表情冷漠的少庄主，朝周琰连使眼色。

周琰平日总能知他心意，这时却像浑然不觉，接着说道："你这病生得十分凶险，已经接连昏睡两天了，幸好庄内本就请了不少名医，开方吃药之后，烧总算退了下去。"

叶敏玉确实觉得身体不适，但没想到自己睡了这么久，略感惊讶之余，愈发好奇这几日发生了什么事情。周琰说要去探听情况，不知可有结果了？

叶敏玉于是朝那少庄主点了点头，道："我不小心受寒着凉，想必给少庄主添了不少麻烦，真是过意不去。"

那少庄主勾了勾嘴角，像是笑了一下，只是声音依旧冷淡："你师叔总爱夸你知书达理，现在看来，果然是礼数周全。不过你嘴上虽然谢我，心中恐怕正怀疑我图谋不轨。"

顿了顿，他轻描淡写地吐出几个字来："譬如，疑心我是别人

假扮而成的，目的是为了骗取那张藏宝图。"

闻言，叶敏玉立刻就僵住了。

怎么回事？

已经打草惊蛇了？

少庄主说话这么直接，他反而不知如何应对才好，是继续装傻下去，还是干脆开打？

叶敏玉额上直冒冷汗，不由自主地朝周琰望过去。

周琰却是神色如常，伸手替他拭了拭汗，笑说："病中的话岂能当真？我这师侄是病糊涂了，所以才会胡言乱语，你不必放在心上。"

叶敏玉听得睁大了眼睛，简直怀疑自己仍在梦中。

他不过是睡了一觉，怎么突然间天翻地覆了？

"师叔，你当真认为我是在说胡话？"

其实只要周琰一个眼神，叶敏玉就能猜到其中有无内情，应当如何配合他了。偏偏周琰并不看他，反而转头瞧向那少庄主，道："你前天夜里对我说，看见少庄主跟一个黑衣人在假山后密会，但事实上，他是昨天晚上才刚回来的。"

"昨晚？他在庄内出入自由，要装成昨晚才刚回府，自是轻而易举的事。"

"你不明白，他昨夜并不是从大门进来的。"

"什么？"

"熟识他的人才知道，他向来有个毛病，夜里回府从不走大门，而是喜欢从墙外跳进来。十年前，我来白云庄偷酒的时候，就是这样遇上他的。"周琰一直没有回头，从叶敏玉的角度看，只能瞧见他的背影，"我昨天夜里故地重游，亲眼看着他从墙头跳了下来，所以……"

"所以你认定他是真的？"叶敏玉听到这时才明白了来龙去脉。

周琰尚未答话，那少庄主已先开口说道："白云庄又非等闲之地，岂是随便什么人都能混进来冒充的？周兄认不得我也就罢了，难道庄内这么多人也都认不出来？难道连我的父母妻儿，也一并被我瞒骗了？"

叶敏玉窒了窒，一时说不出话来。

其实这正是他百思不得其解的地方，若说这个少庄主是假的，那他是如何瞒天过海的？而真的少庄主又在何处？

"但是那天夜里，我的确在假山旁听见……"

"或许是你病得神志不清，将梦中的场景当成了真的。"

"师叔！"

周琰总算回过头来，却只是轻轻帮他掖好被角，道："你应该好好养病，别再胡思乱想啦。"

睡梦中，他的手这么温暖，为何现在完全变了样？

叶敏玉忍不住去抓周琰的手，但周琰恰好起身离开，他不小心抓了个空，软绵绵的身体失去平衡，差点从床上滚落下去。

亏得周琰眼明手快，一把揽住了他。

"师叔，"叶敏玉喘了喘气，觉得头又晕了起来，勉强说道，"真相未明之前，你不要轻易信他。"

他并不怕自己被误会，只是担心周琰遇险。

周琰慢慢将他放回床上，蹙着眉不说话。

倒是那少庄主冷笑道："周兄若不信我，那也无妨。反正我过两日就要出门了，周兄大可不必同去，好好照顾你的师侄吧。"

说罢，他当即要拂袖而去。

周琰脸色微变，目光似乎颤了颤，连忙叫道："等一下！"

他看了看仍在病中的叶敏玉，又瞧了瞧冷若冰霜的少庄主，犹豫片刻后，终于开口说道："师侄既然不信，那我就再确认一遍，希望少庄主不要介怀。"

"哦？怎么说？"那少庄主挑一挑眉，等着听他发话。

周琰静了一会儿，突然开口叫出他的名字："林攸，还记不记得十年前，我去青狼寨之前的那个晚上，曾在你窗外站了一宿？你关着窗子不理我，直到天快亮时，才开窗看了我一眼。"

那少庄主"嗯"了一声，道："我倒情愿不记得。"

"我当时曾对你说过一句话。"

"你要我现在说出来？嗯，你那时说的是……"少庄主虽在跟周琰说话，眼睛却瞧向叶敏玉，一如既往地傲气十足，一字一字地说，"放心，我定会平安回来。"

单看周琰眼底漾开来的光芒，就可猜到那少庄主说得一字不差了。

难道真是他弄错了？这个少庄主并非别人假扮的？

叶敏玉觉得心里气闷得很，张了张嘴，竟连说话的力气也使不出来，只能直直地望向周琰。

周琰目光一动，慢慢伸手覆住了他的眼睛，柔声道："你说了这么久的话，也该觉得累了，快睡吧。"

叶敏玉摇了摇头，根本不想入睡，但他实在太累太累，不知不觉地闭上了眼睛。

黑暗中，他感觉周琰指尖的温暖渐渐远离，随后就是"嗒"的一声，轻轻阖上房门的声音。

师叔……

叶敏玉到底没有把这两个字叫出来，只是身上忽冷忽热的，像被困在了沉沉夜色中一般，越是挣扎就越无法动弹。

为什么胸口某处会隐隐作痛？

嗯，是因为他生了病的关系。

等到明日病好了，一切就能恢复如常。

叶敏玉虽这样安慰自己，但他这次确实病势沉重，接连躺了两日后，整个人依然是昏昏沉沉的，几乎不能下地走路。

偏偏少庄主已经收拾好了行装，急着出门去换解药，周琰左右为难，不知该不该让他留下来养病。

倒是叶敏玉自己不愿在白云庄内久留，坚持要尽早回家。

周琰无奈之下，只好替他雇了辆马车，又挑了个老实可靠的车夫，再帮他备好路上的吃食和盘缠。周琰各方面都准备得十分周到，但好像故意避着叶敏玉似的，除了早晚来问问病情之外，几乎没有跟他独处的时候。

直到起程上路的那一日，周琰才同少庄主一起到门口送他。

叶敏玉因在病中，走路仍有些摇摇晃晃的，周琰见了，忙过来抓住他的手臂，扶着他往马车边走去。

叶敏玉的眼神茫茫然然的，苍白的脸上更无一丝血色，忽然问："师叔，你新买给我的那柄剑呢？"

"已放在马车上了？怎么？"

"我自己孤身上路，若不随身带着兵刃，似乎不大妥当。"

"没错，你该加倍小心才是。"

反正离马车也没有几步了，周琰便走过去将剑取了出来，仔仔细细地佩在叶敏玉腰间。末了，周琰又瞧一瞧他带病的脸色，叹道："你路上不要耽搁时间，早点回家把病养好，别……别再想着不

128

该想的事了。"

他这话自是意有所指。

叶敏玉似是已经麻木了，听后竟也不觉难过，反而笑了一笑，说："愿师叔此去一路顺风。"

接着他又转头望向那少庄主。

他向来迂腐多礼，周琰只当他是要说几句客套话告辞，少庄主也是这般想的，正欲颔首回礼，却见叶敏玉的右手在剑柄上一按，倏地拔剑出鞘，直向那少庄主刺去。

这一剑去若雷霆，速度之快，当真匪夷所思。

原来叶敏玉这几日虽在床上养病，却总在思量着少庄主是真是假，后来突然想到，他救周琰出地牢的那夜，曾与少庄主狭路相逢。

当时周琰使了一招本门的"玉女投梭"，对方立刻也还了一招，而且同归于尽的打法十分特殊。

一个人的易容术再怎么高明，也只能模仿容貌声音，但武功这样东西，顷刻间却是做不来假的。所以叶敏玉甘冒奇险，特意在对方毫无防备的时候出剑试探。

他为了使这一招，故意夸大了自己的病情，先前又一直在暗地里调息蓄力。

只是他的剑法虽快，另一个人的动作却比他更快！

"师侄，住手！"

但听"当当"两声，周琰足下轻点，飞快地扭身挡在少庄主跟前，同样拔出了剑来。他拔剑虽慢着一步，出招却要快上几分，恰好截住了叶敏玉的剑势。

两剑相交，那柄普普通通的长剑怎敌得过宝剑之利？

白光一闪，长剑瞬间就被绞成了两断。

但是周琰这一剑力道未尽，竟又往前递了几分，手腕一抖，锋利的剑刃从叶敏玉耳边轻轻擦过。接着就听"哧"的一声，叶敏玉的满头乌发忽然散落肩头，想是刚才这剑虽未伤着他，却不小心挑断了他束发的带子。

黑发披落下来的那刻，叶敏玉先是怔了一怔，身姿僵硬地呆立原地，然后眼底逐渐露出难以置信的神色，抬起头来望向周琰。

这剑只消偏得半分，就不仅仅是挑断发带这么简单了。

以周琰的武功，怎么可能收不住剑势？

除非是……关心则乱。

叶敏玉早已明白这点了，可这时真正体会到，还是觉得喘不过气来。

周琰一剑刺出后，脸上的表情也是愕然，但他很快就掩饰住了自己的情绪，眸中的波澜一闪而过，很快就消失不见了，问："为什么出手伤人？"

叶敏玉又觉茫然，仿佛站在眼前的仅是个陌生人。

他瞧了瞧手中断剑，一时想不起刚才为何要出招了，便随手把剑给扔了。

周琰见他如此，也没有追问下去，只道："你病得越来越重了，没有兵刃防身可不行。这柄宝剑本就是你借给我的，现在便物归原主吧。"

说着，他将宝剑收入黄金剑鞘之内，扬手掷了过去。

叶敏玉呆了呆，踉跄着伸手接剑，但他气力不济，宝剑在手上一握，便又滑了开去。

"砰！"

那一柄黄金剑重重摔落在满是尘土的泥地上，显得异常刺眼。

只是宝剑蒙尘，尚有如此声响，一个人的心碎裂开来时，却是悄无声息。

第十一章

披头散发的模样十分狼狈，但叶敏玉顾不得这些，只是扑过去捡那柄剑。

他的力气早已用尽，一跌坐在地上就爬不起来了，可他毫不理会，慢慢把剑抱进怀里，再用袖子小心翼翼地拭去上头的尘土。

他还记得周琰是如何替他抢回剑鞘的，也记得自己如何把此剑借给周琰，要他片刻不离的带在身边，但是后来发生了什么事？

他怎么记不起来？

耀目的阳光照得人眼睛疼，连视线也渐渐模糊了。

有人走过来拉叶敏玉的胳膊，他毫不挣扎，安安静静地被人送上马车，头一直那么低着，紧紧抱住怀中的剑不放。

他没有再望向站在少庄主旁边的周琰。

或许是忘了去看，也或许是……不敢去看。

叶敏玉甚至不知道马车是何时上路的，只听得"嗒嗒嗒"的马蹄儿响，一颠一颠的震得人头疼。他的病本就未好，这时更觉得身上发烫，昏昏沉沉的不愿睁开眼睛。

意识时而清醒时而迷糊。

他应当尽快回家的。到了家中，他不仅可以裹进温暖的被子里，还可尝到娘亲亲手炖的鸡汤，更有慈父关怀，兄长疼惜。

他病得本就不重，要不了几天，便能渐渐痊愈了。然后像周琰说的那样，把该忘的全都忘了，以后再也不去回想。

真的。

只要稍微、稍微软弱一下就好。

叶敏玉闭了闭眼睛，手指轻轻滑下去，触到那冰冷的剑鞘时，身体猛地一颤，霍然睁开了双眸——宝剑光芒如初，虽然沾染过尘土，却还是耀眼夺目。

周琰曾经说过，唯有这般宝剑，方才与他相衬。

这话是过誉了，不过能配得上此剑的人，岂可因为一点心伤，就放纵自己逃去天涯海角，置重要的人的安危于不顾？周琰不想见他是一回事，他保护那个人的决心，却从来没有变过。

叶敏玉咬一咬牙，将手中的剑握得更紧，强迫自己面对周琰不想见他的事实，令他觉得嘴里阵阵泛苦，实在痛得厉害。

但不经历这般剧痛，伤口怎么会好？

他身上一点力气也没有，好不容易才伸手撩开了帘子，哑着嗓子叫道："停车！"

"公子？"那车夫勒了勒缰绳，连忙回头看他。

"掉头回去……"

"什么？"

"掉头……回江陵……"

只说得这么几个字，叶敏玉已低声咳嗽起来。但因他语气坚决，那车夫拿银子办事，当然也不好违逆他的意思，磨蹭了片刻后，果然依言掉头赶了回去。

叶敏玉趁着夜色悄悄回了城，在客栈里住了两天后，重新雇了马车和车夫，再次离开江陵。不过他这一回是追着白云庄的车马，一路朝北行去。周琰能顺利换回解药固然最好，若其中真有什么阴谋，他这么暗中跟随，多少也能派上些用场。

最要紧的是，他要护得那个人周全。

此时早已入冬，越往北走，天气就越是寒凉。

叶敏玉穿着周琰帮他准备的衣裳，倒也不嫌单薄，只是他习惯

了南方的湿冷天候，如今被凛冽的寒风一吹，病情就总也不见好了。有好几次他烧得糊里糊涂的，咳嗽声更是从来没有断过，倒是那车夫怕他出事，陆陆续续地劝过几回。

叶敏玉本来就不是任性妄为的人，思量一番之后，知道自己这么病下去，非但帮不上忙，反而会成为累赘。所以他在一个偏僻的小镇上歇了几天，打算养好了病再继续上路。

那镇子极小，左右只有一间像样的客栈，叶敏玉要的虽是上房，但夜里躺在床上，能够清晰听见风吹动门板的声音。

幸亏镇上还有间医馆。

老大夫年纪大了，医术却是好的，叶敏玉去诊了脉抓了药，连续几服喝下去，夜间的咳嗽果然少了许多。

这一日天黑得特别早，呼呼的寒风吹得人耳朵生疼。

叶敏玉本就不爱出门，早早地把门窗关上了，整个人裹在皮毛氅子里，打算喝完了药就上床休息。不料他才刚端起药碗，还未咽下黑糊糊的药汁，就听外头"咻"的响了一声。

他纵然生了病，耳力仍是极佳，立刻听出那是有人在发暗器。

怎么回事？

对方是冲着他来的吗？

叶敏玉的心怦怦地跳起来，也不敢熄灭烛火，只是放下了药碗，悄无声息地起身走到了窗边。他将窗子推开一条缝，从缝隙里望出去，只瞧见夜色茫茫。

但是定睛细看，又可发现院子中立着几道黑影。

叶敏玉暗暗数了数，约莫有五六个人围成个圈子，将另一个人困在了当中。中间那人负手而立，黑夜中瞧不清容貌，只听得他冷笑连连："我道今日怎么狗吠声这么响亮，原来又有人送上门来找死！"

"杜云！你这杀人不眨眼的大魔头，今日就是你的死期了！"

那名唤杜云的人被围在垓心，却是浑然不惧，反而高声道："我好几日不曾杀过人了，手可痒得厉害，正好拿你们几个喂招。"

围住他的人似乎怔了怔，问："你可知我们是为谁来寻仇的？"

杜云哼了一声，低低笑了起来，嗓音像是在石头上磨过一般，着实嘶哑难闻："反正全都要死，我何必费心知道死人的身份来历？"

说着，他手腕一抖，从他袖子里滑出一条乌黑的长鞭。鞭上生满倒刺，又透着幽幽蓝光，显然是淬过剧毒的。

叶敏玉远远见了，差点叫出声来，只因这鞭子太过眼熟，他曾在什么地方见过。接着又见那人侧了侧头，被淡淡月光照亮了容颜——他整张脸上布满横七竖八的伤痕，连五官也因此扭曲了，伤处皮肉外翻，说不出的狰狞恐怖。

叶敏玉只看一眼，就认出了此人是谁。

没错，正是那天在荒山破庙里，跟周琰同桌赌骰子的疤面人。

看那天的比斗，他的武功似乎更在周琰之上，只因先前受了内伤，才会略逊一筹，将藏宝图拱手相让。若非如此，自己也不会策马追着周琰而去，更不会同他一起身陷险境，甚至……

叶敏玉不愿回想那些纠缠，只往后退了退，将自己藏进更深的黑暗中。

他久病未愈，因为气力不济，功夫剩下了不到三成，如今遇上这么个冤家对头，当然还是避一避为好。

正想着，只见围住杜云的几个人也都亮出了兵刃。

他们使的皆是长剑，而且拔剑的手势一模一样，显然出自同一

黄金剑

门派。为首的人吆喝一声后，众人挽起剑花，同时挺剑朝杜云刺去。

杜云仗着武艺高强，起先并不把他们放在眼内，手中鞭子挥舞开来，招数刁钻凌厉，似乎招招都欲取人性命，真是狠辣至极。

不过那群人的武功也都不弱，而且剑路相同，出招时同进同退、攻守兼备，倒也颇难应付。

一时间，但见飞沙走石、刀光剑影，双方竟是僵持不下。

杜云以一敌五，本已吃了小亏，这时便勾唇冷笑，陡然把鞭子收了回来，扬手射出一把梅花针。

"小心暗器！"

"针上喂了毒！"

"快躲！"

这么一闹，剑阵霎时就乱了。

杜云看准时机，再次甩出鞭子，乌黑长鞭如同一条吐芯子的毒蛇，挟着呼呼风声在黑夜中游走起来。

没过多久，鞭子就卷住了一个人的颈子，杜云靠着内劲将他掀翻在地。那人似乎中了鞭上的剧毒，立时在地上打起滚来，喉咙里发出"啊啊"的惨叫声。

余下几人听得胆寒不已，剑法更是乱得不成样子，接二连三地被鞭尾扫中，渐渐败下阵来。

叶敏玉在楼上瞧着，也自觉得心惊，暗想此人出手如此狠毒，当日若不是受了内伤，师叔可真不是他的对手。

恰在此时，他忽然瞥见墙根的角落里闪过一道小小的影子。

叶敏玉眼皮一跳，看得仔细了，才发现那是个七八岁的小娃娃，脸蛋儿胖乎乎的，一双眼睛又大又圆，是客栈掌柜的独生爱子。

其实打斗声如此激烈，客栈内的住客早已被吵醒了，只是谁也没有那么大的胆子，敢探出头来望上一望。偏偏这小孩子不懂事，也不知是不是出来起夜，进了院子后就被眼前的骇人场景吓住了，呆呆地立在原地不敢动弹。

激战之中，谁也无暇去顾及这么一个小娃子。

不料最先中毒的那人在地上滚来滚去，竟恰恰滚到了他身边，并发狂似的伸手朝他抓去。

那小孩吓得不敢躲避，顿时"哇"的一声哭了出来。

叶敏玉听得一清二楚，不由得伸手握住了剑柄。

他本来不想牵扯进这江湖纷争中的，但见了此情此景，怎不激起侠义心肠？危急中也来不及多想，他一头撞开窗子，纵身跃了下去。

黑夜中，众人只见一人从天而降，一时也分不清是敌是友，各种兵刃便纷纷朝他身上招呼了过去。

叶敏玉的武功施展不开，但幸喜有宝剑护身，扬手一使剑招，无论是什么兵器，统统被他斩于剑下。他耳听得"叮叮当当"一阵脆响，却是足下轻点，头也不回地朝墙角掠去。

此时那小孩儿被中毒之人抱住了双腿，正自哭闹不已。

叶敏玉便道一声"得罪"，抬脚踢中了那人的穴道，同时伸臂一揽，将孩子稳稳地抱进怀中，柔声哄劝道："乖，不哭不哭，已经没事啦。"

他边轻拍孩子的后背，边打算抱他进屋。

但是一转身，却发现打斗已经结束了，地上横七竖八地躺着几个人，人人满身血污，手中的长剑都只剩下半截，正对着他怒目而视。

只剩下杜云立在原处，慢条斯理地收回鞭子，道："小兄弟，

138

你的宝剑不错呀。"

原来叶敏玉方才随手出招，却因为宝剑太过锋利，把众人的兵器都弄断了，无端端帮了杜云一个大忙。

"你助我一臂之力，要我怎么谢你才好？"杜云用手指沾了些鞭上的血渍，凑到唇边舔了舔，月光之下，丑陋的面孔显得更加妖异恐怖，道，"对了，我还没想好用什么法子处置这些人，不如你来替我决定？"

说话时，他眼睛里闪现出一种嗜血的光芒，令人毛骨悚然。

叶敏玉不由得后退一步，但很快镇定下来，摸了摸怀中孩子冰凉的小手，声音十分温和："你叫宝生是不是？现在还有力气走路吗？"

"嗯！"孩子脸上还挂着泪珠，却重重点一下头。

叶敏玉冲他笑笑，又道："那你自己走回房里去，乖乖上床睡觉，别再到处乱跑了，好吗？"

孩子仍是点头。

叶敏玉于是弯身将他放了下来，抬手拭去他脸上的泪痕，在他肩头拍了一下，道："快去吧。"

那孩子极为听话，果然跌跌撞撞地跑进了黑暗之中。

叶敏玉确定他安全无虞之后，才转身面向杜云，拱手施了一礼，道："晚辈刚才贸然出手，实是出于无心，若前辈真要相谢，就请放了这几位朋友吧。"

说着，他指了指躺在地上的那几个人。

杜云眯了眯眼睛，扭曲的脸上瞧不出什么表情，只是目光绕着叶敏玉转了一圈，最后停在他那柄黄金剑上，嗤笑道："你倒挺爱多管闲事的。数月之前，在那间破庙里头，你也是这样惹上麻烦的，对不对？"

叶敏玉神色一凛，不由得握紧了手中的剑。

他原本心存侥幸，以为过了半年之久，对方未必还认得出他，没想到毕竟还是因为宝剑露了馅。这时他想转身逃跑也已晚了，只好硬着头皮应道："晚辈行事鲁莽，让前辈见笑了。"

杜云当然没有笑，反而阴沉沉地说："我既说了让你来处置这几个人，就绝对不会食言。"

说着，他目光朝四下里一扫，喝道："听见了没有？还不快滚！"

与他为敌的这群人武功都不算弱，想来在江湖上亦是小有名气，但被他这么呼来喝去的，竟是谁也不敢吭声，只相互搀扶着从地上爬起来，模样狼狈地逃开了去。

不过临走之前，那些人还不忘放下几句狠话："你这魔头作恶多端，将来必定不得好死！"

"那好得很啊，"杜云听了，非但不觉气恼，眼中反而透出一种兴奋的光芒，"我正等着呢。"

叶敏玉只觉这人阴晴不定，脾气煞为古怪，忙拱手道："多谢前辈手下留情。此间既已无事，晚辈就先行告辞了。"

说罢，他转身便走。

但刚迈出步子，就听见风声飒然，一只手搭上了他的肩膀，嘶哑难闻的嗓音在耳边响起："等一下，谁准你走了？"

说话间，杜云出手如电，疾点叶敏玉身上的穴道。

叶敏玉早有准备，连忙挥剑格挡。

但他的功夫本就跟人家差了一大截，再加上久在病中，使不出什么力气来，只堪堪过得三招，就被一掌击中了胸口。

"嗯……"

叶敏玉顿觉气血翻涌，接连倒退了几步，勉强靠宝剑支撑着身体。

杜云步步逼近，道："我今日还不曾杀过人，现下手痒得厉害，偏偏该死的人又被你放了，你说……该怎么办才好？"

叶敏玉答不上话。

因为杜云再次甩出了鞭子。

他的宝剑虽然锋利，奈何对方的鞭法太过刁钻古怪，无论如何出招，都连鞭尾也挨不着，只能手忙脚乱地应付一下。没过多久，他就被一脚踹翻在了地上。

杜云随手夺了叶敏玉的剑。

寻常人见到这样的稀世珍宝，总要多看上几眼，他却连瞧也不瞧，转头扔过一边，道："上次在破庙里头，你好像跟你那个浪荡不羁的师叔相认了？如今怎么没跟他在一起？"

叶敏玉窒了窒，胸口气血愈发不畅，根本说不出话来。

杜云等得不耐烦了，抬脚踏住他的手背，道："怎么？突然变成聋子了？"

叶敏玉呆呆瞧住自己被反复碾压的手指，只觉这点疼痛跟心里刀绞般的痛楚比起来，根本算不得什么，隔了半晌才道："天下无不散的筵席，我怎么可能永远跟着他？"

这句话说得很轻很轻，更像是在自言自语。

杜云显然不甚满意，脚下踩得更重，问："那藏宝图呢？一直都在他的身上？"

"前辈也对那玩意念念不忘？"

"本就是我的东西，我自然要亲手夺回来！"顿了顿，杜云阴阳怪气地笑一笑，道，"不过我现在抓了你这小子，兴许用不着靠武力硬抢了。”

叶敏玉怔了怔，一时不明其意。

杜云心情颇佳，便开口解释道：“用一张藏宝图，换这么一个温文俊雅的师侄，周琰也不算吃亏吧？”

叶敏玉这才明白他的意思，边咳嗽边笑了起来。

“笑什么？”

“前辈真是好主意，咯咯……可惜，我师叔这会儿跟白云庄的少庄主在一起。”

杜云“嗯”了一声，显然也听说过周琰跟那少庄主的事，道：“那又如何？”

“少庄主的独子中了剧毒，他们正要赶去关外的无影城，用张藏宝图换取解药。前辈以为，是我这个师侄比较重要，还是……还是……”叶敏玉喘了喘气，后面的话无论如何也说不下去了。

倒是杜云替他说了出来：“周琰跟那少庄主何等交情，当然是先顾着他了。”

叶敏玉虽不信师叔会这样无情，但亲耳听别人说出来，仍觉得心底一阵抽搐。

杜云皱一下眉头，脸色也沉了下去，道：“如此说来，我抓了你这个臭小子，岂不是一点也派不上用场？”

他边说边狠狠踢了叶敏玉一脚。

叶敏玉吃痛不过，“啊”地叫出声来，但仍旧认真想了想，道：“晚辈自幼熟读诗书，吟诗作对倒还懂得一些，前辈若是不嫌弃的话，我可以……”

杜云气得又踢他一脚，怒道：“谁耐烦听你啰唆？”

“那么琴棋书画……”

"给我闭嘴！"

杜云伸手一抓，把叶敏玉从地上提了起来，用力扭住他的胳膊，咬牙切齿地说："我瞧还是杀了你来得清静！你自己说说，喜欢哪种死法？"

他说到这个杀字的时候，连眼睛也变成了血红的颜色，视线在叶敏玉身上来回了几遍，似乎在考虑从哪边下手比较好。

是一刀毙命？

还是断手断脚的痛加折磨？

无论哪种方法，都让杜云唇边露出阴冷的笑容。

叶敏玉脊背发凉，自知是难逃此劫了，却想也不敢想藏在心中的那个人，只是叫道："等一等！"

"怎么？你还有什么后事要交代？"

叶敏玉的右手被杜云扭住了，左手却还能动，挣扎着从怀中摸出了一块银子来，道："我还未付房钱。"

接着他屈指一弹，将银两弹进了自己住的屋子里。

杜云睁大眼睛，狰狞的脸孔上慢慢露出惊讶的神情，像是没有料到，这世上还有人比自己更加古怪。

他不禁哼哼两声，问："你难道一点也不怕死？"

"我怕得很啊。"叶敏玉倒是十分爽快，道，"正是因为还不想死，所以才更要赌上一赌。"

话音未落，只见他偏了偏头，侧身发出暗器，朝杜云的眼睛疾射过去。

原来他刚才掏银子的时候，故意多摸了一块碎银子出来，悄悄扣在掌心里，这时便用打暗器的手法发出来，为自己谋得脱身的机会。

杜云冷不防着了他的道儿，却只不慌不忙地叫了个"好"字，在他肩头猛拍一掌，往后急退数步，险险避开了去。

叶敏玉也因此重得自由。

他谨记师叔的教诲，打不过时就用跑的，连自己的宝剑也不去捡，转身就欲施展轻功。

但杜云岂是等闲之辈？冷笑一声之后，他的鞭子直甩过来，恰恰卷住了叶敏玉的胳膊，鞭上带毒的倒刺深深陷进肉里，疼得他浑身一颤。

只这片刻的耽搁，杜云就已快步追上，伸手点住了他的穴道。

"你这小子倒还有点意思，就这么杀了你，好像太过可惜了。"杜云慢腾腾地收回鞭子，一边欣赏叶敏玉脸上吃痛的表情，一边说道，"反正我本就要去找周琰算账，干脆将你一起带上，当着他的面把你身上的肉一片片割下来，想必有趣许多。"

叶敏玉虽不是贪生怕死之人，听了这番话后，却也觉手脚冰凉。

"怎么？觉得我很残忍？"杜云狰狞的面容蓦然逼近他，眼里透着森森寒意，冷然道，"有些时候，能够一剑毙命也是种福气，最可怕的就是……求生不得、求死不能。"

他脸上疤痕交错，显然都是些陈年旧伤，但因为下手甚重，至今仍是皮肉外翻的扭曲模样，瞧上去十分骇人。

也不知是谁如此恨他，竟将他的面孔毁成这样。

叶敏玉张了张嘴，还未开口说话，已被杜云一把抓住背心，提着上了马背。

骏马在夜色中飞奔而去。

叶敏玉本在病中，这时既吹冷风又受颠簸，很快就不受控制地咳嗽起来，昏昏沉沉的失了意识。

杜云可不理会，自顾自地策马狂奔，到得天亮时分，才随便找个地方落脚。他也不帮叶敏玉治伤，见他臂上的血实在流得太多，怕他就这么死了，才胡乱拿布条裹了裹伤口，再丢两个冷馒头给他充饥。待到天色一黑，他便又急着赶路。

　　这一路上倒没遇上什么波折。

　　不过杜云的脾气极为古怪，有时候沉着脸一言不发，有时又突然暴怒起来，对着叶敏玉就是一阵拳打脚踢。

　　叶敏玉自幼娇生惯养，入了江湖之后虽曾被人追杀，但好歹有师叔照顾着，还从来没有吃过这样的苦头。他身上新伤不断，病当然好得更慢了，就算不被杜云点住穴道，恐怕也没有逃跑的力气。偏偏杜云还嫌他啰唆，到得后来，干脆连他的哑穴也一并点住了。

　　叶敏玉受了这般折磨，心中最挂念的却仍是周琰。

　　那不知真假的少庄主还留在他身边，现在又多了这么一个手段狠毒的魔头，他日若是狭路相逢，可不知会惹出多少风波来。

　　不料越怕什么就越来什么。

　　杜云的马跑得极快，不过数日工，就已赶上了白云庄一行人。

　　叶敏玉认得白云庄马车上的记号，远远在客栈门口望见时，几乎再也迈不出脚步。

　　他知道周琰就在里头。

　　而他身边，定然有另一人相伴。

　　不过他现在受制于人，根本由不得自己做主，被杜云重重一推，便踉踉跄跄地往前几步，跌跌撞撞地走进了客栈。

　　因是天寒地冻，人人身上都裹得严严实实的，面容大半被帽子和毛领遮住了，所以杜、叶二人进门的时候，并没有什么人注意到。

　　倒是杜云放眼一扫，瞬间摸清了客栈里的形势，压低声音道：

"白云庄可真是人多势众。"

听那语气，分明就是敌人越多，他就愈发跃跃欲试。

他虽然行事乖张，却一向没有在大白天动手的习惯，此时天色未暗，只好勉强按下了大开杀戒的念头，走过去要了一间上房。

然后拉着叶敏玉往楼上走。

叶敏玉被他拿住了腰间要穴，只能顺从地低着头，偶尔朝四周望上一望。即使在这种时候，他心里也是怦怦直跳，既盼望见到周琰，又但愿见不着他。等到上了楼梯转角，他才终于瞧见了那个人。

仅仅是一道背影。

周琰坐在角落里靠窗的位置，正一杯一杯地饮着酒，那容颜秀丽的少庄主果然陪在他身边，脸上始终挂着淡漠的微笑。

叶敏玉瞧不见周琰的表情，但料想他也是在笑的。

叶敏玉闭了闭眼睛，喉咙里微微作响，只是叫不出声来。

杜云走得甚急，动作粗鲁地一扯，就将他扯进了房间里。

叶敏玉下盘本就不稳，这一下用力过猛，整个人狠狠撞到桌角上，又因为疼痛弯起腰，软软地滑倒在了地上。

杜云也不去管他，只慢慢在桌边坐了下来，天还未暗，就迫不及待地点起了蜡烛。跳跃的烛光下，只见他一双眼睛血红血红的，隐约透出一种兴奋的光芒，好像他就是为了血腥的杀戮而活的，又像他根本抑制不住体内的那种冲动。

随着夕阳西下，杜云的情绪渐渐急躁起来，有好几次都目露凶光，恶狠狠地盯住叶敏玉看。但因计划好了更加歹毒的法子，他一时倒舍不得杀了叶敏玉，只好硬生生握住拳头，自言自语道："还要半个时辰才天黑，我先去吃点东西，养足了力气才好动手。"

说罢，他起身走出门去。

或许是太过激动了，他出门时竟忘了点住叶敏玉的穴道。

　　叶敏玉方才那一下撞得不轻，过了许久仍觉得腰间剧痛，但他的神智很清醒，知道要不了半个时辰，杜云就会出手了。

　　他见识过杜云的武艺，真要动起手来，周琰恐怕不是他的对手，即使再加一个少庄主，也不知打不打得过。更何况，杜云可不是讲究江湖规矩的人，他使毒的本领不弱，多半会暗施毒手。这会儿他下楼去吃东西，说不定就会趁机下毒。

　　若是……若是他能动一动就好了……

　　叶敏玉提了一口气，挣扎着想从地上爬起来，但伤处真是痛得狠了，身体像折成了两段似的，立刻就跌了回去。

　　这么冷的天，他额上却全是汗，心中迷迷糊糊地想，周琰还全无防备。

　　他还在窗边喝酒。

　　叶敏玉只觉得五脏六腑缓缓绞动，睁眼瞧一瞧桌上的蜡烛，忽然咬住自己的舌尖，靠着疼痛逼出力气来，一头朝桌角撞了过去。

　　"咚！"

　　这一下撞得挺重，但声音并不响亮。

　　叶敏玉停下来喘了喘气，接着再去撞第二次、第三次……

　　他耳边嗡嗡作响，眼前更是茫茫的一片，只鼻尖嗅到淡淡血味，却弄不清自己是哪里受了伤。直到浓稠的血顺着脸颊淌下来，一直流到了嘴里，他才明白过来。

　　可是，怎么会这么苦呢？

　　恍惚间，楼下传来了阵阵喧闹声。

　　叶敏玉不敢耽搁，更加用力地往桌角撞过去，最后弄得桌子也轰然翻倒了，才算是歇了一歇。

楼下换成了兵刃相击的声音。

叶敏玉知道已经开打了，虽然心中焦急，但实在一丝力气也使不出来，只能继续在地上躺着。也不知过了多久，才听"砰"的一声，房门被人踢开了，杜云衣襟带血、气急败坏地闯了进来。

叶敏玉见他这副神情，反而放下心来，问："我师叔怎么样了？"

"我若痛痛快快地杀了人，还会这般生气吗？"杜云先是踩了叶敏玉一脚，接着又扯住他的头发，将他从地上拖了起来，厉声道，"都是你这臭小子坏了我的好事！"

他边说边把叶敏玉拖到了窗边。

窗子未关，一眼望过去，只见夕阳还剩着一点点微光，恰好照亮标有白云庄记号的马车。

马车渐行渐远。

想是刚才的响声惊动了白云庄的众人，跟杜云打过一架后，他们为保安全，又趁着夜色赶路了。

太好了，那个人平安无事。

叶敏玉睁大双眸，眼看着马车被茫茫的夜色遮掩，最终消失不见。

是血一直淌下来的关系吗？

他竟觉得视线模模糊糊的，眨不去眼中的那点酸楚。

最后还是杜云阴冷的嗓音唤回了他的心神："你师叔逃得不见踪影，这下你可高兴了？不过，休想我会再饶你性命！"

杜云右手一挥，就将叶敏玉打翻在地，而后一脚踏上他的胸口，道："你眼睛瞪这么大干什么？是觉得我这张脸很好玩吗？哼，那我就先剜了你这对眼珠子出来！"

顿了顿，他又想起一件事情，动手解开了叶敏玉的哑穴，冷笑

着说："杀人时若听不到惨叫声，那可太没味道了。"

话落，他手腕一翻，那布满倒刺的鞭子就从袖口滑了出来。

叶敏玉躺在冰冷的地上，眼见杜云拿鞭子的手高高举起，突然想起几个月前，他跟周琰在江陵城内游玩时，那人曾经说过，即使隔着千里万里，只要他叫出了声，他就一定会来。

他于是紧紧咬住牙关，没有让自己出声。

他不会叫出周琰的名字的。

因为，他绝不会来。

第十二章

还剩下最后一口酒。

周琰毫不吝惜，仰起头来一饮而尽，待到热辣辣的酒劲从胸口冲上来，方觉得身上暖和了一些。

真是奇怪。

他梦见的明明是风和日丽的江南美景，怎么醒来后竟是手脚冰凉，仿佛刚做了一场噩梦？

是因为……心中挂念之人就在那里吗？

周琰揉了揉额角，竭力拉回逐渐飘远的思绪。

根本不必担心。他早已将一切安排妥当了，那人会平平安安地回到家中，这会儿应该正与家人欢聚……得空的时候，或许还会怨怪他太过无情。

周琰长长叹一口气，晃了晃手中空荡荡的酒葫芦，恨不能大醉一场。不过身边若无知己相陪，便是醉了也觉无趣。

"嗒、嗒、嗒。"

正当他琢磨着如何能变出些酒时，远处传来了一阵不急不缓的脚步声。

周琰认得这个声音，唇边的笑容顿时淡了下去，接着就见火光一闪，照亮了这暗沉沉的地底迷宫。

脚下的地面泥泞湿滑，身旁的石壁嶙峋突兀，时不时有冰凉水珠滴落下来，前方道路黑幽幽的，望不见底。即使在这样恶劣的环境下，林攸那一身白衣仍是纤尘不染的，声音更是清冷出尘："周兄这么快就醒了？"

周琰懒得理他，自顾自地把玩手中的酒葫芦。

林攸便走到他身边坐下了，将火把往地上一插，道："你不问我有没有找到出路？"

　　周琰终于瞧他一眼，道："你若是找到了，岂会是现在这副神情？"

　　"我该露出什么表情？"林攸虚心好学，捏了捏自己的脸颊，故意凑近周琰，"对着周兄你笑吗？"

　　他边说边勾起嘴角，就连微笑也是若有似无的，带着淡淡冷漠。

　　……实在是像到了极致。

　　谁料得到这人竟是易容的？

　　周琰皱一下眉，马上就说："别用你那张脸恶心我。"

　　林攸依然笑得含蓄："抱歉，我还当你十分喜欢呢。毕竟周兄是个至情至性之人，你千里迢迢地陪我跑来关外，又甘冒奇险进了这地下迷宫，完全是为了……"

　　"你废话太多了。"

　　这林攸因是假的，所以还算识趣，见周琰面色不善，便及时住了口，转而说道："没想到无影城竟然是在这种鬼地方，难怪江湖上有传言说，凡是踏入此地的人，全都有来无回。"

　　他们从江陵出发，一路行来几乎没遇上什么波折，不料无影城内机关重重，刚进来就被困在了这地道之中，转悠了好几日都没找到出口。幸好没让白云庄的随从跟着进来，否则人一多，更加容易出乱子。就算只有他们两个人，带着的干粮也快吃完了，说不定最后还会饿死在此处。

　　周琰觉得饿肚子倒还能忍，但酒瘾发作起来，却无论如何也熬不住，于是又瞧了林攸几眼，道："你好像一点也不担心。"

　　"有什么好怕的？对方要的是我们手上的藏宝图，难道东西还

未到手，就先把人害死了？故意将我们困在这里，应该只是为了挫挫我们的锐气。"

林攸这番话说得挺有道理，但周琰听他成竹在胸的语气，料想还有别的缘故。

他的真正身份是何？

为什么要假扮成林攸的模样？

明明已经得到了藏宝图，为什么还要骗自己同来关外？

周琰一路上旁敲侧击，却始终猜不透其中的阴谋，只晓得肯定跟宝藏有关。他既然身在局中，也没有其他办法，只好走一步算一步了。

而且相比之下，更令他头疼的是——酒已经喝完了。

周琰想到这里，不由得又叹了口气，干脆站起身来，道："我已经休息够了，再去附近转转。"

"好啊，"林攸点了点头，特意提醒一句，"你小心不要迷路，若不能赶回来与我相会，恐怕性命不保。"

周琰想也不想地应："我不会死在这里的，我还要活着回去。"

"哦？你确定有人在等你？"

周琰窒了一下，自认没必要跟他说这些，随手取过火把，大步朝前走去。

阴冷的地道里回荡着他自己的脚步声。

冷飕飕的风不知从何处吹来，呼呼地带着瘆人的寒意。

周琰摸索着走了一阵，只觉眼前的路根本瞧不见尽头，而岔道更是一条接着一条，七拐八弯的也不知通向何处。

果然如林攸所言，一不留神就会迷路。

周琰胆子再大，这时也不敢随便乱闯，又走得片刻后，就打算照原路折回去了。恰在此时，忽听"咻"的一声，有暗器破空的声音响起。周琰反应极快，立刻侧身闪避，不料对方的目标是他手中火把，手指稍微一抖，那火把就被打落在了地上。

四周霎时暗了下来。

是敌人？

周琰心念急转，一面背靠住墙壁，一面伸手拔剑，却听得耳边风声骤响，有道人影从身旁飞掠过去，将一个包袱塞进了他的怀里。

他怔了怔，只觉这人的轻身功夫好生眼熟，似乎曾在哪里见过。

因这短短一瞬的迟疑，待他想要追上去时，已经太晚了。那人轻功极佳，身形一闪，便消失在了茫茫的黑暗之中。

周琰大惑不解，跟着冲了两步，又慢慢地停下来，动手打开怀中的那个包袱。

并没有什么暗器或者毒药。

借着快要熄灭的火光，他看清里头放着些许干粮以及……一壶美酒？！

周琰看得呆了一下，心中疑惑更甚。

刚才那人究竟是敌是友？

若是敌人，怎么知道他正想着喝酒？若是朋友，又为什么不现身相见？而且，他虽然只瞧见了一个模糊的轮廓，但对方的轻功身法绝对是似曾相识。

究竟是在哪里见过呢？

周琰皱了皱眉，一时想不起来了，偏偏手中酒壶又散发着浓郁香气，一个劲地诱惑着他，叫他想忍也忍不住。

真要命！

这酒里应该没毒吧？

这样想着，他的手已经先动了起来，毫不犹豫地抓起酒壶，往自己嘴边送了过去。一大口烈酒下肚之后，他只觉得精神大振，连力气都恢复了不少，真是中毒也无妨了。

只是他依然想不起那人是谁。

反正酒已喝了，周琰也不再费心去想，又连饮了几口之后，才把东西收拾一下，捡起快要熄灭的火把，转身走了回去。

林攸仍旧站在原处，手指正摩挲着旁边的石壁，见他回来了，便招一招手，道："来得正好，你也过来瞧瞧。"

"什么？"

周琰凑上前去，火光一照，就见凹凸不平的石壁上刻着一个淡淡的记号。这是江湖上常见的标记，一般是两方接头时用来指点道路的，不过……

"我先前离开的时候，并未发现这个记号。"

"嗯，是刚刚才刻上去的。"

"啊？"

"那人的身法极快，一边跟我过招，一边还能在墙上刻字，我根本拦他不住。"

周琰按了按怀中的包袱，讶然道："你也遇上了？"

"也？"林攸挑高眉毛，将这个字重复一遍。

周琰心想没什么好隐瞒的，便把自己方才遇上的事情说了出来，只是并不提那人的轻功瞧着眼熟。

林攸边听边点头，道："又是送东西又是指路的，这人可真是热心。"

"怎么？你猜出他的身份了吗？会不会是无影城的人？"

"有可能。"林攸瞧了瞧石壁上的记号，淡然道，"对方既然如此盛情，我们也不好辜负人家的好意，干脆就顺着这条路走下去吧。"

周琰本就是不拘小节的性子，对此当然毫无意见，只是想到那神秘人的轻功路子，总觉得不太对劲。梦中那种隐隐的不安又跳了出来，害他连喝了好几口酒，才勉强压了下去。

接下来的道路倒是顺畅得很，每到岔路口都能发现那人留下的记号，虽然弯来弯去的，迟迟走不到尽头，但至少不会在同一个地方打转了。

黑暗中不知日夜。

周琰吸取上一次的教训，走动时特别注意周围的声响，待他那壶酒快要喝尽时，终于察觉到了一丝动静。按照石壁上的记号，他们接着应当往左边的岔路走，而右边那条漆黑的地道里，却隐约传来压抑过的呼吸声。

没错，对方的轻功虽好，内力却尚欠火候，无法隐藏住自己的气息。

他认识的人里，有哪一个是这样的？

轻功奇佳……内劲不足……

周琰额角直跳，觉得呼吸急促起来，脑海里有个念头呼之欲出。但他不敢深思下去，只伸手在石壁上一撑，掉头朝右边冲了过去。

林攸怔了怔，叫道："你去哪里？应该往这条路走！"

周琰毫不理会。

他一动，藏在暗处的那个人便也动了起来，背对着他飞奔而去。

周琰紧追不舍，心中的疑虑却越来越重。

他的猜测到底对不对？

对方若真是他所想之人，为什么一见他就逃？

周琰的轻功不是顶好，这么缓得一缓，愈发追不上那个人了。但他皱了皱眉，很快就计上心来，"啊"地大叫一声，自己往地上摔了过去。

砰！

这一摔虽是做戏，声音却颇响亮。

果然，那人听见之后，立刻停住了脚步。

周琰见效果不错，更加添油加醋地叫嚷几声，装出受了伤的样子，断断续续地说："你……你究竟是什么人？为何用暗器害我？"

那人低呼一声，自是片刻也不犹豫，转身跑了回来。

周琰假装倒地不起，却在暗中积蓄力气，等那人走到跟前时，他倏地从地上一跃而起，伸臂扯住了那人的胳膊。

那人浑身一颤，死命压住自己的声音。

周琰原本只是怀疑，这下却证实了先前的猜测，双手箍得更紧，连声道："师侄，当真是你？"

他的语气既惊又喜，还带了几分不太确定，疑心自己仍在梦中。

"你不是回家了吗？怎么会在这里？你一个人跑来关外的？既然来了，怎么不现身见我？还有，为何你使的并非本门的轻功……"

身旁之人一直默不作声。

周琰问了几句之后，才发觉不妥之处，放柔声音道："师侄？"

他边说边去扳他的下巴。

叶敏玉的身体震了震，连忙抬手格挡。

周琰料不到他会同自己拆招，一时不慎，竟给他挣脱开去。

"师侄，为什么躲着我？"周琰一愕之下，很快明白了其中缘故，"是因为少庄主那件事吗？我不但不相信你，还急着赶你回家，其实……"

他话还没说完，就见黑暗中又扑出一道人影，拉了叶敏玉的手就走。

周琰胸口一窒，也不管此人是谁，拔剑就追了上去。对方也真好本事，连头都不回一下，随手挥剑阻挡。

只听"当"的一声，周琰顿觉手上变轻，剑已被削成了两段。他微微一怔，立刻认出这是叶敏玉的那柄宝剑。

可是叶敏玉向来爱惜此剑，此时此刻，怎么会给旁人握在手中？

他上次将宝剑借给周琰，为的是担心周琰的安危，盼望他仗剑防身，而这次的情况……难道也是一样？

即使隔了数月之久，周琰也还记得叶敏玉当时解剑相赠的神情。

周琰咬了咬牙，努力抛开那些乱七八糟的念头，纵然手中只剩下半截断剑，还是提气追了上去。

握剑之人没有办法，只好回转身来跟他过招。

黑暗中仅能看见模糊的人影，大家都是乱打一气，周琰的心思也不在此，边出招边大叫"师侄"。

对方被他吵得头疼，虽然手持利剑，却没有伤他的意思，只是气呼呼地嚷道："姓周的，你到底有完没完？人家又不想见你，你何必这样死缠烂打？"

这声音可太过耳熟了。

周琰一下就明白过来，恍然大悟道："贺笑风，原来是你！"

难怪叶敏玉不使本门轻功，原来是被这个小贼给教坏了，至于那柄剑……哼，谁知道他怎么弄到手里的。

周琰虽松了口气，但因兵刃已毁，打来打去都敌不过贺笑风。偏偏叶敏玉又站在旁边不肯出声，他心中一急，不由得故技重施，假装臂上中了一剑，抱着胳膊后退几步，"哎哟""哎哟"地叫起痛来。

"大哥，手下留情！"叶敏玉刚上过一次当，这回却还是信了，纵身扑向周琰，同时叫道，"师叔，你受伤了？"

周琰岂会放过这个机会？也不开口说话，先一把将叶敏玉捉住了。

叶敏玉闷哼一声，这才知道自己中计，急忙挣扎起来。

但他越是如此，周琰就抓得越紧。扣牢他的双手之后，周琰低头说道："师侄，你总算肯理我了？"

叶敏玉喘了喘气，身体微微颤抖。

周琰问："你刚才叫谁大哥？"

"当然是我啊。"贺笑风收了剑，嘿嘿一笑，语气颇有些得意，"我跟叶兄弟意气相投，已经在道上结拜了，以后有福同享、有难同当，你若再敢欺负他，我可绝对不会轻饶。"

其实叶敏玉出身名门正派，又是循规蹈矩、温文有礼的性情，跟贺笑风这小贼差了十万八千里，说什么意气相投，分明就是胡扯。

周琰听后只觉荒唐，又见他叫得这么亲热，心中愈发不悦，狠狠瞪了贺笑风一眼，道："我师侄的剑呢？怎么会在你的手上？"

"那是我帮你师侄……"

贺笑风刚说两个字，叶敏玉已先叫了出来："大哥！"

贺笑风也真识趣，忙道："是是是，叶兄弟你不让我说，我不说就是了。"

周琰听出他们话中有话，眸子一沉，又问："你们两个胡乱结拜也就罢了，为何在这地道里装神弄鬼？"

顿了顿，他理所当然地说："我家师侄乖巧听话，绝不会如此胡闹，一定是你这小贼的主意，对不对？"

贺笑风真是有口难辩。

倒是叶敏玉终于开了口："师叔，你先放开我……"

"好。"

周琰应得爽快，果然松开了手，却觉叶敏玉的手冰凉冰凉的，并不似从前那般温暖。

"怎么了？师侄你还在生我的气？我那日急着赶你回家，并非真的不信你说的话，而是……"

"我知道。"

"嗯？"

"师叔你不过是演了一场戏骗我。"叶敏玉的声音十分平静，语气还是那么温和，"我当时并不明白，后来仔细一琢磨，就什么都懂了。"

"既然如此，为什么要躲着我？"

叶敏玉又不说话了。

他平日虽也温暾多礼，却从来不曾这么古怪，周琰心中疑惑，那一点隐隐的不安蹿了上来。他正想问个明白，却见火光一闪，林攸的脚步声在耳边响起。原来他久等周琰不至，只好自己追了过来。

叶敏玉见林攸手中举着火把，立刻扭开了头去，朝贺笑风叫道："大哥——"

贺笑风应了一声，身形一晃，飞快地挡在叶敏玉身前。

周琰怔了怔，眼看他藏进暗处，心底愈发觉得奇怪。

叶敏玉为何这么怕林攸？

就算真的害怕，也大可以躲在自己身后，为什么偏要这个小贼保护？

他越想越觉气闷，林攸倒是毫不在意，反而笑道："真是可惜，

我还当那场戏演得不错呢，没想到这么快就被识破了。叶公子既然追了上来，那也没什么好瞒你的，你师叔甘愿受制于人，完全是为了保住一个人的性命……"

"这个我也猜到了。"叶敏玉慢慢挣开周琰握着他的那只手，完全站到了贺笑风的身后，道，"阁下既是易容冒充的，那么真的少庄主一定是落在了你们手里，师叔为了顾全大局，只好……只好骗骗我这个傻小子了。"

"师侄！"周琰一下僵在了那里。

叶敏玉的面孔藏在暗处，所以谁也瞧不见他的表情，只听他轻声说道："我是因为担心师叔的安全，方才一路跟来的，如今师叔平安无事，我也不该在此久留，还是早些回去为好。"

他边说边对贺笑风道："大哥，我们走吧。"

贺笑风颊边梨涡若隐若现，瞧来不过十七八岁的年纪，倒还比叶敏玉年轻一些，不过挺有当大哥的架势，非常尽责地护着叶敏玉离开。

周琰怔怔瞧住他们的背影，一时站着不动，脑海里尽是叶敏玉种种反常的举止。

他故意躲着他。

他三番两次避开火把。

他总是把自己的脸藏进黑暗中。

他的脸……

周琰这才想到，两人说了这么久的话，他还不曾瞧过叶敏玉的脸！

难道……

他的心剧烈地跳了跳，什么事情也无法再想，只拔足追了上去，伸手按住叶敏玉的肩膀。

叶敏玉惊喘出声，急着侧身闪避。

周琰早有准备，手上巧施内劲，在叶敏玉肩头轻轻一撩，总算让他转过了脸来。

只瞥见那么短短一眼。

但是，已经令周琰心神俱碎。

火光映照之下，只见叶敏玉白皙如玉的脸颊上，爬着一道歪斜扭曲的伤痕——皮肉早已结痂，但那一种暗红的颜色，像是随时会渗出血来，从眼角蜿蜒着没入下巴，狰狞地占据了大半张脸孔。

第十三章

这伤再偏半寸，便连他的眼睛也会毁了。

虽然叶敏玉很快就转开了头去，但周琰觉得耳边轰然作响，这般景象已深深刻进脑海，此生此世也难以忘怀了。他还记得初遇之时，叶敏玉在大雨中走进庙里，身上只着一件素雅长衫，唇边微含笑意，就如他腰间悬着的美玉一般，当真是风姿卓绝、容颜若画。

可是，如今怎会变成这副模样？

是谁将他害成这样？

周琰按在叶敏玉肩头的手微微发抖，心中清楚知道，无论这伤是怎么来的，真正的罪魁祸首……都是他自己。

是他亲手安排好一切的。

是他亲自将叶敏玉送上马车的。

他以为叶敏玉会平安回家，会欢欢喜喜地与家人团聚，会……他简直不敢想象，在自己不知道的地方，叶敏玉曾受过哪些苦楚？

那骇人的伤痕已经愈合。

但周琰心底传来钝痛，像被利刃一下一下地割出伤口，血肉模糊。

他也不管旁边还有别人在场，伸手捏住叶敏玉的下巴，强迫他转回脸来，哑声问："疼吗？"

叶敏玉避无可避，只得叹了一口气，摇头道："一点小伤而已，早已痊愈啦。"

"怎么会受伤的？是谁伤了你？"

叶敏玉最怕他问起这个，想了一想，道："回家的路上跟人发生些口角，我年轻气盛，一言不合就动起手来，普通的江湖恩怨

而已，没什么大不了的。"

周琰盯住他瞧了一会儿，眸色慢慢沉下去，道："师侄。"

"嗯？"

"你根本不会说谎。"

叶敏玉神色骤变。

周琰便知自己猜对了，问："又是为了那张藏宝图，对不对？全都是我惹来的祸事。"

"不是的……我是……"叶敏玉果然扯不来谎话，结结巴巴了半天，方道，"咱们习武之人，就算受点小伤也是寻常，何况脸上多几道疤，才更添男子气概。"

周琰几乎被他气死。

这个也算小伤吗？只差一点，就连眼睛也要瞎了！

"若是如此，你又何必处处躲着我？"

"我……"叶敏玉终于抬头与周琰对视，虽知自己笑起来挺吓人的，却还是笑了一笑，道，"我是怕师叔瞧见之后，会像现在一样，把所有的错都归在自己身上。无影城内危机四伏，师叔还有正事要办，原不该为此分心的。"

他越是乖巧懂事，就越是惹人心疼，话一说完，周琰就问："还有吗？"

他声音比平时低沉许多，甚至还带着一丝颤意，问："还有哪里受伤？"

叶敏玉并不回想路上所受的折磨，只轻描淡写地答："多亏大哥及时出手救了我。"

周琰"嗯"了一声，这才想起旁边还有贺笑风这么个人，抽空瞧了他一眼。

贺笑风最爱夸耀自己的本事，不等周琰发问，就滔滔不绝地说了起来："当时可真是千钧一发，若非我的轻功够好，叶兄弟的眼睛……已经被那个大魔头挖出来了。"

"哦？那魔头是谁？"周琰就算遭人算计，被关进地牢里受刑时，也还是谈笑自若，此刻脸上却一点笑意也无，神色又冷又硬，眼底隐隐透出几分戾气。

因为光线昏暗，贺笑风瞧不清他的表情，所以笑嘻嘻地说道"这个我可不知道了。我原本跟此事毫无关系，那天刚偷了一件稀世珍宝，正躲在客栈里睡大觉，也不知是谁这么多事，叫人送了一封信给我，说是你师侄身怀宝剑、独自归家，正是下手偷盗的好机会。我当初收他美玉的时候，曾说过绝不偷他宝剑的，怎么可以言而无信？但那柄剑实在是难得一见的宝物，若被别人偷了去，岂不是丢了我这神偷的面子？所以想来想去，我还是只能偷偷跟上去保护他。"

叶敏玉垂下头，低低地说："好一招激将法。"

周琰只当没有听见，有些不耐烦地对贺笑风道："你别净说废话。"

"哼，你又不是我兄弟，我干吗听你的！"贺笑风还是那副德行，接着说道，"我只当你师侄要往南走，哪知他会千里迢迢地赶来关外？走了好多冤枉路才追上去，先是捡到了他的宝剑，然后又从那个魔头手里救下了他。那家伙满脸伤疤，自己生得难看，便也要毁了你师侄的容貌，真是恶毒至极！"

"是他？"周琰听了这个形容，立刻想起对方是谁了，"那张藏宝图就是从他手上赢回来的，我们来无影城的路上，也曾遇见过他一次。若非当时客栈里闹出了些动静，我们可能已经着了他的道了……"

说到这里，周琰蓦地顿住了，像是突然间失去了声音，怔怔地望住叶敏玉脸上的伤痕。过了许久，他才有些艰难地开口问道："师侄，你是什么时候撞上他的？难道……"

叶敏玉并不否认，只笑着反问道："师叔多心了，世上哪有这样的巧合？"

"没有吗？你敢说那一天，你并不在那间客栈里？"周琰缓缓抬起手，覆上叶敏玉的脸颊，掌心下凹凸不平的肌肤，像是带着尖锐倒钩的刺，一下子扎进他的心里。

他这天不怕地不怕的人，突然间觉得害怕起来。

他根本不敢去想。

他们曾经擦肩而过，当叶敏玉遭受那种刻骨之痛的时候，他或许……仅仅隔了一堵墙的距离。

叶敏玉有没有挣扎求饶？

有没有叫出他的名字？

他什么也不知道。

若不是贺笑风及时出手相救，后果会怎么样？当他一无所知地畅快饮酒时，叶敏玉会不会就在隔壁那间房里，悄无声息地……

周琰深吸一口气，竭力把那种恐惧压制下去，双手却抖得停不下来。直到叶敏玉摸索着握一握他的手，他才稍微镇定一些。

……还好。

身边这个人的身体，仍旧是温热的。

周琰闷声问："你跑来关外干什么？为什么不乖乖回家？"

叶敏玉只是笑："我没有听师叔的话，所以惹师叔生气了？"

其实他是为了什么才冒如此险，周琰岂会不知道？但他仍旧觉得生气，气叶敏玉自蹈险地，更气自己自以为是，连累他受这样的委屈。

"你这一路上究竟出了什么事？一样样说给我听。"

"已经过去的事情，何必再提起来？"叶敏玉转头瞧向站在不远处的林攸，道，"何况师叔是来办正经事的，不该为我耽搁时辰。"

周琰真是随性惯了，这才想起旁边还杵着两个大活人，总算稍微收敛一些，但叶敏玉的手却是怎么也不肯放的。

叶敏玉试了几次都挣不开，便由他这么握着，道："我大哥精通奇门遁甲、机关数术，已经找到这条地道的出口了，只要顺着石壁上的标记走下去，便能进入无影城。"

"好，"周琰抓了他的手迈开脚步，"你也一起走。"

"师叔！我先前就已经说过，我差不多也该……"

"回家吗？嘴上虽这么说，但转个身又折回来跟着我？"

叶敏玉脸上微红。

周琰早已猜透了他的心思，道："就算你真的打算回去，你那个结拜大哥肯吗？他千辛万苦来一趟无影城，若不偷上几样东西，恐怕不会甘心吧？"

也不知周琰跟贺笑风的交情是好是坏，竟然这般了解他的性情，把叶敏玉弄得哑口无言，只得跟着他往前走。

贺笑风正打算大偷一场，听后自然是拍手叫好。

连林攸也松了口气，嘴角往上弯了弯："兄弟情深的戏码终于演完了？实在是可喜可贺。"

周琰不理他，自顾自地大步往前。

从他身旁经过之时，周琰却听他压低了声音说道："随便你跟你家师侄怎么折腾都行，但是千万别坏了我的大事，好不容易才

走到这一步，我可不想功亏一篑。"

周琰本就十分厌恶他，这时更觉得不耐烦："那也要你别使什么花招才好。"

"哟，真是好大的口气，你好像忘了，某人的性命还捏在我的手里……"

话音刚落，就见周琰神色一变，陡然间出手如电，一下子扼住了林攸的喉咙。

这林攸虽是假冒的，但仗着容貌占了许多便宜，料不到周琰会突然发难，一时间竟来不及闪避，只能睁大了眼睛大口喘气。

周琰手上只使了三成的力道，表情也并不如何可怕，唯独声音冰冷彻骨，一字一字地说："你以为自己能威胁我几次？"

林攸命悬一线，面上却毫无惧色，反唇相讥道："喀喀，一见着你那师侄，就连命也不要啦？真是疯子。"

周琰没有否认，只是手指慢慢收紧。

叶敏玉离得较远，听不清他们说了些什么，但隐隐觉得不对劲，忍不住唤道："师叔？"

周琰听了这个声音，才猛地回过神来，心知此刻不宜跟林攸撕破脸面，又瞪了他几眼之后，缓缓收回手来，道："我师侄最知分寸，绝不会坏了你的事，所以，你最好别打他的主意。"

然后也不管他如何回答，周琰转过头应了一声，放柔声音同叶敏玉说话。

"师叔，你跟那位少庄主……"

"不必理会，等进了无影城后，你只当不晓得他是别人冒充的，什么话都不用多说。"

"他的目的究竟是什么？宝藏吗？为什么定要假扮成少庄主的

模样，又要师叔你同行？"

"谁知道？总而言之，你只要记住一件事就够了。"

"什么？"

周琰凑至叶敏玉耳边，低声说："不要离开我身边。"

"师叔，"叶敏玉闭了闭眼睛，轻轻地说，"我办不到。"

周琰没想到素来听话的叶敏玉也会说这种话，不由得怔了一怔："怎么？"

"师叔的想法若还是同从前一样，觉得我不该离经叛道、跟着你一块胡闹，那最好别跟我太过亲近了。"

叶敏玉并非死缠烂打之人，但只要周琰一个眼神，他就能勇往直前。

真的。

明明是这么温暾的性子，但遇上跟周琰相关的事，又会变得出奇执拗，那专注的目光直直望过来，像是能瞧进人的心底去。

周琰纵是块石头，又岂有不被打动的道理？

但他并不似叶敏玉这般年轻。在早十年之前，他也是恣意妄为的，经历过快意江湖的潇洒，却也吃过更多的苦头，他怎么舍得叶敏玉走上同样这条路？

周琰握了握拳头，尚未开口应话，就先闻到一股浓郁的异香。

这味道与中原常见的香气大不相同，闻起来甜腻腻的，一嗅之下，只觉整个人都懒洋洋的，困意顿生。

周琰也是老江湖了，立刻察觉不对，一手捂住叶敏玉的口鼻，道："快点屏气调息，暂时不要出声。"

叶敏玉乖乖点头。

旁边的贺笑风身为神偷，对此当然最有经验，一下子伏倒在地，

耳朵贴着地面听了一会儿，道："有人来了！"

"怪了，怎么听不见脚步声？"

"莫非除了你们两人之外，还有别人在装神弄鬼？"

说话间，那甜腻的香味越来越浓烈。

不过，紧接着出现在众人眼前的，不是什么妖魔鬼怪，而是一群柳腰款摆、莲步轻移的妙龄女子！

这些女子身穿颜色各异的单薄纱衣，人人脸上都蒙着一块面纱，只露出一双双秋水似的眸子，虽然瞧不清容貌，却反而更加惹人遐思。她们行走间带起阵阵香风，手中的灯笼将地道照得灯火通明。

林攸一见这阵势，就知道是怎么回事了，一贯冷淡的面孔上微露笑容，道："几位姑娘可是无影城的人？"

"正是。"为首的女子福了一福，嗓音娇柔悦耳，"我家城主近日正在闭关练功，不知有贵客临门，我等有失远迎，真是过意不去。"

林攸亦拱手为礼，道："在下白云庄林攸，是为了'千里醉'的解药而来，不知何时可以拜见城主？"

"我家城主还要两日方能出关，不过已经命奴家备好了客房，几位可先随我入城休息。"顿了顿，那女子的目光在众人脸上一一扫过，道，"我以为来的只有两位客人。"

"嗯，"林攸上前一步，自然而然地站到周琰身边，"另外两人是在半道上遇见的，与我们并非一路。"

他边说边朝周琰连使眼色。

但周琰毫不理会，慢慢帮叶敏玉顺气。

那女子不由得多瞧了他们几眼，若有所思地点点头："几位想必累了，先入城再说吧。"

话落，她只一击掌，余下的女子便都一拥而上，巧笑着替他们指引道路。

美人如此殷勤，身上的香味又熏得人昏昏然的，叶敏玉却只觉手忙脚乱，时不时朝周琰瞧过去。

周琰也正看着他，只是有这么多不相干的人在场，就算有千言万语也说不出口了。

俩人各怀心思，就这么默默地随众人往前走去。

越到后面，地道就变得越是宽敞，又绕了几个弯之后，不多时便走到了尽头。

尽头处是一扇巨大的石门。

也不知那些女子是否身怀武艺，只走上前去轻轻一推，门就"吱嘎"一声缓缓打开了。门后豁然开朗，又是另外一番景色——原来无影城建在一处隐秘的山谷中，此刻夕阳西下，正是雾气氤氲。城内的亭台楼阁多是依着地势而造，毫无雕琢的痕迹，与白云庄的精巧细致相比，丝毫也不逊色。

除了叶敏玉外，其他三人都是见多识广，可见了这般景致，也不禁连声赞叹。

城主虽然不方便见客，但那几个女子打点得极为周到，等到吃过晚饭，各人的睡房都已经准备妥当了。只是这一路上人多嘴杂，周琰跟叶敏玉虽在一处，却总也寻不着说话的机会，最后更是各自回了房间。

房门一关，叶敏玉心头反而烦乱起来。

他见桌上放着茶壶，忙倒了一杯喝下了，正要倒第二杯时，忽听得有人叩门。

他心头乱跳，连杯子也不放下，就急着跑去开门，待看见门外

站着的人是贺笑风后，一颗心顿时空荡荡的，不知该落到何处去。

他自己也觉得好笑，怎么就以为周琰会来敲门呢？

还是期待他亲口说个答案吧？明明不是生就是死，但因未判生死，所以多少还存着指望。

叶敏玉脸上的表情藏也藏不住，贺笑风当然一瞧就知道了，笑眯眯地跨进门来，问："怎么？在等着那个姓周的？"

叶敏玉苦笑着走回桌边，继续喝他的茶。

贺笑风便问："既然那么想见他，为什么不自己去找他？"

"当年师叔只为少庄主一句话，就十年也不曾踏足江陵，我虽学不来他这种气魄，但也不能差得太远。只要他说不想见我，我就……再也不多看他一眼。"

贺笑风是真心当他做兄弟，所以愈发见不得他这模样，在房间里踱了几步之后，突然翻一个跟斗，哇哇叫道："真是气死我了！"

叶敏玉吃了一惊，忙问："大哥，你气什么？"

"我气你们两个人磨磨蹭蹭，有什么话，就不能当面说清楚吗！"贺笑风想起叶敏玉重病刚愈，就执意跑来保护周琰，来了又怕周琰心疼自己的伤势，躲躲藏藏的不敢露面，真是越说越气，嚷道，"我真恨不得把那家伙偷了来绑在这里！"

"喀喀……"叶敏玉差点被茶水呛到。

贺笑风却觉得此计甚妙，十分佩服自己的异想天开，拍掌笑道："没错！我怎么没早些想到呢？这么一点小事，根本难不倒我这神偷！"

他边说边朝门外走去。

叶敏玉恐怕他真的干出什么荒唐事来，连忙追上去阻拦，不料贺笑风刚跨出门去，就又转回了身来，冲叶敏玉嘿嘿一笑，伸指点住了他的穴道。

　　叶敏玉始料未及，被他点个正着，愕然道："大哥，你干什么？"

　　贺笑风颊边露出个梨涡，顽皮的笑脸在叶敏玉眼前放大，得意扬扬地说："要偷周琰有些麻烦，但若把你绑了送过去，那可简单得多了。"

第十四章

叶敏玉一下就蒙了，好不容易才明白他话中的意思，顿时只觉哭笑不得："大哥，你别胡来！"

　　贺笑风的年纪也不算小了，行事作风却跟他那张娃娃脸一样，专拣稀奇古怪的事情来干。这时他更是一脸认真，拍胸脯保证道："放心，你大哥我最拿手的就是这个，一定神不知鬼不觉地把你送过去。"

　　"大哥……"

　　"好啦好啦，再耽搁下去，天都快亮了。"

　　贺笑风怕叶敏玉叫嚷起来，会坏了自己的妙计，所以伸指一点，干脆把他的哑穴也封住了。然后他转过身来，动作利落地背起叶敏玉，连大门都不走，直接从窗口蹿了出去。

　　叶敏玉有口难言，只得任他摆布。

　　贺笑风的轻功也真了得，虽然身上背着一个人，却依然来去无踪，轻轻巧巧地跃出屋子，竟连一丝声响也无。周琰的睡房就在隔壁，他趁着夜色悄悄走了过去，什么人也未惊动。

　　此时夜色已深。

　　周琰房里的蜡烛还亮着，窗上依稀映出他的身影，似乎正坐在桌边喝酒。只不过他平日皆是畅饮，这日却心事重重，时不时停下来叹息一声。

　　贺笑风转了转眼珠子，从怀里摸出枚暗器，"咚"的一下，正打在窗子上。

　　周琰耳力甚好，立刻放下酒杯，高声喝道："什么人？"

　　贺笑风故意学了声猫叫，接着发出第二枚暗器。

周琰果然中计，马上冲出房门，循声追了上去。

　　贺笑风悄无声息地隐在暗处，待他出门之后，轻而易举地进了屋子，先大模大样地在房里绕上一圈，随后才将动弹不得的叶敏玉放倒在了床上。

　　叶敏玉的脸孔本就白皙，被烛光一照，便透出些淡淡的红晕来，一双黑眸睁得极大，盈盈的含着水雾，模样十分好看。

　　贺笑风忍不住捏了捏他的脸颊，笑说："好兄弟，大哥就帮你到这里了，你无论有什么心里话，都一次跟姓周的说个清楚。"

　　叶敏玉被点了穴道，想苦笑一下也是不能，只好无奈地眨了眨眼睛。

　　贺笑风还当他在感激自己，脸上笑容扩大几分，极为贴心地帮叶敏玉盖好被子，又放下了床头的纱帐，从从容容地转出房去。

　　叶敏玉整个人陷在柔软的床铺中，既不能动也不能出声，只盼周琰快些回来解开他的穴道。

　　偏偏周琰一去不回，久久不见踪影。

　　真是奇怪。

　　他不过是被贺笑风的暗器引开了，怎么会离开这么久？他回来后，若瞧见自己躺在床上，不晓得会多么惊讶？

　　叶敏玉这么胡思乱想着，也不知过了多久，才听到一阵熟悉的脚步声。

　　不，不对，是两个人的脚步声！同周琰一起走进房里来的，还有那个假冒的少庄主。因为叶敏玉裹在被子里，身形又被纱帐遮着，两人并未发现他的存在，只是站在桌边说话。

　　半夜三更的，他们怎么会凑在一处？

　　叶敏玉心中疑惑，但因穴道未解，想尽了法子也不能动，只好继续那么躺着，听两人的对话声断断续续地传进耳里。

假林攸早已被识破了身份，却仍用那种清清冷冷的语调说话："这地方可是无影城，你这么晚了还到处晃悠，当心打草惊蛇。"

"怎么？我夜里睡不着，到外面走走也不成吗？"

"若当真如此，你一直站在你师侄的房门口干什么？见他早早就熄了蜡烛，你好像还挺失望的？"

叶敏玉听得心里一动，过了许久，才听周琰答道："我只是有点担心他。"

"他都这么大个人了，难道你还怕他睡得不习惯？或是……"林攸的嗓音压低一些，凉凉地说，"怕我出手伤他？"

话音刚落，叶敏玉就听见"砰"的一声，似乎有人随手震碎了桌子。

"你忘了当初答应过我什么？"

"此一时彼一时，谁叫你的戏演得这么差，非但没断了他的念头，反而让他千里迢迢地追了过来。我要的只是林攸这个假身份，现在这么多人都知道真相，对我可是大大的不利。"

"你究竟想怎么样？"

"随便跟我翻脸可不太好吧？也不知是谁那么重情义，当初为了保护昏迷不醒的师侄，连想都不想一下，就把穿肠毒药吃了下去。"林攸冷笑起来，语带嘲讽地说，"再过几日，那剧毒可又要发作了，你猜我会不会给你解药？"

周琰静了片刻，低低地说："那就让它发作。"

"什么？"

"你以为我真的怕你吗？"周琰背对着床铺，所以叶敏玉瞧不见他的表情，只觉他的声音从未如此冰冷过，"别说你是假的，

就算真的林攸在此，也休想伤我师侄半分。"

一字一句，叶敏玉听得清清楚楚。

他心头怦怦直跳，若不是被点住了穴道，恐怕当场就会从床上跳起来。

原来这才是真相！

他早就料到周琰不会这般无情，当初赶他离开的举动应该只是做戏，但一直以为这是因了少庄主的缘故，怎么也想不到……他是为了保护自己。

他因病昏睡的那两天里，究竟发生了什么事？

周琰中的又是什么毒？

叶敏玉心里乱成一团，便没有听清那两人接下来说的话，等他回过神来时，假林攸已经跟周琰闹翻，拂了袖子摔门而去。

周琰倒是毫不在意，自顾自地走回去喝酒。不过桌子早就被他的掌力震裂，酒壶也打翻在地，他没有办法，只好草草收拾一下，打算早些上床休息。

结果帐子一掀，就与叶敏玉的视线撞个正着。

"师侄？！"周琰大吃一惊，差点以为自己醉后走错了房间，"你……你怎么会在这里？"

叶敏玉出不了声，仅是拼命眨了眨眼睛。

周琰陡然增了几分酒意，怔怔道："师侄……"

叶敏玉继续眨眼睛。

周琰好不容易才定下神来，念头一转，道："你被人点了穴？"
边说边解开了他身上的穴道。

叶敏玉"啊"的一声，终于能够说话了，但手脚尚未恢复力气，仍旧软绵绵的，爬不起来。

周琰动手帮他推宫过血，连声问道："出了什么事？"

"没什么，"叶敏玉一个劲地摇头，"是大哥同我闹着玩儿。"

"贺笑风？"周琰马上皱紧眉头，怒道，"他玩得也太过火了，怎么可以……"

说到这里，他猛地顿了一下，声音渐渐低下去："我先送你回房。"

"师叔！"叶敏玉想起正事要紧，忙道，"你刚才跟那假少庄主说的话，我全部都听见了。"

周琰的手不禁一僵。

叶敏玉追问道："你打算瞒我到什么时候？"

周琰安静了一会儿，方才叹息道："我原本不想骗你的，只不过……"

"只不过你身中剧毒，怕我知道了会担心？"

周琰没有应声，算是默认了。

叶敏玉挣扎着起身下床，道："师叔若不愿说，我去问那假的少庄主也是一样。"

周琰一把将人拽了回来，道："师侄，何必跟我赌气呢？你想听什么，我就说什么，好不好？"

而后他果然把那日的情形一一道来。

原来当时整个白云庄都已在假林攸的掌控中，他那个同伙的武功又十分高强，周琰想若自己一人脱身倒还容易，但再加上一个昏睡不醒的叶敏玉，却是绝不可能了。所幸假林攸还有用得着他的地方，并没有痛下杀手，两边僵持不下，最后还是周琰答应了他们的条件，吃下毒药后在叶敏玉面前演了一场戏。

周琰尽量将事情经过说得简略，但叶敏玉猜想当时的情况必然

凶险至极，否则以周琰的性情，怎么肯受制于人？

就连今夜，周琰也是为了他才跟假林攸闹翻的。

想到这里，叶敏玉不由得扯紧了周琰的袖子，问："师叔，你跟那人撕破了脸面，身上中的毒可怎么办？"

"别怕，船到桥头自然直，总会有办法的。"周琰并不放在心上，语气轻松地应，"实在不行的话，就去求师兄出手相助，他的面子这么大，总能找到一两个神医救我的。大不了就是被师兄打断双腿，然后再罚我面壁思过。"

"师父哪有这般严厉？"

叶敏玉被逗得笑起来，却也明白周琰是在宽慰自己，毕竟远水救不了近火，他家师父纵是手眼通天，也解不了这燃眉之急，于是追问道："师叔中的究竟是什么毒？何时……会发作？"

"不知道。"

"哎？"

"我拿过来就吃了，并没有问个明白。"

"为什么？"叶敏玉素知周琰行事洒脱，但毒药又不是糖丸子，岂能说吃就吃？

周琰低头凝视着他，笑道："那天夜里，你生了病躺在床上，我心中便忍不住想，只要能护住这个傻小子，无论什么样的毒药我都肯吃。"

叶敏玉想象一下当时的场景，只觉整颗心都揪了起来。

或许有强敌在旁，或许有利刃相胁，但那个时候，周琰的目光必定是落在他的身上。

"师叔……"

"我自以为安排好了一切，没想到最后还是害你受伤了。"周琰的目光落在叶敏的伤痕上，微微沉了沉，"一定要给你个答案才行吗？"

还有太多的事情没有解决。

叶敏玉会不会只是一时冲动？更何况还有江湖上的流言蜚语……

但周琰管不住自己的心。

就像那天夜里，他毫不犹豫地取过毒药，微笑着吞下去那般，在考虑其他事情之前，他已先开口道："我答应你。"

"师叔？"

"你不是想跟着我仗剑江湖吗？我应下了。"

叶敏玉怔怔瞧向周琰，隔了半晌才寻回自己的声音："师叔这次……可是跟我闹着玩儿？"

周琰微笑道："傻小子，我既然应了你，自然不会再反悔了。"

第十五章

天色渐亮。

叶敏玉打了个哈欠，挣扎着想要起身。

周琰坐在床边，道："天还未亮，你再多睡一会儿。"

"嗯，"叶敏玉揉了揉眼睛，仍有些迷迷糊糊的，道，"毕竟是在别人的地盘上，我整夜没有回房，恐怕不太妥当。"

"有什么大不了的？你不过是陪我这师叔秉烛夜谈、联床夜话，又没有去打探无影城中的机密，不怕给人误会。"

叶敏玉昨晚确实是太困了，不知不觉就睡着了，现在既然清醒了，当然要以大局为重，坚持道："无影城是敌非友，城主迟迟不肯现身，暗中不知有何阴谋。何况师叔身上又中了毒，更应该处处留心，决不能恣意妄为……"

周琰一听这长篇大论，就知道自己肯定拗他不过，忙道："是是是，我立刻送你回房。"

叶敏玉反倒怔了怔，拥着被子坐起身来，道："师叔，我的房间就在隔壁院子。"

"嗯，我知道。"周琰将衣服一件一件地往叶敏玉身上套，笑说，"可我就是怕师侄你会迷路，不成吗？"

叶敏玉听得笑起来，果然不再反驳了。

周琰兴致大好，穿上了衣服后，又动手替叶敏玉梳理头发。可惜他显然不太拿手，折腾了半天，反而越弄越乱。

等到两人穿戴完毕时，窗外已透出了晨曦的微光。

叶敏玉刚往前走了两步，就猛地顿住了。周琰跟在旁边，顺着他的视线瞧过去，不觉也是一怔。

只见对面的那堵墙上，赫然悬着一柄金光灿灿的宝剑。

"是我的佩剑。"

"但我昨晚进屋的时候，并没有瞧见这柄剑。"

他二人的武功都不算弱，却连宝剑是怎么出现的都不知道，天下之大，还有谁有这样的本领，能悄无声息地潜进屋里？

叶敏玉与周琰对望一眼，心中皆已有数了。

"肯定是我大哥……"

周琰咳嗽道："咳咳，你大哥这个毛病……实在应当改一改。"

接着他大步上前，顺手把宝剑取了下来，递进叶敏玉手里。

叶敏玉接过剑后，并不急着收起来，仅是用手指轻轻摩挲那黄金打造的剑鞘，沉吟片刻后，忽地勾唇一笑，将剑佩在了周琰腰间。

"师侄？"

"师叔从前答应我的事，如今可还算数？"

"我曾经说过，绝不让此剑离身。"周琰叹了口气，道，"但我并未做到。"

宝剑被掷在地上时的那种声响，至今仍似在耳边回荡。

可叶敏玉绝口不提此事，只是那样含笑望着周琰，神色一如既往地温和平静。他的心意如此坚决，既不会瞻前顾后，也不会优柔寡断，哪怕曾被踏碎过一次，也依然勇往直前。

周琰见了他这般神情，如何还能拒绝？当下他就握了握腰间宝剑，道："若这是信物的话，我自然求之不得。"

叶敏玉低一低头，算是默认了。

周琰心中大悦，这才推开房门送叶敏玉回去。

其实叶敏玉的房间当真离得很近，只要穿过一条长长的回廊便可到了，谁知两人经过院子的时候，隐约听见花丛后头传来低微的抽泣声。

那声音断断续续的，却又凄厉至极，一听就是女子的嗓音。

周琰跟叶敏玉同时停住了脚步。

以他们现在的处境来说，实在不该多管闲事，偏偏两人又是一样的性情，听见弱女子的哭声，绝不可能坐视不理。

"师叔，怎么办？"叶敏玉压低声音问。

周琰朝他使个眼色，示意他见机行事，同时挪动脚步，慢慢朝花丛边走去。

待走得近了，才发现不远处有座池塘，一身紫衣的女子跪坐在地上，肩膀微微颤动，正在掩面哭泣。她身旁则站着一个负手而立的男子，虽然只能瞧见一道背影，却是身姿挺拔，黑发如瀑。

"城主……妾身对城主从无二心……"紫衣女子一边抹泪，一边紧扯住那人的衣角，楚楚可怜地哀求道，"求城主千万别赶妾身出去……"

她哭得几乎肝肠寸断，那人却瞧也不瞧她一眼，懒洋洋地应道："我只是要你拿了赏赐，好好出去嫁人而已，可没有为难你的意思。"

"但是……妾身只愿服侍城主一人……"

这句话带着哭腔说出来，着实是情真意切，但那人仿佛听见了天大的笑话，慵懒嗓音里添了几分笑意："哦？就算守活寡也愿意？"

紫衣女子震了震，慢慢抬起头来，露出一张清丽绝伦的面孔，颤声道："妾身相信，城主定会有回心转意的时候。"

"我的心已给了别人，以后再不会碰你了。"那人仍是一副满不在乎的口吻，淡淡说道，"你还是快些把面纱戴回去吧。你也知晓我那心上人的脾气，我若是多看你一眼，那人恐怕会挖出你

的眼珠子来。"

紫衣女子闻得此言，像是被勾起了最恐怖的回忆，脸上血色顿失，整个人都软倒在了地上。即便如此，她仍是抖着手拾起面纱，慌慌张张地遮住自己犹带泪痕的面孔，再也不敢多说一句话。

旁边却有人击了击掌，冷笑着问："怎么不是挖阁下自己的眼珠子出来？"

这问法十分无礼。

那人倒是毫不在意，反而笑了一笑，慢条斯理地答道："原本是该如此。不过我要是瞎了眼睛，岂非瞧不见我那心上人的花容月貌了？就算那人舍得，我也万万舍不得。"

他边说边转过了身来。

只见他的穿着极为随性，乌黑长发散落肩头，敞开的领口露出大片胸膛，五官端正、相貌寻常，唯独一双狭长的凤眸微微上挑，这么睨过来时，自有一种动人之处。

先前冷笑之人便又哼了一声，慢慢走上前去，原来正是昨夜拂袖而去的假林攸。

"在下沈渊，这位想必就是林公子吧？"那人与他相见过了，并不行什么虚礼，仅是微笑道，"我前几日正忙着闭关练功，对几位贵客多有怠慢，真是过意不去。"

"要怪就怪林某本领不济，如今受制于人，别说是十天半月了，就算一年半载，也只能乖乖等着。"

"林公子言重了，实在是我自己懒得出门，所以才劳烦你帮个小忙罢了。只要那样东西到了手里，我自然会立刻奉上令郎的解药。"说着，沈渊视线朝周、叶二人的藏身处一瞥，道，"说了这半天的话，腿都站得酸了，不如先进内堂喝一杯茶吧——尤其是躲在花丛后的两位朋友。"

叶敏玉听得心里一惊。

周琰倒是镇定得很，拉着叶敏玉大大方方地绕过花丛，应道："果然瞒不过城主的眼睛。"

沈渊见了叶敏玉脸上的伤痕，不由得多瞧几眼，道："我以为周少侠是陪着林公子一起来的，不知这一位是……"

"我这师侄初入江湖，我顺便带他来见见世面。"周琰不动声色地挡在叶敏玉跟前，随口一句话应付了过去。

沈渊便不再多问，转身领着众人朝内堂走去，只留那紫衣女子伏在地上，肩膀兀自颤抖不止。

究竟什么事情让她这般恐惧？

叶敏玉心生疑惑，却见林攸故意走慢一步，轻轻抖了抖自己的衣袖，袖口处一只碧色的瓷瓶若隐若现。

叶敏玉只呆得一呆，便即明白过来，低声叫道："解药！"

"嗯，"周琰也已猜到了，苦笑道，"看来他为了取信于人，还需我们配合着演好这场戏。"

"他易容成林攸的样子，假装是为了解药而来，实际上却用毒药挟制住了我们，当真是好手段。"

"事到如今，咱们只能走一步算一步了。"

"没错，凭我跟师叔二人之力，总有办法把解药弄到手。"

他们两人身处险境，随时都会有性命之忧，但因为重要的人就在身边，即使提起死生大事，也忍不住要相视而笑，惹得林攸频频回头瞪视，提醒他们不要露了破绽。

一行人走进内堂后，很快就有侍女送上茶点。

每个女子皆是面覆薄纱，只露出一双似水明眸，任谁都瞧不见

面纱底下的容颜。也不知那城主的心上人是何等颜色，竟让他这般神魂颠倒，情愿再不瞧其他女子一眼。

不过他的待客之道比林攸好不了多少，一沾着椅子的边儿，整个人就懒懒地倒了下去，软得像是没了骨头。他虽是这般坐没坐相，却并不令人生厌，反而平添了几分独特魅力。

可惜屋内众人各怀心思，既要算计别人，又要防着被别人算计，所以气氛怎么也热络不起来。将几句客套话翻来覆去地说过几遍之后，林攸终于按捺不住，率先开口说道："阁下要的东西我已带来了，不知……"

"城主！"

话刚说到一半，忽见一个侍女急匆匆地闯了进来，走到沈渊身旁低语了几句。

沈渊听罢，立刻泛起笑容，一改先前漫不经心的态度，连忙问道："真的？他既已经回来了，怎么不来见我？"

"这……"侍女支支吾吾的，答不出话。

沈渊了然地点点头，道："他要我自己滚过去见他，是不是？"他一面说，一面果真站起了身。

这时只听屋外响起低低的笑声。

嗓音低沉沙哑，像是在石头上磨过一般，甚是嘶哑难闻："我听说你正在招呼贵客，也不知是哪里来的贵客，我可不敢随便打扰！"

话语中满是嘲讽之意。

沈渊却含笑应道："怎么又在生气啦？非要我滚上一滚，你才肯消了这口气吗？可是这里滚起来不太方便，若是换一个地方，我定然让你满意。"

对方听见这番话，好像真的缓下了怒气，伸手将门一推，大步走了进来。周琰乍见他的容貌，只觉得十分眼熟，叶敏玉则是手指一抖，差点打翻手中的茶盏。

来人并无花容月貌。

相反，他脸上布满了歪歪斜斜的伤痕，伤处皮肉外翻，连五官也因此扭曲了，一双眼睛里透出森森的寒意，实在是骇人至极。

如此丑怪的面容，任谁见过之后，都不会轻易忘记。

周琰只微微一怔，便认出他是当日跟自己争夺藏宝图的怪人，同时也是……弄伤叶敏玉脸颊的人！

那伤略偏上一偏，就会毁了叶敏玉的眼睛。

又或许，这正是他的本意？

想到这里，周琰顿觉气血上涌，右拳一握，当场便要拔出剑来。

但叶敏玉的速度更快，轻轻按住了那只手。他神色如常，只脸孔略有些苍白，声音十分平静："师叔，不要轻举妄动。"

"可是，他……"

周琰原非沉不住气的人，只因事关叶敏玉，才怎么也忍不下去，心想反正迟早也会翻脸，早一时晚一时又有何差别？

他俩争执的当儿，杜云的目光也冷冷地扫了过来，脸上似有惊讶之色，道："咦？我还当贵客是谁，原来都是旧识，这可真是冤家路窄了。"

此时沈渊已大步迎了上来，与杜云低声说了几句话。直到对方不耐烦地推他一掌，方才略略退开一些，笑问："怎么？你跟这几位朋友也是相识的？"

"何止！"杜云扯动嘴角，皮笑肉不笑地说，"我那日趁着白家大乱，千辛万苦地抢来半张藏宝图，谁料刚走到半道上，就被

190

这两个人劫了去。"

叶敏玉听不得他颠倒是非，反驳道："愿赌服输，是阁下自己把东西输给我师叔的。"

"臭小子，你还没吃够苦头！"杜云眼睛一瞪，马上甩出了鞭子。

沈渊连忙劝道："不过是一桩小事，何必动刀动枪的？几位贵客来此，就是为了送藏宝图的，只要东西到了手里，从前的事嘛，小小过节，便一笔勾销了吧。"

"哼，又是你使的好诡计？"

"花最小的力气达成目的，难道不好吗？何况我的东西，不也正是你的东西？"

杜云静了静，慢慢摩挲手中的鞭柄，视线在周、叶二人身上打了个转，一字一字地说："可惜我这人最爱记仇，而且向来有仇必报，别人若是得罪了我，我定要千百倍地报复回来。"

沈渊听了这话，不免有些为难："但我事先已经答应过了，只要他们肯交出藏宝图，我就会奉上解药。"

杜云眼眸一转，忽地面露笑容。

他若当真容色无双，这一笑定是极为动人，偏偏他面貌这般可怖，笑起来反添狰狞之色。他冷声道："那便先给解药，然后再杀了他们。"

话一出口，屋内众人都不由得打了个冷战。

只听那理所当然的口吻，就知此人是如何心狠手辣。

沈渊却像是习以为常，微笑着瞧住他，点头道："这倒是个好主意。"

他边说边弹了弹手指。

立在一旁的侍女们得了命令，立刻跑过去关上大门。

形势虽然大变，倒也不算出人意料，尤其周琰等的就是这一刻，当即纵身而起，一下拔出腰间宝剑，把剑柄塞进叶敏玉手里，自己却只握着剑鞘护身。

　　叶敏玉同样早有准备，跟着站起身来，冲杜云喊道："前辈，那张藏宝图并不在我师叔身上！"

　　"什么？"

　　"我师叔早已将东西送给林公子了。"

　　说着，他伸手指了指坐在角落里的林攸。

　　杜云皱了下眉，似在估量他这句话的真假。略一迟疑后，他终于甩出了鞭子，却是直朝林攸扑去。看来他虽爱记仇，但最在意的始终是那张藏宝图。

　　叶敏玉赌的正是这一点，得了片刻空隙后，他忙对周琰道："师叔，我们先走！"

　　他怎么也料不到杜云与那城主有交情，如今深陷重围，除了趁机逃生之外，确实别无办法。

　　"嗯，"周琰应了一声，道，"大门是不能走了，我们从窗子里跳出去，想法子跟你大哥会合。"

　　话是这么说，他的眼睛却一直望着杜云，若非为了护住身旁的叶敏玉，他恐怕会不管不顾地冲上去拼命。

　　叶敏玉也怕他会干出蠢事来，扯了他的胳膊就走，但刚迈出两步，就对上了沈渊笑盈盈的俊颜。

　　"两位这就走了？不同我这当主人的打个招呼吗？"

　　"我们跟城主无冤无仇，还望阁下行个方便。"

　　"若只跟我有仇，那也不算什么，可是你们不该得罪阿云。"沈渊抬眼瞧向杜云，道，"我一向听闻周少侠和林公子关系匪浅，

现在看来也不过如此。但我跟阿云可是过命的交情，他要杀的人，我可不能放过。"

杜云一面跟林攸缠斗，一面也在注意这边的动静，听了这番话后，仿佛觉得十分厌恶，怒道："你究竟在啰唆什么？还不快替我杀了那两个人！"

"是是是。"沈渊叹了口气，狭长凤眸委屈地往上一挑，随手扯下自己的碧色腰带。

原来他的兵刃是一柄软剑，平日缠在腰间，临敌时取将下来，将内力灌于剑尖，便成了一样削金断玉的利器。

光瞧这份内力，就绝非泛泛之辈了。

周琰与叶敏玉对视一眼，很快就摆出了应敌的阵势。

沈渊却仍是那慢条斯理的调调，剑花一抖，露出慵懒笑容，道："我生平最不爱舞刀弄枪，更不爱打打杀杀，但既然阿云要取你们的性命，那就只好请两位死上一死了。"

他说起话来客客气气的，像是在邀人喝茶赏月一般，但是下一瞬，碧色软剑突然从不可思议的位置刺了出来。

"师侄，小心！"

周琰见剑尖斜挑，直取叶敏玉的咽喉，急忙上前一步，拿剑鞘挡了一下。

不料软剑借力反弹，立刻又刺向他的胸口。亏得他反应迅捷，右肩往旁边一侧，险险避了开去。

饶是如此，也害得叶敏玉出了一身冷汗，当下再不迟疑，挺剑加入了战局。

周、叶二人师出同门，使的又是同一套剑法，此时联手对敌，威力自是大增。若论真实本领，按说绝对不在沈渊之下，但连过数招之后，非但只跟对方打了个平手，而且还险象环生、频频遇险。

原来沈渊的武功颇为古怪，每一剑看似都是随意挥出的，可最后总会击向出人意料的地方，叫人防不胜防。有时他甚至倒转剑柄，做一个收剑的手势，可是手腕一滑，软剑竟从臂下穿过，猛地朝周琰的双眼刺去。

若非周琰轻功卓绝，身上早不知添了多少窟窿了。

叶敏玉临战经验不足，功夫又欠火候，只因仗着宝剑之利，方才没有受伤。

他们原来打算趁乱冲杀出去的，如今被沈渊这么一阻，显然是脱不了身了。而另外一边的情形也好不了多少，林攸远不是杜云的对手，时不时被鞭子抽中，白衣上很快就沾满了血迹。

周琰平日行事还算冷静，这一日不知为何，格外焦躁起来，眼看久战沈渊不下，忽然对叶敏玉道："师侄，你用宝剑破开窗子，先想办法离开这里。"

"我一个人？"

"嗯，这边由我挡着。"

"师叔……"

"别怕，我很快就会赶上来的。"

这句一听就是敷衍的话，合他二人之力尚且敌不过沈渊，何况只剩周琰一个人？

叶敏玉想也不想，马上就说："以前每次遇险，我都是跟师叔共进退的。"

"傻小子，你不明白，这次的情形……喀喀……不一样。"

周琰没有趁手的兵器，只凭剑鞘对敌，武功上本就受了许多限制，缠斗许久之后，出招更是越来越凌乱，似乎连内力都快用尽了。

叶敏玉到这时方觉不妥。

他就奇怪沈渊的武功怎会如此高强，这会儿才恍然大悟，原来……是师叔的功夫大不如前了。

为什么会这样？

难道……

叶敏玉呼吸一顿，某个念头直蹿上来，颤声道："师叔，你、你身上的毒……发作了吗？"

"胡说什么？"周琰瞧他一眼，目光又迅速地移开了，"我没事！"

他一边说，一边继续抵挡沈渊的攻势。只不过他竭尽了力气，也压不住自己的咳嗽声。

叶敏玉当然什么都明白了，整个人僵在那里，几乎忘了眼前的险境，耳边嗡嗡作响，一时不知如何是好。

直到一声惨叫将他惊醒。

那是林攸的声音。

周琰本就力不从心，听见这叫声后，脚下一软，登时跪倒在了地上。

叶敏玉忙仗剑护在他身前，循声望去，只见林攸浑身是血地躺在地上，身子一动不动，看不出是生是死。杜云则缓缓擦拭着鞭子上的血渍，一双眼睛血红血红的，那种嗜血的光芒尚未褪去，映得他的脸孔更为扭曲。

那个假林攸……死了？

虽是亲眼所见，叶敏玉依旧觉得蹊跷。

他没有跟假林攸交过手，不知对方的武功是强是弱，但能假扮成白云庄少庄主的人，定然不是等闲之辈，怎会这么轻易就死在了杜云手里？

最要紧的是，如今杜云少了对手，他跟周琰的处境就愈发凶险了。

周琰当然也想到了这一点，强撑着站起身，挡在叶敏玉身前："你猜得没错，我身上的毒确实发作了。师侄，你若再不肯走，可就迟了。"

话未说完，又是一阵剧烈的咳嗽。

叶敏玉的手指有些发抖，却十分坚定，动作轻柔地抹去了周琰嘴角边淌下来的血。

他真不该在这个时候笑的。

但是面对着最重要的人，如何会笑不出来？

所以他勾动嘴角，轻轻地应："师叔你在这儿，我还能去哪里？"

仅这一句话就已足够。

周琰面色苍白，额上尽是冷汗，分明已被剧痛折磨了许久。但是听了叶敏玉这番话后，他只觉得豪气顿生，也不知打哪儿生出一股力气来，提起剑鞘横扫出去。

"当！"

两剑相交，沈渊竟是不敌，被他的内力震得连退数步。

周琰并不恋战，觑着这个机会，拉了叶敏玉就往窗边跑。

沈渊不知是否有心相让，垂了剑立在原处，并没有追击的意思。杜云却不肯罢手，冷笑一声，带血的鞭子狠狠甩了出来。

当初跟他结仇的人明明是周琰，他却似乎特别讨厌叶敏玉，这一鞭子自然也是冲着叶敏玉去的。叶敏玉耳听得破空之声，想要反手挥剑也已迟了，正打算硬挨下这一鞭时，忽然被周琰推了一把。

"师叔？！"

"嗯……"

那一鞭正中背心。

周琰咬了咬牙，没有叫出声来，只是抱着叶敏玉在地上滚了两圈。如此虽然躲过了杜云的鞭子，但两人狼狈不堪地倒在地上，要再爬起来逃命已是绝不可能了。

到了这个地步，叶敏玉反而不觉害怕了，连看也不看步步逼近的杜云一眼，只半坐起身，低头去看周琰背上血肉模糊的伤口，问："疼吗？"

"没事，反正也不差这一点。"周琰喘了喘气，身体虽然虚弱，却仍旧问，"师侄你呢？有没有受伤？"

叶敏玉瞧着他这神情，想到他剧毒发作时的痛楚，一下子怔怔地出不了声。静了好一会儿，他才撕下自己的衣襟，默默地替他包扎伤口。

这样旁若无人的态度，愈发惹恼了杜云，只见他眯了眯眼睛，缓缓扬起手中的鞭子。

"等一下，"一直站在旁边的沈渊突然上前一步，开口道，"现在不能杀了这两个人。"

"怎么？你顾忌着他们是凌云派的弟子，所以不敢动手了？"

"当然不是。"沈渊听出他话中的嘲讽之意，却只微微一笑，道，"还不知那张藏宝图是真是假。万一是张假的，而知情人又被你杀光了，咱们岂非断了线索，白费这一场功夫？"

"……有道理。"

杜云点了点头，果然收起鞭子，转头走回林攸的尸身旁，弯腰在他身上摸索起来。那藏宝图本就没有特意收藏，因此没过多久，杜云就从林攸怀中摸出了一个红绸包。

除了绸布略有些褪色外，大小形状都与当初在破庙所见的一模一样。

杜云先喝退了留在屋内的几个侍女，然后三两下除去红绸包外头的层层包裹，最后留在手里的，果真是一小张地形图，上头弯弯曲曲地画着山川河流，只是边缘处有被人撕扯过的痕迹。

杜云只瞥一眼，就随手丢给了沈渊，道："你自个儿瞧瞧真假吧。"

沈渊"嗯"了一声，难得认真起来，将那张藏宝图捏在手里，仔仔细细地瞧了一遍，接着又晃了晃那柄碧色的软剑，轻轻旋动剑柄。他这把剑的构造极为独特，剑柄内是中空的，转开之后，里头藏着一张卷起来的纸片。

如此古怪的机关，除他本人之外，恐怕再无第二个人知晓。

屋内众人心头一跳，都已猜到那是什么东西了。

沈渊慢慢展开那张纸片，把它跟先前的半张藏宝图合在一起，但见相连处严丝合缝，撕裂的边缘恰好贴合起来，并无半分出入。

杜云忍不住问："是真的？"

沈渊唇边笑意加深几分，应道："千真万确。"

杜云目光闪动，脸上倏地现出一种奇特的表情，轻轻吐出一个"好"字来。而后他脚尖一挑，将林攸扔在地上的长剑勾了起来，牢牢握在手中。

周、叶二人都跟杜云交过手，却从来只见他使鞭子，不曾见他使剑。

沈渊当然也没有。

"阿云？"

沈渊怔了怔，似乎疑惑他为什么要握住那把剑。

杜云却身形一晃，已施展出了绝妙的轻功，劈手夺过那张重见天日的藏宝图，飞快地收进自己怀中，冷笑道："你的东西就是我的东西，是不是？"

沈渊有些蒙了，但仍旧答道："当然。"

"好，"杜云露出一个不像笑的笑容，眼底光芒大盛，"我今日……就要你的命！"

说话间，他的长剑毫不留情地挥了出去。

沈渊脸上的微笑还来不及消失，便换上了另一种难以置信的神情，仿佛就算天崩地裂了，也及不上他此时此刻的惊讶。

"阿云，为什么……"

他一边后退一边追问缘由，可是杜云闭口不言，只"唰唰唰"连挑三剑，每一剑都又快又狠，直刺他的要害。

沈渊避无可避，不得不挥剑抵挡。

杜云擅使鞭子，剑术上的造诣并不高明，但他对沈渊那套诡异的剑法十分熟悉，随随便便的一剑就能破解对方的招式。

拆到三十招上，沈渊剑花一挽，碧色软剑霎时幻化出万千光影，重重叠叠地将两人包围起来。这是他剑法中的精髓所在，最能迷惑人心，瞧得人眼花缭乱。

不料杜云连眼睛都不眨一下，全然不管什么剑气剑影，一剑刺向沈渊的胸口。

他的剑这样快，轻而易举地寻到了沈渊的弱点。

他出手又这样稳，似乎同一个招式，他早已练习过了千遍万遍，只听"噗"的一声，剑尖恰好没入沈渊的左胸。

鲜血直流。

沈渊皱了皱眉，直勾勾地瞧住眼前之人，道："你还记得我说过的话。"

"是呀，是你亲口告诉我……你剑法中的破绽的。"杜云笑了一笑，凉凉地说，"嗯，原来竟是真的。"

滴答。

滴答。

胸前的伤口兀自流着血，顺着剑尖淌下来，一点一点地落到地上。

但沈渊浑然不觉，他目光专注地望着杜云，低声道："这一剑再刺得深一些，就可取我性命了。"

第十六章

"你以为我舍不得吗？"杜云脸上的皮肉抽动一下，道，"若这么轻易就让你死了，未免太便宜你了。"

说罢，他手腕一沉，猛地抽回了长剑。

沈渊闷哼一声，更多的血从伤口处涌出来。但相较之下，杜云那种怨毒的神情远比剑刃更为锋利，一下子扎进他的心里，令他气力全失。

"阿云……"

他只挣扎着念出两个字，身体便重重地倒了下去。

杜云心如铁石，根本不肯多瞧一眼，顺手将长剑掷在地上，走过去踢了踢林攸的尸身，不耐烦地问道："喂，你要装死到什么时候？"

"哈哈哈！"

原本僵卧不动的林攸突然从喉咙里发出一阵低笑声，紧接着一跃而起，边活动手脚边道："你刚才下手太狠，我差一点就真的死了。"

他白衣上虽染了点点血痕，但是谈笑自若、行动如常，显然仅受了一些皮肉伤而已。再听他说话时的熟稔语气，他跟杜云分明就是相识的，先前的惨叫和假死，不过是他们两人联手演的一场戏。

这一下峰回路转，情势实在是出人意料。

叶敏玉扶了受伤的周琰坐在墙边，心里头怦怦直跳，许多百思不解的疑惑，此时终于迎刃而解了。

他就奇怪假林攸为何要千里迢迢地跑来无影城，若是为了抢夺宝藏，只凭他一人之力如何能够成事？原来，他早就安排好了里应外合的同伙！

他冒充白云庄的少庄主，又千方百计地逼着周琰同来关外，为的只是让沈渊放松警惕，好骗出剩下的半张藏宝图。

如今大事已成，他却并未现出真面目，仍旧顶着林攸的那张面孔，朝杜云问道："东西呢？"

杜云从怀中取出那两张薄薄的纸片，拿在手里扬了扬。

林攸眼珠一转，立刻明白了他的意思，道："阿云，你还信不过我吗？等得到了宝藏之后，我定与你共享。"

"哦？"杜云脸上毫无笑意，毫不客气地反问，"你不怕我从背后捅你一刀？"

林攸似乎被他猜中了心事，噎在那里说不出话。

杜云反倒把手一伸，道："拿去吧。"

林攸连忙接过了，亦像沈渊先前那般将两张纸合在一处，仔仔细细地看了几遍，嘴里喃喃自语道："果然是真的！不枉我用半张藏宝图做饵，大费周折地布下此局！"

沈渊受了重伤，原本奄奄一息地伏在地上，听到这句话后，有些吃力地抬起头来，叫道："你、你不是林公子，你是……云南白家的人！"

"不错。你真以为阿云能从白家抢出藏宝图？哈哈，从一开始就是我亲手交给他的。这以后江湖上的种种传闻，众人争夺藏宝图的闹剧，统统都是我一手安排的，为的就是让你信以为真，亲自取出另外那半张图。"

叶敏玉已经隐隐猜到了前因后果，但真正听他说出口后，仍旧觉得心惊，现在回想起来，说不定连破庙中的那场赌局，也是早就计划好的。毕竟假林攸的易容术如此厉害，无论是谁抢到了那张藏宝图，他都有办法取而代之，再神不知鬼不觉地混进无影城来。

沈渊虽然明了这个圈套，却并不懊悔自己的大意，反而牢牢望住杜云，断断续续地问："阿云，你也是白家的人吗？你是为了得到宝藏，才故意接近我的？"

闻言，杜云闭了闭眼睛，眸底杀气暴涨。

林攸便替他答道："是，也不是。"

"什么意思？"

"他原本跟白家可毫无瓜葛。非但如此，还生就一副好相貌，脾气柔顺、性情温和……"说着，林攸朝叶敏玉望了一眼，道，"嗯，好像跟那个姓叶的小子有些像，是不是？"

杜云立刻喝道："闭嘴！"

林攸只当没有听见，接着说道："可惜，偏偏有人觊觎那半张藏宝图，将好端端的一个人送进了白家。待他失手被擒后，又把过去的誓言抛在脑后，从此再没有想起过他。"

林攸说到这里，特意顿了一顿，把眼望向躺在地上的沈渊，问："城主从前派了这么多细作到白家，不知还记不记得其中哪个人的名字？"

沈渊脸上本已失了血色，这一下更是苍白得可怕，嘴唇微微动了动，却一个字也吐不出来。

林攸就是想看他这模样，不禁笑道："你肯定也不知道，他是如何在白家活下来的，如何毁掉那一张俊俏的脸孔，如何……"

杜云忍无可忍，一甩手中的鞭子，怒道："你是嫌自己命太长吗！想找死的话，我随时都可以成全你！"

"我不过是心疼你从前受过的折磨，想替你出一口气罢了，阿云你既然不爱听，那我不提就是了。"

"哼，废话少说，还是办正经事要紧。"杜云握了握拳头，好不容易才压下怒气，道，"你看得懂那张藏宝图吗？"

"我刚才稍微瞧了两眼，总觉得有些古怪……"

"怎么？"

"按照图上所画，宝藏应该就在这无影城的地下！"

杜云闻言怔了怔，慢慢扯动嘴角，道："那就没错了。"

"啊？"

"沈渊曾经跟我提过，正是因为打探到了宝藏的下落，他的先祖才会把无影城建在这种人迹罕至的地方。只不过城内的地下迷宫太过错综复杂，一进去就会失了方向，没有藏宝图指路的话，根本无法活着出来。"

林攸想起进城时困住他们的那些地道，立刻信了他的话，道："这么说来，就算有藏宝图在手，也最好能找一个人替我们引路。"

说话间，他的视线自然而然地落到了沈渊身上。

沈渊却将眼一翻，对他不理不睬。

林攸也不动气，只走上前去，抬脚踏住他的胸口，道："城主若肯配合的话，我便让你死得痛快一些，好不好？否则阿云对你恨之入骨，可不知要如何对付你呢。"

沈渊被他踩住了伤口，登时痛得死去活来，只因本身内力深厚，方才吊着一口气，一个劲地瞧向杜云。

林攸不由得更用力地踩下去。

沈渊的身体颤了颤，连一个"痛"字也没有喊，只是叫杜云的名字。

"阿云……阿云……"

他叫了一声又一声，听得人心都痛了。

杜云只觉太阳穴突突直跳，咬了咬牙，终于开口说道："你若想少吃点苦头的话，就乖乖照办吧。"

沈渊被林攸这么折磨也没有松口，但只听杜云的一句话，就立刻应道："嗯，无论你要什么，我总是依着你的。阿云，我现在站不起来，你过来扶我一下吧。"

杜云瞪他一眼，随即转开头去，冷冷地说："走不动就用爬的。"

说罢，他再不理会他的死活，径直走到墙边，居高临下地瞧着坐在一处的周、叶二人，问林攸道："这两个人如何处置？"

"他们知道得太多，当然不能留活口。"

"那我这就动手。"

"何必这么着急？反正这俩人难逃一死，干脆物尽其用如何？"

杜云疑惑地皱了皱眉。

林攸解释道："那地下迷宫之中，也不知有多少机关陷阱，带了这两个人同去，必要时挡挡暗箭也是好的。而且让他们死在密道里，也省得咱们毁尸灭迹了。"

他这话说得极有道理，杜云一时无法反驳，只好伸手夺下了叶敏玉的宝剑，威胁道："如果敢耍什么花招的话，我会让你们尝尝生不如死的滋味。"

因为沈渊还有利用价值，林攸怕他伤重而亡，所以勉为其难地替他止住了伤口的血。杜云虽然百般不愿，也不得不过去帮忙。

叶敏玉冷眼旁观，脑海里许多念头转来转去，不知是该坐以待毙，还是再拼上一拼？尽管他失了兵器，但武功并未受制，若是只他一人的话，兴许真有机会逃出去，但是周琰……

正想着，忽听周琰唤道："师侄。"

"嗯？"

"你凑过头来，我有话对你说。"

周琰受了伤又中了毒，神志有些昏昏沉沉的，这时说话的嗓音也极低沉。

叶敏玉听了，连忙俯下身去。

周琰眼睛半睁半闭，轻声说："眉头别皱那么紧，我们并非毫无机会。"

咦？

叶敏玉一听这话，就知他心中已有了主意，悄声问："师叔的意思是……？"

"你猜那个假林攸为何留我们的性命？"

"为了让我们挡箭？嗯，肯定不会这么简单。"叶敏玉细细思索一番，回想起林攸与杜云针锋相对的言辞时，总算豁然开朗，"对了，他是为了防备杜云。"

"没错，他们表面上看起来是一路的，暗地里却互相较劲、波涛暗涌。"

"杜云可以刺沈渊一剑，当然也能捅林攸一刀，林攸为了牵制他，所以才不肯立刻杀了我们。他手中有师叔你的解药，当真到了关键时刻，我们必定会听命于他。"

"嗯，在稀世珍宝面前，就算亲兄弟也能反目成仇，更何况这两个各怀鬼胎的人？"

"这就是师叔你所说的机会？那我们接下来应该……"

"应该想办法……"周琰面露微笑，说，"挑拨离间。"

叶敏玉呆了呆，老老实实地说："我对这个可不太擅长。"

周琰若非有伤在身，简直就要当场大笑起来，最后虽然忍住了，却也惹来好一阵咳嗽，道："不用担心，我们仍旧见机行事就成了。

你说两个互相提防的人，在什么时候才会放松警惕？"

叶敏玉沉吟一下，恍然道："他们都是为了宝藏而来，当然是心愿得偿的那一刻。"

"嗯，我们就是要抓住那个时机，而且……"

"而且什么？"

"咳咳……"周琰原想压低了声音解释，但稍一用力，胸口便又剧痛起来。

叶敏玉忙替他顺了顺气，忧心道："师叔，你的身体还撑得住吗？"

"没事，歇了这一会儿，已觉得好多了。"

叶敏玉一听就晓得这是安慰自己的话，只看周琰额上不断渗出来的冷汗，便知定是痛得厉害。可他并不说破。

这时沈渊的伤口已简单包扎过了，血也差不多止住了，杜云便提了宝剑走过来，逼着周、叶二人站起来跟他走。

周琰中毒已深，双腿有些发软，但因有叶敏玉在旁搀扶，总算还能迈开步子走路。

相比之下，沈渊的模样更为骇人。他胸口血迹斑斑，脸色灰白一片，好像已是个死人了，只为先前杜云的那句话，方才撑着一口气，靠着墙壁慢腾腾地站了起来。

林攸也不管他是死是活，扯了他的胳膊就往前走，杜云则握着剑走在最后头，两人边走边说些有关宝藏的事。

"不知密道的入口是在哪里？"

"这个我晓得，沈渊房内就有一处机关。"

"这一路走过去，不会出什么状况吧？"

"放心，我在城中的时候，他那些侍女多半不敢到处走动。"

"怕你一生起气来，就挖了她们的眼睛？"林攸听得笑起来，说，"姓沈的对你可真是千依百顺，你当真舍得杀了他？"

他这句话问得大有深意，似乎是有心试探。

杜云听罢，脸色顿时阴沉了许多，咬牙道："我只怕他死得太痛快了，尝不到那种生不如死的滋味！"

林攸颇觉满意，便不再继续撩拨他了。

一路上当真如杜云所说，几乎没见着什么人影，一行人顺顺利利地到了沈渊房内。

杜云对里头的机关了如指掌，在床柱上轻拍几下，就听得"吱嘎吱嘎"的沉闷声响，床板慢慢翻了起来，现出一个黑魆魆的地洞来。

放眼望去，也不知蜿蜒着通往何处。

林攸老谋深算，当然不肯走在最前头，点燃火把后，转身塞进叶敏玉的手里，道："你先下去。"

他边说边将剑架在周琰颈上。

叶敏玉被他抓住弱点，自是片刻也不敢迟疑，纵身跳了下去。

火光照耀之下，依稀可见这密道还算宽敞，可容三四人并肩而行。四周的岩壁像是天然形成的，并无人工开凿的痕迹，时不时有冰凉水珠从头顶滴落下来。

而火把照不到的地方，则依然是深不见底的黑暗。

叶敏玉不禁哆嗦了一下，知道前方必是危机四伏的，但他跟周琰能否脱险，也正要赌这一线生机。他就算不曾回头，也知周琰的目光定是落在自己身上，于是定了定神，稳稳地迈出了步子。

后头众人鱼贯而入。

他们一行人多数有伤在身，所以走得并不急，时不时停下来瞧一瞧藏宝图上的路线。沈渊伤势沉重，根本没什么力气说话，无论林攸问些什么，他都是不理不睬。但只要杜云一个眼神，他便强打起精神，一次次指明该往哪条路走。

正如林攸所料，这一路上果然有不少老旧的陷阱，幸好叶敏玉武功不弱，轻身功夫又曾得贺笑风指点，每次都轻轻巧巧地避了过去。虽是有惊无险，却也累得周琰担足了心思，屡次提出同叶敏玉交换，都被林攸瞪了回去。

黑暗中不知时辰。

沈渊受伤最重，走着走着，渐渐地支持不住，胸前又开始渗出血来，瞧他那面无血色的样子，仿佛随时都会断气。

饶是杜云冷漠无情，也有些沉不住气了，终于开口道："停下来歇一会儿吧。"

"又停？按照图上所画，我们这时早该寻到宝藏了，结果却总在同一个地方来回打转……"林攸疑心甚重，不冷不热地望了沈渊一眼，道，"也不晓得是不是有人暗中捣鬼。"

杜云毫不客气，马上就说："你若信不过他，一剑杀了也就是了，何必多说废话！"

"我倒是想杀，只怕某些人不肯。"

"说来说去，你最不相信的人是我。"

"哼，谁叫你行事拖泥带水，总也狠不下心来？"林攸把周琰往旁边一推，挥剑指住杜云道，"我早说要杀了姓叶的臭小子，你却非要亲自动手，三番两次地从中阻挠。到头来，竟只在他脸上划了一道就算了，你敢说自己不是心软了？如今对着沈渊，恐怕更下不了手了。"

杜云气得发抖，眸中杀机顿现："好啊，你这么有本事，干脆

把这里的人尽数杀了，正好一个人独吞宝藏。"

因为久久寻不到宝藏，他俩人都开始怀疑对方，这下吵得不可开交，完全是一副剑拔弩张的架势。

叶敏玉在旁瞧着，真有些哭笑不得。他跟师叔还没想出法子挑拨离间呢，怎么这俩人先起了内讧？此刻算不算出手的好时机？

他正想转头看看周琰，却忽听"咻"的一声，也不知从哪里吹来一阵怪风，将他手中的火把吹灭了。

四周顿时暗了下去。

叶敏玉大吃一惊，头一个念头就是冲到周琰身边，但是脚步未动，已先觉得掌心一凉，有人将一柄剑塞进了他的手中。

咦？

叶敏玉只是一握，就认出了这是自己的佩剑。但此剑早已被杜云夺了去，现下又是谁塞给他的？总不会是杜云吧？

正想着，只听黑暗中响起了几声模糊的惊呼。

然后就见林攸点燃了火折子，蹙眉问道："怎么回事？谁弄熄了火把？"

叶敏玉没有应声，只是望向周琰。

周琰也正瞧着他，唇边微含笑意，朝他缓缓颔首。

叶敏玉心中了然，当下再不迟疑，提了剑就冲杀上去，剑尖直指杜云。

杜云因为惯使鞭子，所以随手把叶敏玉的宝剑佩在腰间，连何时失落的也不知晓。如今见他持剑冲来，杜云自是吃了一惊，竟给叶敏玉连进三招，杀了个措手不及。

但杜云的武功终究更胜一筹，很快就定下神来，边扬鞭反击边喝道："你发什么疯？急着送死吗！"

叶敏玉并非当真要与他拼命，剑招看似凌厉，其实是以自保为主，同时高声嚷道："林公子，多谢你赐还宝剑。我若按约定助你除了此人，也望你言而有信，替我师叔解毒才好。"

林攸原本打算在旁看戏的，听他这么一说，不由得大为惊愕："你胡说什么？什么宝剑？什么约定？"

叶敏玉故意闭口不言。

杜云却已明白过来，冷笑道："我就奇怪你为何饶他们性命，又为何多此一举地把他们带进密道，原来是为了对付我！也对，周琰中了你下的毒，姓叶的小子当然对你言听计从，这一点倒是我疏忽了。"

林攸顿时百口莫辩。

若说他没有存着这样的心思，自然是绝不可能的。只是他行事向来小心谨慎，还不想这么快跟杜云闹翻。

偏偏叶敏玉敌不过杜云，已经开始节节败退，嘴里不断喊道"林公子，我快抵挡不住了，你怎么还不动手？难道你打算隔岸观火，坐收渔利？"

"哼，哪有这么便宜？"杜云也当他是这个念头，挥掌逼退叶敏玉后，带毒的鞭子朝林攸抽了过去。

林攸怔了怔，不得不侧身闪避。

他最清楚杜云的性情，事情闹到这个地步，不打个你死我活是不会罢休的。他虽可开口替自己辩解，但杜云信或不信，那却难说得很了。

势成骑虎。

林攸一咬牙，心想反正他俩是互相利用的关系，迟早也会走到这一步，干脆拔剑加入了战局。不过他心中疑虑未释，一面跟叶

敏玉并肩而战，一面问："你究竟在玩什么花样？"

叶敏玉不擅作伪，这时便装起傻来，道："我师叔的解药还在林公子手里，我能怎么办？当然事事都听林公子号令。何况，我跟这姓杜的魔头本就有仇。"

林攸瞧了瞧叶敏玉脸上的伤痕，勉强算是相信了。他这么一挥剑，手中的火折子便暗了下去，四周再次陷入黑暗。

三个人虽斗在一处，却什么也看不清楚，只能凭着感觉乱打乱杀。

叶敏玉正巴不得大搅浑水，索性不管什么剑术章法，挥着宝剑乱舞一气。一会儿碰到杜云的鞭子，一会儿擦到林攸的剑，惹得两个以性命相搏的人破口大骂。

"叮叮当当"的声响不绝于耳。

片刻后，叶敏玉忽听周琰高声叫道："师侄，那魔头的鞭子上带了毒，你千万小心，别被他打中了。"

叶敏玉立刻会意，手下剑招变化，却是招招指向杜云的位置。一等杜云还击，他就急退数步，假装挨了鞭子，"啊"地惨叫一声，整个人跌倒在了地上。他摔得并不重，声音却弄得十分响亮，又"哎哟哎哟"地连声叫痛，翻身在地上滚啊滚，一路滚回了周琰身边。

周琰笑着伸手扶他，低声说："师侄，你这出戏演得不错。"

叶敏玉歇了一口气，刚想应声，就听另有一人在旁边小声抱怨道："还不是你这当师叔的教导有方？叶兄弟这么老实的一个人，完全被你带坏了。"

周琰但笑不语。

叶敏玉却差点惊呼出声，好不容易才忍住了，喜道："大哥，原来是你！"

贺笑风隐在黑暗之中，得意扬扬地说："除我之外，还有谁能帮你偷回宝剑？"

叶敏玉知道他的脾气，连忙顺着他的意赞了几句，不过心中仍有不解，问："大哥你是怎么寻到这里的？"

贺笑风皱了皱鼻子，道："当然是循着宝藏的味儿找过来的。"

宝藏也有气味？

而且这么巧被他闻着了？

叶敏玉不知该不该信，手一动，却摸到周琰指尖上的细碎伤痕。他顿时醒悟过来，晓得是周琰悄悄在石壁上留下了记号，贺笑风才一路追踪而至的。

周琰先前这般镇定，除了打算挑拨离间外，想必也是将贺笑风这个帮手计在内了。现在以三敌二，他们可是大有胜算。

"师叔怎么猜到我大哥会跟过来？"

周琰压低了声音，凑到叶敏玉耳边说："你大哥动不动就跑得不见人影，但真正要紧的事情，他一件也不会错过。"

因为少了碍手碍脚的叶敏玉，林攸跟杜云打得难解难分。两个人都是一副要置对方于死地的架势，但因光线太暗，也瞧不出孰强孰弱，只能听见杜云的鞭子带出呼呼的风声。

接着就听"砰"的一声响，不知谁被踹翻在了地上。

周、叶二人心头皆是一跳，不由得握紧了彼此的手，暗自猜测着谁胜谁负，接下来又该如何应对。

不料随后而来的，却是另一种轰然巨响。

轰隆隆——

仿佛山崩地裂一般，连脚下的地面都在微微晃动。

众人都吓得怔住了，还是贺笑风反应最快，点燃火把一照，但

见杜云执鞭而立，林攸则有些狼狈地倒在地上，而他身后的那堵墙壁竟是一扇巨大的石门，此时正在巨响声中缓缓打开。

珠光宝气，满室生辉。

石室的四个角上悬着几颗硕大的夜明珠，莹莹地散发着柔和光芒，但是跟堆在地上的各色珍宝一比，这明珠的光彩完全被遮盖了金玉玛瑙、古玩字画、珍珠翡翠，价值连城的宝物就这么随意地堆放在地上，直看得人眼花缭乱。

其中最惹眼的当数一尊白玉雕成的佛像，约莫有一人多高，通体莹白似雪，神态栩栩如生，两颗眼珠是用黑玛瑙镶就的，浑身都散发着淡淡光芒。佛像右手拈花，花瓣也是用宝石雕刻的，煞是玲珑可爱，左手托着一卷经书，却是用上等丝绸织成的。

在场的几个人看得皆是一呆。

杜云最早回过神来，扭曲的脸上露出疯狂笑意，率先冲了进去，在那一堆珠宝中翻找起来。林攸不甘示弱，马上从地上爬起来，也跟着冲了进去。他们两个边找东西，一边还要你死我活地打个不停，真是叫人叹为观止。

叶敏玉扶着周琰走进去，感慨道："没想到误打误撞，竟然触动了机关，不过……他们到底在找些什么？"

"应该是传说中的武功秘籍吧。"周琰还没说话，贺笑风先在旁边插了一句，"哎哎，放着琳琅满目的珍宝不要，却去找什么破烂秘籍，真是暴殄天物。"

叶敏玉转头一看，只见贺笑风不知从哪里弄来一只大麻袋，正一样样地把宝物往袋子里塞，不禁愕然道："大哥，你在干什么？"

"偷东西啊。"贺笑风答得理直气壮，"好不容易来这么一趟，我若不多偷点回去，岂不是有负神偷之名？"

叶敏玉听他这么一说，还真答不上来了。

周琰拍拍他的手，道："你大哥就是这个德行，随他去吧。"

顿了顿，他双眼环顾四周，问："你有没有看到沈渊？"

"他伤得那么重，不是一直在角落里躺着吗？"叶敏玉边说边朝沈渊先前躺着的地方看过去，但那里除了留有血迹之外，根本空无一人，其他地方也都不见他的踪影。明明已经奄奄一息的人，这会儿能跑到哪里去？

"师叔，人不见了……"

"嗯，沈渊身为一城之主，必定是有些本事的，此人不能不防。"

"干脆趁他们打得不可开交之时，我们先逃了再说吧。"

"只怕你大哥不舍得。"

正说着，忽听林攸大叫道："原来在这里！"

随后就见一道人影飞身扑向那尊白玉佛像，一把夺下了佛像右手中的经书。可惜东西才刚到手，杜云的鞭子就甩了过来，"唰"的一下卷住了那卷经书。

两人再次针锋相对，使出的招式越来越凌厉，招招都欲置人于死地。

"姓杜的，别忘了你是怎么练成这一身武功的！你吃了我炼制的赤火丹，已没有几个月好活了，就算得到武功秘籍也没什么用处。"

"哼，你管我是死是活，先管好你自己再说吧。"

杜云咬了咬牙，鞭子上的力道又加一分。

林攸当然死不放手，额上渗出了细密的汗珠。

就在此时，脚下的地面突然震动了一下，轰隆隆的巨响声再次传来。

奇怪，怎么又震了？

贺笑风是机关密道方面的高手，马上觉得不对劲，张眼一望，不禁大叫："糟糕！"

"大哥，怎么啦？"

"看那尊佛像的眼睛！"

几个人循声看过去，只见白玉佛像原本黑沉沉的眼睛，此刻竟然变成了血红的颜色！

"这是……怎么回事？"

"是机关。"贺笑风一边解释，一边不忘把他那个大麻袋扎好了往身上背，"取走佛像右手的经书，就等于是触动了机关，若我没猜错的话，这个石室马上就要塌了。"

他确实没有猜错。

因为巨响声越来越近，已经有大片大片的石块从头顶坠落下来。

林、杜二人当然也发觉了这个变化，但他们正僵持不下，谁也不肯先撒手，冒着性命危险站在原处较劲。

"刺啦——"

因为用力过猛的关系，那卷经书从中间被撕成了两半，他们两人虽然一阵争抢，却一人只抢到了一半。

还是贺笑风爱惜性命，宝物偷够了就收手，对叶敏玉道："叶兄弟，快，朝这边走！"

尘土扑簌扑簌地往下掉。

叶玉敏瞧了瞧身中剧毒的周琰，又望了望还在激斗中的林攸，忽然间犹豫起来。但他只迟疑了短短一瞬，就立刻下定决心，手中宝剑一荡，应道："大哥，你带我师叔先走。"

"什么？"

"师侄？！"

由于情势危急，叶敏玉也没工夫多做解释，他虽然觉得贺笑风不太靠得住，但毕竟正经事要紧，只好狠心丢下周琰，转身朝林攸的方向飞奔过去。

地面晃动得越来越厉害，石室的四个角已经塌了，夜明珠的光芒渐渐黯淡下去。一片昏暗中，隐约可见叶敏玉挥剑斩开坠落的石块，奋力冲到林攸身边，与他扭打在了一起。

周琰觉得呼吸一窒，像有只冰凉的手捏住了他的心。

他突然明白叶敏玉为什么跑回去了。

为了……他的解药！

"砰！"

巨响声震耳欲聋。

石室的顶端整个陷落下来。

周琰想冲过去找叶敏玉，但是被贺笑风拉住了胳膊，只能眼睁睁看着那熟悉的身影晃了几晃，最后体力不支似的跌倒在地，瞬间被飞扬的尘土吞噬。

"师侄——"

无人应声。

脚下的地面还在微微震颤，但坠落的石块已经减少了许多。

周琰不顾贺笑风的阻拦，一把甩开胳膊上的那只手，冒险冲了回去。叶敏玉先前站立的地方已被尘土掩埋，周琰手中无剑，只有一柄剑鞘可使，他胡乱挥动一阵之后，发现用起来不太称手，干脆将剑鞘一扔，徒手去翻挖那些乱石。

他一边找一边大叫叶敏玉的名字，没过多久，一双手已是鲜血淋漓。

贺笑风颇讲义气，把那一麻袋的宝贝丢在一旁，拔出柄削铁如泥的匕首，也跟着翻找起来。

　　短短半盏茶的工夫，对周琰来说却像一生一世那么长。他既怕寻不着叶敏玉，又怕寻到血肉模糊、浑身冰凉的叶敏玉。

　　也不知过了多久，当周琰挪开一块乱石时，忽见剑光一闪，宝剑的凛冽锋芒直透上来。

　　周琰心中一动，连忙叫道："师侄？"

　　"师叔……我在这里……"叶敏玉虚弱的声音传了上来。

　　周琰精神大振，跟贺笑风合力除去剩下的石块，片刻后，先是见着了那柄寒气凛凛的黄金剑，然后是叶敏玉沾满了泥污的手。

　　周琰一抓住那只手就再不肯放，直到气若游丝的叶敏玉被救出来时，他悬着的心才算落回原处。

　　叶敏玉身上有不少擦伤，披头散发的样子极为狼狈，但是左手一直紧握着，被他牢牢护在胸前，到了这个时候才松开拳头。

　　碧色瓷瓶悄然滑落，恰好跌在周琰的掌心里。

　　周琰愣了愣，抬头一看，只见叶敏玉的脸上尽是尘土，只一双眼睛仍是亮亮的，笑道："师叔，解药。"

　　周琰没去管那救命灵药，仅是看着叶敏玉道："何必为了解药去冒这样的危险？你若死了，我也必不能独活。"

　　叶敏玉笑着应："我待师叔之心，正如师叔待我之心。"

　　周琰觉得心跳得厉害，一时间出不了声。

　　周琰紧抓着叶敏玉不放，叶敏玉又舍不得拂开他的手，最后是贺笑风实在看不过去，忍不住咳嗽了几声："石室可能还会继续塌陷，你们两个就算要互诉衷肠，也请换个地方好不好？"

　　叶敏玉面上一红，挣扎着从地上站起来。

周琰也是筋疲力竭，只好跟他分开一些，低头捡回了先前扔掉的剑鞘。

三人正要离开，突然听见暗处有人低低叫了一声，那声音虽然不甚响亮，却含着一种凄厉之意，听起来十分瘆人。

叶敏玉循声望去，但见杜云跌坐在坍塌的墙角边，而沈渊正伏在他的身上，替他挡住了压落下来的巨石。

原来先前那当胸一剑并未伤到沈渊的要害，他智计过人，故意装出一副气息奄奄的样子，避过了众人耳目。黑暗中乱斗之时，他本可以趁乱逃出去的，但不知为了什么缘故，竟在危急关头扑上来护住了杜云。

如今他伤上加伤，倒在杜云身上一动不动，眼看已是不能活了。

杜云当然明白这个事实，狰狞的脸上再不见平常的狠戾，仿佛迷了心智一样，茫然又失神地瞧着沈渊。

如此惨状，任谁见了都觉心惊。

周琰记恨他伤了叶敏玉的脸，原是想仗剑上前的，不过叶敏玉毕竟心软，摇头道："师叔，算了，由他去吧。"

周琰这才忍下了，三人一面往外走，一面就提起了假林攸。

"一切事端都是这个假林攸挑起来的，也不知他是生是死？"

"我听杜云跟他缠斗时，曾唤他作'白辉'，想来这个才是他的真名。他既然是白家的人，恐怕没这么容易丧命。"

"此人精通易容之术，日后不得不防。"

走出几步之后，也不知是谁触动了机关，石室的门又缓缓合上了。

叶敏玉回一回头，只见杜云依旧坐在原处，看着沈渊道："你以为救我一命，过去的情仇便可两清了？哈哈，就算到了阴曹地府，

你也仍是欠着我的！"

　　说罢，他纵声长笑起来。

　　然后手腕一翻，将早已藏在袖中的匕首狠狠扎进心窝。

第十七章

马车一路向南。

来时是冰雪漫天，回去时却已是春归大地。

周琰特意放慢了驾车的速度，任马儿慢腾腾地往前跑，好多欣赏一下沿路春意盎然的美景。叶敏玉紧挨在他身边坐着，被和煦的微风吹得昏昏欲睡。

唯有贺笑风特立独行，非要盘了腿坐在车顶，好显摆自己的轻功。

他三人离开无影城快半个月了，周琰服下瓷瓶中的药丸后，身上的剧毒果然解了，只差武功还未完全恢复。叶敏玉本来就只受了些轻伤，当然痊愈得更快。倒是贺笑风运气最好，平白得了一麻袋的宝贝。

他对此颇为得意，时不时夸耀一下自己的本领，末了再翻个跟头，倒挂在马车顶上，对叶敏玉道："不过我这趟出门最大的收获，就是结识了一个好兄弟。"

顿了顿，他转而又对周琰说："姓周的，我这叶兄弟才是真正的稀世珍宝，你可定要好好待他。"

周琰哭笑不得，只好一本正经地说："我自当尽力而为。"

紧接着他又想起一件事来，道："你既然认了我师侄做结拜兄弟，便也是比我小着一辈了，总是'姓周的''姓周的'这么叫我，恐怕于礼不合吧？"

贺笑风"哎哟"叫了一声，差点从马车上跌下去，懊悔道："糟糕，糟糕，我认兄弟时没想那么多，这下可给你占了大便宜啦！"

"何止？你日后若是见了我师兄，也得规规矩矩地磕一个响头，老老实实地听他说教。"

贺笑风登时脸色大变，仿佛听见了天下间最可怕的事情，慌忙把腿一勾，重新坐回了车顶："叶兄弟，我想起还有一件要紧的宝贝没偷，我要先走一步了。青山不改，绿水长流，不必相送！"

他这人一贯来无影去无踪，这回也是一样，"相送"两个字才刚说完，就见车顶轻轻一晃，人已去得远了。

叶敏玉喊不住他，愕然道："师父又不是会吃人的妖怪，大哥怎么吓成这样？"

"吓跑了也好，省得他整日缠住你不放。"

"师叔，你该不会是故意的吧？"

周琰只是笑笑。

叶敏玉叹了口气，从怀里摸出一样东西来，道："大哥既已走了，我便不必继续藏着这个了。"

"什么东西？"

周琰凑过去一看，原来是半卷经书。

当日在石室里，杜云跟白辉就是为了这经书打得不可开交，后来更是被他们撕成了两半，只是不知怎么竟到了叶敏玉手中？

叶敏玉见他疑惑，就解释道："我去白辉身边偷解药的时候，顺便把这个也摸了过来。"

"你大哥偷东西的本领，你倒也学了几成，只是为何不能让你大哥知道？"

"大哥的性子你也了解，若是被他得到这半卷经书，必定要嚷嚷得天下皆知，到时候难免招来祸端。按照我的私心，最好是将这害人的东西毁了。"

"既是传说中的武功秘籍，毁了未免可惜。"周琰想了一想，

道，"不如你先留着，等将来见了师兄，再交给他保管就是了。"

"如此甚好。"

他们两人边说边把手中之物翻来覆去地看了几遍，但无论怎么看，都只是普普通通的经书而已，跟武学二字扯不上半点关系，也不知是杜云他们弄错了，还是经书里另有玄机？

叶敏玉本就对此不太上心，随便看了几眼，也就丢过一边了。

周琰满以为贺笑风跑了之后，他就可以跟叶敏玉痛饮一番了，不料刚到下一个城镇，叶敏玉就去买了几本书回来，捧着四书五经埋头苦读。就连晚上进了客栈房间，他也不忘挑灯夜读，周琰问起时，他就一脸认真地答："我这段日子只顾着舞刀弄枪，许久不曾读书练字了，即使赶不上明年的春闱，也不可太过荒废了。"

周琰记得叶敏玉曾说过要考秀才的，没想到他经了江湖风浪，这念头仍旧不改。周琰虽觉得他呆气甚重，却又无可奈何，所以也不去打扰，自己先上床睡了。

长夜漫漫。

周琰在床上翻来翻去，等了许久都只看见叶敏玉读书的背影，忍不住出声道："师侄，你看了这么久的书，也该停下来歇一歇了，当心伤了眼睛。"

叶敏玉应了一声，却仍旧慢慢翻着书页，连头也不抬一下。

"师侄……"周琰不死心地又叫一遍。

叶敏玉这才摆了摆手，说："师叔你先睡吧，我再多看一会儿。"

周琰大觉无趣，拉过被子往头上一蒙，哼哼道："好好好，你自去当你的状元郎、驸马爷，以后不必理我了。"

叶敏玉听得好笑，总算放下书走到床边，戳一戳那卷成一团的被子，问："师叔你生气了？哪里来的状元郎、驸马爷？"

周琰正等着他来问，突然掀开被子，道："你这么刻苦读书，不就是想考状元吗？日后到了金銮殿上，那公主见你相貌俊俏，可不是要招你做驸马吗？"

　　叶敏玉被他逗得笑起来。

　　这么慢悠悠地往前行着，不久又到了江陵附近。

　　从前的种种纠葛，多半与这个地方有关，所以此次故地重游，两人心中都是别有一番滋味。

　　按照周琰的意思，最好就是绕道而行，免得进了城里又惹来一场风波。

　　但叶敏玉记挂林攸的事，忍不住道："那个假的虽被我们识破了，真的林公子却不知如何了？"

　　"放心，他现在应该平安无事。"

　　"可我记得白辉另有一个蒙面的黑衣同伙，此人功力深厚，显然并非杜云，万一……"

　　"关于这人的身份，我多少已猜着一些了，只是没有真凭实据之前，我不好随意说出口来，以免坏了某位武林前辈的声誉。"

　　叶敏玉了解他的顾虑，点头道："既是如此，师叔不说也罢，只是……我们当真不去江陵瞧瞧？"

　　周琰揉了揉他的发顶，道："一来我不方便插手此事，二来我也不想你再惹上麻烦，所以已经写了封信回凌云山，请师兄出面解决这件事了。"

　　"师父肯下山来？"

　　"我在信中说尽了好话，师兄纵使自己不下山，也定会派个得力的人来帮忙。"

　　叶敏玉点了点头，心知周琰这么大费周折，主要是为了避嫌。

他一贯言出必行，既然答应了自己，即使担心林攸的安危，也不会再同他扯上关系了。

叶敏玉心中欢喜，便不再提起江陵的事，只道："师叔的酒快喝完了，我明日去多买几坛回来。"

周琰生平最好这个，自然是连声应好。

本来他把一切安排妥当，这回总该顺利送叶敏玉回家的，不料几日后他们绕路而行，驾车经过江陵城外的树林子时，恰好撞见一伙歹人作恶，追着一个村妇打扮的女子不放。那女子衣衫凌乱、鞋袜不整，边跑边高呼"救命"。

周琰跟叶敏玉皆是侠义心肠，岂会见死不救？一个忙停了马车，另一个则仗剑而出，直接冲过去救人。

叶敏玉本以为这伙人是普通的地痞无赖，谁知交上手后，才发现他们个个都是练家子，而且武功不弱。好在叶敏玉的轻功得贺笑风指点，比以往精进不少，再加上手中宝剑锋利，"唰唰唰"数剑之后，很快就把人吓退了。

对方临走之前，还狠狠瞪了他几眼，似要记下他的相貌衣着。

叶敏玉不知这伙人是什么来历，一时也不敢去追，回身一看，周琰已经救下了那个女子。他忙收了宝剑，走过去道："师叔，这位姑娘怎么样了？可是受了惊吓？"

"她没有受惊，我倒是被吓着了。"周琰冲他眨了眨眼睛，笑说，"师侄，你说这事巧不巧？你竟接连救了这位姑娘两次。"

"啊？"

说话间，那女子把包头的布巾一扎，披散开一头如云的乌发来，但见她长眉入鬓、容色如玉，可不正是龙游帮的大小姐、严双凤严姑娘？

叶敏玉还记得上回出手相救，却反而挨了一巴掌的事，连忙往旁边避了避。

周琰也走过来护在他身前，凑到他耳边低声道："师侄你跟这严姑娘可真是有缘，好在你救我的次数更多，就算要以身相许，也总是先轮到我。"

叶敏玉瞧了严双凤一眼，奇道："严姑娘，你怎么是这副打扮？"

大半年不见，严双凤的大小姐脾气倒是收敛不少，不过仍是英姿飒爽的样子，先抱了抱拳头，跟周、叶二人道了谢，然后才道："我这是为了避人耳目，没想到还是被沙海帮的人寻着了。"

怎么又是沙海帮？

那个什么方帮主除了调戏良家女子，就没别的事情可干了吗！

叶敏玉曾跟沙海帮的人交过手，这时略一思索，道："沙海帮的人好像没有这么好的身手。"

严双凤冷笑一声，道："那么便是白云庄的人，反正也差不了多少。"

"什么？"

听得"白云庄"三字，周琰跟叶敏玉异口同声地叫了出来，他俩人对视一眼，同时问道："此事跟白云庄有关？"

严双凤理了理鬓角，道："此事说来话长。"

叶敏玉这才想起她仍是衣衫凌乱的狼狈模样，叫一个姑娘家这副样子站着说话，那可太过怠慢了。他跟周琰低声商量了几句，将严双凤请进了马车里，等她整理过鞋袜之后，二人才隔着帘子同她叙话。

严大小姐虽然刁蛮任性了些，性情却是直爽大方，三言两语就说清了整件事的来龙去脉。

228

原来数月之前，游龙帮的严帮主突然失踪了，至今下落不明、生死未卜。游龙帮群龙无首，处处被沙海帮压制着，那姓方的更是乘人之危，使了许多下流手段逼迫严双凤同他成亲。

叶敏玉最见不得别人欺凌妇孺，皱眉道："这方帮主实在是欺人太甚！"

"哼，他还不就是仗着有白云庄在后头撑腰。"

"白云庄的少庄主……"

"少庄主同样是失踪已久，老庄主多年前就闭关练武、不问世事，只因出了这件事，才不得不出面替儿子主持大局。岂料他刚出关不久，就跟沙海帮的人勾结上了。江陵城本来就是他们的地盘，如此一来，行事当然要方便许多。"

叶敏玉想起周琰之前提到的那位武林前辈，心中忽有所动，只是周琰既然不说，他便也没有多想，听严双凤接着说道："我是宁死也不肯嫁给那个方帮主的，只是我一死虽然容易，却等于断送了帮中兄弟的活路，所以一日一日地拖着，盼望我爹能平安归来。我今日易装出城，也是想探一探我爹的消息，哪知这么快就被那伙人盯上了，差点给他们捉了去。"

叶敏玉回想今日之事，心中暗叫好险，问："不知严姑娘今后有何打算？"

"我虽是一介女流，却也不能任人拿捏。我心中已有计较了，若半月之后依然没有我爹的消息，我便……"严双凤是江湖儿女，也不管那许多礼数，把马车的帘子一掀，毅然道，"便在江陵城内摆下擂台——比武招亲！"

叶敏玉闻言大吃一惊。

周琰却击了击掌，笑道："严姑娘倒真是有勇有谋，使出比武招亲这一招，当着江湖众人的面招了夫婿，姓方的再怎么卑鄙无耻，也没办法从中作梗了。"

"但万一胜出的人是那方帮主呢？退一万步讲，就算姓方的武功不济，在擂台上打不赢严姑娘，可江湖上鱼龙混杂，也不知最后取胜的人是谁？"

"无论谁都好，只要不是师侄你就成了。"周琰边说边笑，被叶敏玉瞪了一眼之后，方才正色道，"而且严姑娘想出这个主意来，必是有些缘故的，若我猜得没错，姑娘你可是有意中人了？"

严双凤平日行事干脆利落，却被他这一句话问住了，脸上倏地一红。

"那人的武功想必不差，相貌也生得很俊俏，是不是？"

"他可不像你这般好看，也不似叶公子这样和和气气的。他、他对我凶得狠，总是骂我骄横无礼。"严双凤难得露出些女儿情态，低声说，"可我心里就是想着他。"

叶敏玉听了这个解释，仍旧觉得太过冒险了，道："严姑娘确定那人会来？当中若是出了什么差错，岂不是要误你终身？"

严双凤贝齿一咬，毫不犹豫地说："我这一生是好是歹，全攥在我自己手中，何必去靠一个臭男人？"

"好，"周琰从前跟她有些过节，这时却是真心赞赏，"如此巾帼，堪胜须眉。"

叶敏玉亦是叹服，再没有什么好出言相劝的。

此时天色已晚，他们又说了几句，就送严双凤回城了。

周琰跟叶敏玉原本还想着绕道而行，如今撞见了这件事，当然不可能袖手旁观，只好也在江陵城内找间客栈住了下来。

两人夜里谈起此事，都觉得严帮主的失踪跟沙海帮脱不了关系，

至于白云庄为何会牵扯进去，倒还要仔细探查一番。因为怕打草惊蛇，他们白天不怎么出门，仅在夜里出去探探情况。

如此过了数日，严帮主的下落尚无头绪，比武招亲的日子倒是一天近过一天了。这日周琰打了一壶好酒回来，叶敏玉正陪他在房中品着，忽听小二在外头敲门，说是有位客人来找他们。

叶敏玉只当来的是严双凤，忙说了一个"请"字，不料房门开后，进来的却是一个男子——来人相貌平平，不苟言笑，身上穿一袭青色的衫子，除了个子略高一些，其他并无特别之处，看上去像是个寻常书生。

但周琰见了他的面，顿时脸色大变，拉着叶敏玉的手就往窗边跑，似乎那书生是吃人的妖怪变成的，吓得他想跳窗而逃。

那书生见他如此，竟也浑不在意，自己走到桌边坐下了，语气平和地问："师弟，你这是要去哪里？"

第十八章

周琰听得"师弟"二字，只觉得头皮发麻，手虽然抓在窗沿上，却是跳也不是，不跳也不是，只好苦笑道："师兄这一路走来，想必是口渴得很了，我下楼去叫壶茶上来。"

魏凌天"嗯"了一声，道："那你去吧，不过未得我允许之前，不准再踏进这扇房门。"

他练的乃是一门静心功夫，万事万物皆不上心，说话的口吻总是平平淡淡的。但是听在旁人耳里，偏偏让人不敢违逆。

周琰连声应是，苦着脸跳下了窗子。

叶敏玉倒是极为欢喜，快步走回去恭恭敬敬地磕了三个头："弟子拜见师父。弟子不能侍奉在师父左右，心中十分挂念，不知您老人家的身体可还康健？"

魏凌天也不叫他起来，就任他这么跪着，慢腾腾地动手倒了杯茶，道："嗯，万幸还不曾给你气死。"

叶敏玉一阵尴尬，知道他跟周琰的事已经被师父知晓了，却又不敢多问，便道："师父这次下山，是因为看了师叔的信吗？"

"我是在山上听了太多风言风语，方才下山瞧瞧。你师叔生性放荡不羁，再惊世骇俗的事也干得出来，但你一贯乖巧懂事，从来也不让人操心，所以我只当那些是江湖传言，应当不足为信。不料今日一进房门，就看见……"

"师父，"叶敏玉并不为自己辩解，朗声道，"弟子惹来这么多闲言碎语，有污凌云派的名声，甘愿受师父责罚。不过，我并不认为自己有错。"

"你师叔已被逐出师门，你这样同他在一起，难道还大有道理？"

叶敏玉虽然低着头，却是一字一句，掷地有声："我既然认定了师叔，日后自然敬他重他、守他护他。我自认只要做到这一点，那就问心无愧了。"

魏凌天听后静了一会儿，默默转动手中茶杯，隔了许久才吐出几个字来："既违礼数，又逆伦常。"

叶敏玉答不上话，伏在地上的身体微微发颤，却听魏凌天又道："但只要你将来不会后悔，为师也管不住你。"

"师父？"

"你十来岁就被爹娘送上山来，为师可算是看着你长大的，知道你平日看似听话，固执起来却很倔强。就算我现在打断了你的腿，只怕你也要爬去你师叔身边。"

"多谢师父……"

"我只说不管你，可没说赞成你同他一般放荡不羁。"

"是，弟子明白。"

"好了，抬起头来让我瞧瞧。"

叶敏玉怔了怔，虽不知师父是什么意思，却还是乖乖抬起了头。

魏凌天居高临下地望他几眼，闲闲地说："我来江陵的路上，听人说你被歹人所害，连一张脸都毁了。我还当伤得如何厉害，原来只是小题大做。"

叶敏玉点头道："确实只是一点小伤，师父不必记挂。"

"不过我既把东西取了来，也不能浪费了。"说着，魏凌天随手将一个药盒扔给了叶敏玉。

叶敏玉打开盒子一看，见里面的药膏是乌黑的颜色，却又散发着淡淡清香，与寻常的伤药大不相同，忍不住问："师父，这药

膏是……？"

魏凌天一口一口地喝着茶，满不在乎地说："是我从一个朋友那里要来的，据说药效不错，也不知是真是假，你就随便用用吧。"

叶敏玉深知师父的性情，他既这样说了，送出手的必是难得一见的灵丹妙药。他倒不在乎脸上的伤疤能否褪去，只是想到师父如此关心自己，实在是说不出的高兴。于是他仔细把药盒收进怀里，又给魏凌天磕了三个响头。

魏凌天待他磕完了头，方才将手一挥，道："膝盖跪得不疼吗？快起来吧。"

叶敏玉果然觉得腿有点软了，起身后先往魏凌天杯中添了些茶水，然后垂手立在一旁，陪着他说了一会儿话。

两人说的多是些习武练剑的事，直到天色渐渐暗下去，叶敏玉才开始心不在焉起来，一次次地朝窗外张望，问："师父，你今夜住在哪里？"

"我已要了隔壁的一间客房。"

"那么师叔……"

魏凌天知他担心什么，却仍是不动声色地说："他既然这么喜欢跳窗子，就让他在窗外站上一夜也好。"

叶敏玉再不忍，也不敢这时候替周琰求情。

魏凌天不准叶敏玉出去找人，就连晚上吃的饭菜，也是叫小二送到房里来的，等到他回自己房间时，都已是夜深人静了。

叶敏玉挂心周琰，正想出去看看，却忽听窗子被人轻轻敲了两下。他心头一跳，立刻猜到是谁了，走过去一看，果然看见周琰从窗外爬了进来。

他边爬边唉声叹气道："师兄可算是走了，我在外面等得腿都酸了，见他房里的蜡烛亮了，才敢重新爬回来。"

叶敏玉又是好笑又是心疼，随即道："师叔忘了吗？师父不准你进这房间。"

周琰可不管这个，理直气壮地说："师兄说不许我踏进房门，所以我可是特意从窗外跳进来的，还不够听他的话？"

叶敏玉闷笑不已，心想师父若是听了这话，恐怕气也要给他气死了。不过周琰都已爬了进来，他也不好再把人赶出去。

周琰问："师侄，那老顽固有没有为难你？"

"师父既不老，也不顽固。"

"是是是，师兄他驻颜有术，虽是一派掌门，又在江湖上成名已久，但瞧着比我大不了几岁。只是他七情不动、六欲不生，恨不得当了和尚才好，行事难免不近人情。"

叶敏玉摇头道："师父已说了，不会插手来管我们的事。"

"什么？"

周琰显然不太相信，叶敏玉便同他在桌边坐下了，把魏凌天说的话细细重复了一遍。周琰听完之后，第一个念头就是要看那盒药膏。他本身不通医理，分不出那药的好坏，但既是魏凌天给的，必是千金难求的灵药，所以用手指沾了些膏药，就着烛火往叶敏玉脸上抹去，边抹边问："师兄说你时，你心里是怎么想的？可曾觉得后悔了？"

他自己一向视礼教为无物，但想到叶敏玉从来是循规蹈矩的性子，总怕这一念之差会害他终身。

叶敏玉原本老老实实地让他上药，听了这句话后，立刻摇了摇头，义正词严地说："我跟师叔既已有了约定，我自然是要负责到底的。若是言而无信，岂非成了背信弃义之人？"

周琰听罢，只觉得心头一震。他抬手敲了敲墙壁，扬声道："师兄，你听见了吗？"

　　叶敏玉哭笑不得，说："你这是存心要气师父吗？师父耳力甚好，一定什么都听见了。"

　　"放心，师兄又不是小娃娃了，就算真的听见了，也不会随便生气的。"

　　叶敏玉疑心他是故意的。

　　反正等第二天早上起来时，隔壁房间已是人去楼空，魏凌天也不知是不是半夜被气跑的，连只言片语也没留下。

　　叶敏玉原本还想上街去找，却被周琰一把拉住了，劝道："师兄的脾气你还不清楚？岂会为这一点小事动气？他定是另有要事去办了。"

　　叶敏玉愣了一愣，立刻明白过来："难道……师父去查白辉和那黑衣人的事了？"

　　"嗯，师兄不是带了盒伤药给你吗？他既知道你脸上的伤因何而来，定然不会轻饶害你之人。"

　　叶敏玉点点头，想到魏凌天虽然严厉，对自己却是疼宠至极，这个猜测确实颇有道理。

　　"有师兄出手相助，我们倒可以轻松许多。"周琰因怕叶敏玉误会，本来就不想插手此事，这时更是异想天开，道，"最好几日后的擂台比武，师兄也能去撑一撑场子，到时候任凭沙海帮有天大的本事，也翻不出什么花样来了。"

　　叶敏玉素知他行事不羁，但这个主意也太过荒唐了，忙道："以师父的身份武功，若真上了比武招亲的擂台，岂不是要被天下人笑话？何况师父练的乃是本门的静心功夫，万事万物皆不上心，举凡斗棋、拼酒、比武等要分输赢的，他老人家一概不会沾染。"

"师兄这是要当神仙了？我见他这次出门，竟连兵刃也没有带。"

叶敏玉微微笑道："师父哪里用得上兵刃？他就算随手折下一根树枝来，也胜过我那柄宝剑了。"

周琰离开师门已久，并不知他师兄的武功练得如何了，就跟叶敏玉多聊了几句。他俩人原本以为魏凌天很快就会回来，谁知等了几日都没动静，倒是比武招亲的日子如期而至了。

游龙帮人多势众，早早搭起了比武招亲的擂台，引了不少老百姓来看热闹。周琰跟叶敏玉赶过去时，擂台四周已是人头攒动，里三层外三层地围了不少人。远远望过去，只见严双凤穿一袭红色劲装，腰间佩一对双刀，刀柄上系着的红绸带随风飘舞，端的是英姿飒爽、明艳动人。

惹得底下不少人摩拳擦掌，跃跃欲试地想要跳上擂台。

严双凤见人来得差不多了，便抱拳为礼，大大方方地对众人道："多谢各位英雄好汉看得起游龙帮，肯给小女子这个面子，来参加这次比武招亲。其实小女子今日摆下擂台，一是为了觅得如意郎君，二则是有件关乎我游龙帮的大事要宣布，也请在场的各位做个见证。"

严双凤的目光在人群中慢慢扫过，与周、叶二人对上时，冲他们点了点头，接着说道："众所周知，我爹失踪已经有段时日了，正所谓帮中不可一日无主，所以小女子虽然不才，却也只好暂代帮主之位了。而且帮中的几位长老早已商议过了，不管我将来嫁不嫁人，待我爹百年之后，这帮主之位……都只会由我承继。"

此言一出，底下不禁一片哗然。

"什么？这严大小姐莫非是疯了不成？她一个女人当什么帮

主？"

"严姑娘武艺高强，只要游龙帮的人服她，有什么不可以的？"

"哎哟，那些冲着游龙帮才来参加比武的人，这下可要大失所望了。"

议论的人虽然不少，但很快就被游龙帮帮众的叫好声压了过去，可见严双凤在帮中威信甚高，果真是人人信服。

叶敏玉知道她说这一番话，为的就是防着沙海帮的吞并之举，不禁赞道："严姑娘果然好手段。"

"嗯，接着就看沙海帮如何接招了。"说话时，周琰的目光一直落在擂台的西北角。

叶敏玉跟着望过去，只见那处黑压压地站了一群沙海帮的人，被簇拥在当中的是个油头粉面的年轻人，手中折扇轻摇，正是那位见了美人就抢的方帮主。他听了严双凤的一番话后，自然是气得直咬牙，不过还算沉得住气，并没有马上发作。

比武招亲很快就开始了。严双凤武功不弱，一对双刀尤其使得凌厉，三拳两脚就把前几个比武的人打下了擂台。方帮主直到这时才越众而出，摇着折扇上了擂台，拱手道："严姑娘，在下也来领教一下你的高招。"

严双凤杏目一瞪，新仇旧恨一齐涌上心头，喝道："你这淫贼来得正好，本姑娘正想给你点颜色瞧瞧！"

说罢唰唰唰三招，真个是运刀如风，出手又快又狠。

台下立刻有人叫了声好。

但她这招使得虽好，那方帮主却拆得更妙，折扇一拨一挑，以柔克刚，以慢打快，竟轻而易举地化解了她的攻势。严双凤并非鲁莽之人，趁着招数尚未使老，连忙手腕一翻，转而进攻方帮主的下盘，凭着灵活的身法与他游斗起来。

满场只见红绸飞扬、衣袂翩翩，看得人眼花缭乱。

叶敏玉看出那方帮主的武功更胜一筹，很是为严双凤捏了把汗。

周琰则越看越觉得古怪，喃喃道："不对……"

"师叔，怎么了？"

"我从前为了抢回你的剑鞘，曾经跟沙海帮的帮主交过手，他当时的功夫可没这么厉害。"

"可能他这一年里勤练武功……"

"不对！你看这人的兵刃虽是折扇，现在使得却是运剑的诀窍，如果他手中换上一柄剑的话，这套剑路像极了一个人……"

周琰这么一提，叶敏玉立刻想起了某个人来，两人对视一眼，同时喊道："白辉？"

"没错，一个人的易容术再精妙，武功底子也是改不了的。他当初在地下密道跟杜云拼命的时候，使的正是这套剑法。"

"没想到他这回竟扮成了沙海帮的帮主。"

"那个方帮主本身就是个草包，就算被调包了，恐怕也无人知晓。"

"糟糕！严姑娘可绝不是他的对手！"

说话间，严双凤的状况已是险象环生。

她的本领本就不及白辉，只因白辉不想伤了她，方才手下留情，让她强撑到现在。即使如此，她也只剩下了招架之力，被白辉逼得步步后退，眼看就要跌下擂台了。

叶敏玉早就做好了出手相助的打算，这时既然识破了白辉的身份，当然更加忍不下去，转头叫了声"师叔"。周琰冲他点点头，二人拔剑出鞘，同时施展轻功，飞身跃上了擂台。

他俩一个出剑挡住白辉的折扇，另一个出手救下了快摔倒的严双凤，动作配合得天衣无缝。只是这么一搅局，却叫台下的看客摸不着头脑了。

白辉将折扇一展，装出方帮主风流不羁的调调，笑说："两位这是什么意思？这儿可是比武招亲的擂台，就算要比武，也该一个一个地来。否则……严姑娘只有一个，可没办法同时嫁你们两个。"

周、叶二人原是想联手对敌，被他这么一噎，顿时僵在了那里。

本来凭周琰的武功，大可跟白辉单打独斗，只是他怕当着天下英豪的面胜了比武，岂不是成了严双凤的未来夫婿？到时候可就骑虎难下了。

正为难间，忽听身后有人叹了口气，也不知打哪儿挥来一阵柔和的掌力，将周琰和叶敏玉双双送下了擂台。

叶敏玉也就罢了，周琰这么个江湖上的成名人物，竟然只一招就着了人家的道儿，岂有不惊之理？待他回头一看，更是大惊失色，愕然道："师兄？！"

第十九章

叶敏玉怔了怔，看清立在擂台上的人确实是魏凌天后，不由得又惊又喜："师父，你怎么来了？"

魏凌天双手负在身后，淡淡地"嗯"了一声，没有开口答他，只是对易容成方帮主的白辉道："现在擂台上只剩下你我二人了，这样可算合乎规矩？"

原来不知什么时候，连严双凤也已被他的掌力送下了擂台。

白辉纵然不曾见过魏凌天的面，只听叶敏玉的那声"师父"，也已经猜到他的身份了，当下真是进退两难。他拿扇子遮了遮脸，强笑道："当然。正所谓'窈窕淑女，君子好逑'，没想到连鼎鼎大名的凌云派的掌门人，也难过严姑娘这道美人关。"

白辉故意当着众人的面点破魏凌天的身份，为的就是用言语挤对他，好逼他下擂台。毕竟以魏凌天的身份地位，跑来参加比武招亲，实在有些不伦不类。

哪知魏凌天练的乃是一门静心功夫，旁人如何议论，他丝毫也不放在心上，一等白辉说完，便冷冷道："出招吧。"

白辉自知不敌，目光悄悄向台下扫去，道："在下岂是魏掌门你的对手？魏掌门既然这么仰慕严姑娘，一心想娶她为妻，那晚辈也只好成人之美了……"

叶敏玉见他越说越不像话，忍不住叫道："师父，此人并非真的方帮主！"

"没错，他精通易容之术，连别人的声音神态也学得惟妙惟肖。"周琰跟着起哄道，"师兄，不如揭下他脸上的人皮面具来玩玩。"

"胡闹。"

魏凌天嘴里虽这样说，笼在袖中的右手却突然一翻，猛地朝白辉脸上抓去。

白辉吃了一惊，急忙侧身闪避。他虽然连连后退，脚下换了数种步法，面门却始终罩在魏凌天的掌力之下，怎么也甩脱不了。而魏凌天的左手一直负在身后，仅用一只右手对付他，眼看着快要揭下那张人皮面具时，突然又有一人飞身跃上了擂台。

这次上来的是一个黑衣老者，长须飘飘、精神矍铄，一双眼睛精光内敛，哈哈笑道："魏掌门就算一时技痒，也用不着欺负一个小娃娃吧？来来来，让老夫陪你过几招。"

这番话说得中气十足，字字句句都清晰地传进了每个人耳里，足见内力深厚。

"是白云庄的林庄主来了？"魏凌天袖子一卷，将右手重新笼回了袖中，不慌不忙地应道，"听说阁下这几年闭关练功，许久不曾踏足江湖，今天怎么来凑此热闹？"

"魏掌门远道而来，老夫岂有闭门不见的道理？"

"哼，看来我昨夜从白云庄救走的两个人，果然不是无足轻重之辈。"

"什么？昨夜原来是你……"

黑衣老者登时脸色大变，一掌朝魏凌天挥去。

魏凌天见招拆招，应变得十分从容。

这一场高手对决，立刻吸引住了多数人的目光，当然也有些人摸不着头脑，好好的比武招亲，怎么完全变了味道？

"这老头当真是白云庄的老庄主？他不是连孙子也有了吗？还来比什么武？"

"嘿嘿，就不兴人家看上了严姑娘的美貌，想把她娶回去当填房？"

严双凤性子最烈，平日若听了这番话，定要出手教训出言不逊之人，这时却像是置若罔闻，一双眼睛紧紧盯在魏凌天身上，手心里都捏出了汗。

叶敏玉则越看越觉得那黑衣老者的功夫十分眼熟，对周琰道："师叔，难道林老庄主……"

"你也瞧出来了？没错，他就是那个三番五次想杀我们的黑衣人。"

"可是林公子不是他的亲生儿子吗？"

"嗯，正因如此，我才断定真正的林攸没有性命危险。"

叶敏玉这才恍然大悟："难怪白辉能易容成林公子的样子而不露破绽，原来是有人在暗中保他。"

他俩说到这里，才发现白辉已经趁乱跳下了擂台，正打算挤进人群之中。

"师叔，我去追他！"

叶敏玉的宝剑早已出鞘，这时便足下一点，使出贺笑风教他的绝顶轻功，越过人群直追上去。周琰怕他追不上，还在后面喊道："姓白的，你不想要那半卷经书了吗？"

白辉的脚步果然顿了一顿。

只这片刻的迟疑，叶敏玉的宝剑已至，锋利的剑尖朝他脸上挑去。白辉躲避不及，只听"哧"的一声，左脸上的半块面皮竟被硬生生扯落下来。

白辉"啊"地叫出声来，连忙抬手捂住自己的半边脸孔。

饶是如此，众人也已看清了他这时的模样——半张脸仍是方帮主的，另外半张则陌生至极，苍白得不见半点血色。

沙海帮的人见此情景，自然是群情激奋。

"这人是谁？"

"咱们的方帮主呢？"

"难道真被调包了？"

白辉倒也聪明，眼见得人人拥上前来，忙把手中折扇一扬，高声道："谁要是敢挡我去路，你们的方帮主可就活不过今日了！"

此言一出，沙海帮的帮众投鼠忌器，果然不敢拦他。反而叶敏玉被人群挤在当中，再好的剑法也使不出来，只能眼看着白辉扬长而去。

丁零零——丁零零——

就在此时，远处忽然响起一阵清脆的铜铃声。

一辆马车慢腾腾地从路边驶过来，车子的四个角上各悬着一枚铜铃，帘子由锦绣织就，车顶有明珠点缀，也不知是哪家的千金小姐踏春出游。驾车的是个背负长剑的年轻人，虽然样貌生得挺俊，脸上却是一副天真烂漫的神气，令人一见就心生好感。

但白辉见到他后，竟是面色大变。

"三哥，我可算找着你啦。"那年轻人笑眯眯地从马车上跳下来，拍掌道，"你出门玩儿怎么也不带上我？害我这一路找得好辛苦。"

白辉可丝毫没有兄弟重逢的喜悦，反而露出全神戒备的表情，问："你怎么会在这里？"

"大哥说你不遵家主号令，丢尽了白家的脸面，叫我抓你回去受罚。"

"就凭你？也配？"白辉冷笑道，"不过是个野种罢了！"

那年轻人像听不懂"野种"是骂人的话，仍旧笑得眼儿弯弯："大哥说什么就是什么，三哥你还是乖乖跟我回去吧。否则要是断了胳膊断了腿的，那就不能陪我玩啦。"

说着，他反手抽出背负的长剑。

　　这柄剑样式古朴、钝而无锋，一看就知道分量不轻，敢使此等重剑的人，若非臂力惊人，就是内力过人，也难怪那年轻人敢口出狂言了。

　　白辉听后，脸上一阵青一阵白的，怒道："你以为大哥是当真看重你吗？他只不过是在利用你罢了。既不教你读书识字，也不教你人情世故，只教你怎么当一条狗。"

　　那年轻人仍旧听得似懂非懂，微微皱起了眉头。

　　这时马车里蓦地传来了一阵剧烈的咳嗽声。原来车内坐着的并非什么闺阁小姐，而是一个气若游丝的病人，用沙哑的嗓音道："恒弟，何必跟他废话？"

　　"是，大哥。"

　　那年轻人精神一振，立刻挥动手中的长剑，朝白辉攻了过去。他的剑法十分古怪，一招一式看似毫无章法，却偏偏每一剑都威力惊人，连脚下的地面都被剑气划出道道裂痕。普通人要费尽力气才能使出来的招数，在他这里却像小孩子玩耍一般轻松。

　　这一场兄弟阋墙的好戏，倒是丝毫不比擂台上的决战逊色。

　　白辉的易容术独步天下，武功却算不得一流，怎敌得过那年轻人天生神力？勉强撑过十几招后，他脚步一个踉跄，被那年轻人拿住了脉门。

　　"白恒，快放开我！"

　　"那可不成，大哥说绝不能让你跑了。"

　　那年轻人边说边点了白辉身上的几处大穴，右手一提一抛，轻轻松松地把人扔进了马车里。原本坐在车内的人又低声咳嗽起来，像是随时都会断气似的。紧接着就听白辉发出一声惨叫，仿佛发生了什么骇人至极的事。

围观的众人听了，不由得一阵毛骨悚然。

那年轻人却是习以为常，笑着跳上马车，回头对车内的人道："大哥，你别把三哥弄死了。他的眼睛生得这么漂亮，我想挖出来当弹珠子玩。"

车内的人边咳嗽边说了一句什么话，惹得他哈哈直笑。

丁零零——丁零零——

随着铃声又响起来，那马车渐渐去远了。

沙海帮的众人这才如梦初醒，想起他们帮主还在白辉手上，忙叫爹骂娘地追了上去。

叶敏玉跟白辉本就没有深仇大恨，只是见不得他作恶罢了，现在白家的人既已出面，他便不再多管闲事了。回身一看，擂台上的比武还在继续，而且已到了最关键的时刻！

两大高手比完了掌力，这时正在比拼内力，魏凌天双掌齐出、神情自若，林老庄主则是满脸通红，头顶缓缓升起一股热气，一时也看不出究竟谁强谁弱。

台下的看客原本还在猜测着谁能娶到严姑娘为妻，这时却都忘记了此事，一个个屏气凝神，等待着胜负揭晓。

唯有周琛的目光落在别处，悄声对叶敏玉道："师侄，你瞧瞧那边的屋顶。"

叶敏玉顺势望去，只见不远处那家客栈的屋顶上立着两道人影，一个是失踪已久的游龙帮帮主，另一个一身白衣、容颜清俊，分明是个翩翩公子。

叶敏玉心中一动，不禁叫道："是真的林公子？"

"嗯，这个我可说不准，但世上应当不会有这么多假林攸。"

"林公子怎么会在这里？难道师父昨夜救的两个人……"

"应该就是他们。"

话音未落，已听得"砰"的一声，擂台上比拼内力的两人各退了一步。魏凌天调息运气，慢慢收回了双掌，林老庄主则站立不住，嘴角淌下了血来。

胜负已分。

见此情形，林攸连忙从屋顶上跳了下来，飞奔过来扶住他爹的胳膊，对魏凌天道："魏掌门，你答应过饶我爹一命的。"

"我确实答应过你。"魏凌天点点头，冷然道，"不过你爹同别人合谋伤了我那徒儿，此事可不能轻轻揭过。"

林老庄主倒也硬气，马上就说："成王败寇，魏掌门，既然是我输了，自然任你处置。只可惜我尚未参透那半卷经书中的秘密，否则今日一战……嘿嘿，可真不知是谁输谁赢。"

"爹，事到如今你还执迷不悟？你为了练成绝世武功，暗算我这个亲生儿子也就罢了，还三番五次地与武林正道为敌，这次若非魏掌门出手阻止，白云庄的百年基业……只怕要毁在你的手中。"

"哈哈，跟天下第一的武功比起来，区区一个白云庄算得了什么！"

"魏掌门，看来我爹已是走火入魔了，你能不能……"

林攸求情的话还未说完，魏凌天已经并指如剑，毫无预兆地出手了。他掌风似刀，紧贴着林老庄主的头皮掠过，却没有伤他分毫，仅是一下击落了他头上的发冠。

这一招刚柔并济、举重若轻，实在是精妙绝伦。

林攸不由得叫出了声。

林老庄主在鬼门关走过一遭，也是吓出了一身冷汗。

魏凌天倒是气定神闲，慢慢将手负至身后，朗声道："天下武学，各有所长，何来第一之说？若能将本门本派的功夫练至登峰造极，未必不能称雄。若不去走那些旁门左道的捷径，你白云庄的武功……今日未必会输。"

　　林老庄主身形一晃，像是突然间醒过神来，"哇"地吐出一口鲜血，缓缓倒了下去。

第二十章

院子里那一树梨花早已盛开，随着微风送来阵阵清香。

周琰同林攸站在树下赏花，看那白雪似的花瓣片片飘落，倒是别有一番风致。周琰随身带着的酒葫芦里装满了美酒，他一边大口喝酒，一边问林攸道："你爹的伤势怎么样了？"

"他本就只受了些内伤，运功调息之后，现在已无大碍了。"林攸一身白衣，清冷出尘的模样与这美景极为相衬，"说起来，多亏了魏掌门最后说的那番话，解开了我爹多年来的心结。他如今不再去想什么天下第一的武功，整日里含饴弄孙，倒也快活。"

"那好得很哪，老庄主也是时候享享清福了。"

林攸安静了一会儿，慢慢转头看向周琰，道："我真没料到我爹会找一个外人来冒充我，更没想到他们会设下圈套害你，听说你还因此受了伤？我实在是……"

周琰忙打断他的话，笑说："好在真相已经大白，何况你吃的苦头可不比我少，此事就不必再提了。"

"但这次若非周兄你出手相助，我白云庄可就要名誉扫地了，光是我爹跟两大帮派结下的梁子，就未必能够善了。"

"这都是我师兄的功劳，我可什么忙也没帮上。"

"听说你师兄一向不问世事，要不是看在你的面子上，也不会来蹚这趟浑水吧？"

周琰暗暗好笑，心想他师兄不甩他白眼就不错了，哪里会给他面子？魏凌天会插手此事，多半是为了给叶敏玉出气。

可惜林攸不知个中原委，认定了是周琰出的力，对他又是愧疚又是感激，真心诚意地说："我跟周兄你许久不曾聚过了，趁着

今日天气正好，我请你好好喝一杯吧。"

说话时，一片花瓣随风飘落，正落在林攸肩上。

林攸便侧了侧头，修长如玉的手指轻轻拂过肩头。他半垂下眼睛的样子十分动人，让周琰一个晃神，瞬间想起了两人初遇时的情景。

当时月色如水。

林攸长身玉立，身姿挺拔地站在月光下，脸上一副骄傲又冷漠的神气。

转眼就是十年。

周琰怎么也料不到，十年之后，他竟会遇上另一个知己。他很快就回过神来，将酒葫芦系回腰间，哈哈笑道："你若真要谢我，请我吃顿饭也就够了，喝酒却是不必了。"

"怎么？我记得你一贯是好酒如命的。"

"嗯，我这毛病肯定是改不了啦，只不过酒嘛……自然有人会买给我喝。"

林攸呆了呆，原本想问那人是谁的，但随即想起自己的立场，把刚到嘴边的话又咽了回去。

周琰也不愿多做解释，朝他挥一挥手，道："时候不早了，我先回客栈去休息了，你也多多保重。"

"周兄，你……你何时再来白云庄做客？"

"这个可说不准，不过我浪迹天涯，必会有再见之期。"

说罢，他潇潇洒洒地转身离去。

林攸欲言又止，终于没有开口叫住他，只是怔怔站在原地，看那背影越行越远。

周琰一次也没有回头。

他知道林攸还站在原处，也想象得出满地落花被风吹起的情景多么旖旎，但那样无可取代的回忆，还是留给十年前的那个自己吧。

走出白云庄的时候，日头还未落山。

周琰早吩咐叶敏玉先回客栈的，可惜这傻小子不听话，一直在外头等着他。周琰走过去时，一眼就看见他站在路边的酒铺里，跟掌柜的聊得正欢。

"……所以要酿出好酒啊，最要紧的就是有耐心，能沉得住气。哪道工序都得认认真真的，否则稍微差上一点，这味道可就大不相同了。小兄弟，我瞧你年纪这么轻，恐怕学不好这门手艺。"

"没关系，我慢慢学，总能学会的。"

"你这么一个大少爷，只要肯花些银子，什么样的好酒买不到？何必自己去酿呢？"

叶敏玉微微一笑，道："我师叔就爱喝酒。"

"哦哦，那你师叔他老人家可有福啦。"

"喀喀。"某位老人家适时地咳嗽两声，在叶敏玉跟前晃了一晃，用那张俊脸证明他还一点都不老。

叶敏玉忍着笑问："师叔，你的事情办妥了？"

"嗯，回客栈吧。"

叶敏玉应了声"好"，付完了酒钱后，拎上两坛子酒跟着周琰往前走。他明知道周琰刚和林攸见过面，却绝口不问两人说了些什么，反而兴致勃勃地谈起刚学的酿酒之道："原来酿酒跟练武功一样，也有这么多讲究，真是一点都马虎不得。"

周琰听得好笑，道："那掌柜的是生意人，不会真把诀窍教给你的。"

"嗯，所以我回去还要好好琢磨琢磨。"叶敏玉一脸认真的表

情，好似他正要去苦心钻研的不是怎么酿酒，而是哪一本绝世剑谱。

周琰顿觉心里痒得厉害，忍不住放慢脚步，左顾右盼了一阵。

"师叔，你这是干什么？"

"嗯，瞧瞧师兄有没有跟在后面。"

"师父这会儿早回客栈了，怎么会跟踪我们？"

周琰点点头，这才放下心来，道："我今天跟林攸见过面了。"

"我知道。"

"他说要请我喝酒。"

"师叔跟林公子是至交好友，是应该好好聚一聚……"

"不过我没答应他。"

"哎？"

周琰道："我以后只喝你亲手酿的酒，好不好？"

叶敏玉没有出声，只是一个劲地点头。

等两人慢悠悠走回客栈时，天都已经黑了。叶敏玉料得不错，魏凌天果然回了客栈，而且又住他们隔壁那间房。

叶敏玉顾不上吃饭，急着去给师父请安。

周琰怕挨师兄的骂，便一个人关在房里喝酒，等了大半个晚上，才见叶敏玉回来。他料想魏凌天舍不得宝贝徒弟挨饿，因此开口就问："在师兄那儿吃过饭了？"

"嗯，师父说他明天一早就回凌云派。"

"这么快？"周琰怕叶敏玉没吃饱，又塞了块糕点给他，道，"不如我们也准备准备，就这几日动身吧？"

"不在江陵多玩几天吗？"

"我早答应了要送你回家的，可不能一拖再拖了，何况此间大事已了，再待下去也没什么意思了。"

这话倒是事实。

沙海帮吞并游龙帮的野心最后以一场比武招亲的闹剧收场，林老庄主退出江湖，白辉又被白家人抓了回去，想必再不能兴风作浪，唯一还没摆平的……大概就是严双凤的亲事了。当日跳上擂台的人虽然不少，最后却没能招到一个如意郎君，此事已在江湖上传为笑柄了。

叶敏玉也听了不少流言，很是为她不平："严姑娘是被逼无奈，为了保住游龙帮才想到比武招亲的，谁知那个方帮主竟是白辉假扮的，而严姑娘的心上人又一直没有出现……知道内情的人当然佩服她有勇有谋，不知道的人却笑话她嫁不出去。"

周琰颇觉好笑，一边催他吃些东西，一边问："你怎么知道严姑娘的心上人没有出现？"

"难道那个人也来了？师叔知道他是谁？"

"稍微猜到一些。"

叶敏玉张了张嘴，刚想问个明白，嘴里就被周琰塞了一块桂花糕。

"好了，你明天还要一早起来给师兄送行吧？吃完就快点睡吧。"

"嗯，嗯……可是严姑娘的心上人……"

叶敏玉越想知道，周琰就越是不说，只是笑道："等时机到了，你自然就会知道，反正不是你我就对了。"

既然周琰故意要卖关子，叶敏玉便不再追问下去，吃完糕点后早早睡了，第二天又一早起来送魏凌天出城。

魏凌天不苟言笑，一路上没说几句话，到了临别的时候，才把周琰叫过去训了几句。周琰被骂了也仍是笑嘻嘻的，一直点头应是。

叶敏玉听不清他们的说话声，一等魏凌天打马而去，他就扯住周琰问："师叔，师父跟你说了些什么？"

"师兄这么疼你，还能说些什么？当然是叫我不许欺负你，否则就打断我的腿。"

魏凌天外表看着严厉，实际上却最是护短，这么说倒也不奇怪。叶敏玉刚想问问周琰是怎么答的，就见一匹快马从江陵城内疾驰而来。那马跑得飞快，马上之人的骑术也真是了得，快到周、叶二人跟前时，才突然勒住缰绳，高声问："魏掌门呢？"

嗓音清亮，红衣似火。

"严姑娘，你也来给我师父送行？"叶敏玉没想到严双凤会来，愣了一下才道，"可惜你来迟一步，我师父他已经走了。"

周琰在旁边插嘴道："应该走得不远，严姑娘现在追上去还来得及。"

严双凤默不作声，咬着嘴唇极目远眺，一双眼睛含情含愁、似嗔似怨，也不知有没有瞧见她心中所想的那个人。片刻后，她突然银牙一咬，向叶敏玉道了声谢，策马直追上去。

红衣白马一闪而过。

叶敏玉怔怔地回不过神："严姑娘不是来送行的吗？怎么也走啦？她……"

他蓦地想起昨夜跟周琰的对话，愕然道："难道严姑娘喜欢的人是……"

周琰眨眨眼睛，道："你能不能多一个师娘，就要看严姑娘有没有本事了。"

叶敏玉怎么也想不到严双凤会跟魏凌天扯上关系，脑子一时转不过弯来，接下来几天一直在嘀咕这件事。周琰拉着他到处乱晃，该吃吃、该喝喝，把江陵城逛了个遍。

　　等到吃饱喝足之后，两人才收拾东西离开江陵。他们一路上并辔而行，越往南去，江南的景色就越是迷人。

　　眼看归家在即，叶敏玉没有近乡情怯，周琰却有点惴惴不安。当日魏凌天那关倒是好过，只要插科打诨就能混过去了，现在叶敏玉爹娘这一关却难应付了，他总不能厚着脸皮说不好意思，我把你家儿子拐去与我仗剑天涯了吧？

　　叶敏玉也知道他在担心什么，特意舍了自己那匹骏马，与周琰共乘一骑，安抚道："我爹娘跟师父一样，向来十分宠我，定也会对师叔爱屋及乌。"

　　"他们当然宠你，只怕却不太认同我。"周琰苦着脸说，"到时候恐怕会将我痛打一顿，然后赶出门去。"

　　叶敏玉被他逗得笑起来，好不容易才忍住了，指一指腰间佩剑，正色道："师叔，我有没有跟你提过这柄宝剑的来历？"

　　"听说是长者所赐？"

　　"嗯，我十八岁生辰的时候，我娘取了珍宝阁的钥匙给我，叫我自己去挑……"

　　"珍宝阁？"周琰早知叶敏玉出身富贵，但听到这里还是吓了一跳，问，"师侄，我到了你家之后，是不是还得跟着学四书五经？"

　　叶敏玉不理会他的胡言乱语，接着说道："那阁中的宝物琳琅满目，也不必一一细数了。当时这柄宝剑混在其中，并不见得如何起眼，甚至剑鞘上还积满了灰尘，若非正巧被我瞧见了，真不知何年何月才能重见天日。"

　　"可你偏偏一眼相中了？"

　　叶敏玉颔首道："后来我时常会想，宝剑蒙尘，或许只是为了

258

等待识剑之人。唯有谁懂得它的锋芒，它才肯为谁出鞘。"

　　说到这里，周琰已听懂话中之意，低声问："那么，我可是懂你之人？"

　　叶敏玉目光如水，回头笑道："除你之外，天下还有何人？"

　　夕阳西下，只见淡淡霞光映照在那柄黄金剑上，璀璨生辉，无限温柔。

（完）

番外一：送嫁

锣鼓喧天。

送嫁的队伍浩浩荡荡，迤逦着往城外去了。

街头挤满了看热闹的人，瞧着那嫁妆一抬又一抬，流水介的送出来，真个是十里红妆、锦绣生辉。

"谁家嫁女儿这样大手笔？这嫁妆得有一百二十八抬了吧？"

"还能有谁？就是那个叶家。"

"那个江南首富的叶家？不知结亲的是什么人家？"

"自然也是富贵之家！女婿刚考中了今科进士，前途无量。"

这样一门好姻缘，众人听了无不称羡。

又有人问："出嫁的是叶家的三小姐吧？听说叶府还有一个小少爷，从小送了去外面学武的，至今仍未说亲？"

"这小少爷自小体弱，因而备受疼宠，乃是金玉堆里长大的，普通人家的姑娘哪里匹配得上？你家大妞虽然生得美貌，还是死了这条心吧。"

"哎哟，我不过随口问问，随口问问。"

在众人的议论声中，送嫁队伍吹吹打打的出了城。

新娘的花轿比寻常轿子精致得多，轿帘上绣了满幅的鸳鸯戏水图，轿子的四个角上各悬了一串拇指大的明珠，随着微风轻轻晃动。

喜娘跟在花轿边上，问轿子里的新娘子："姑娘渴不渴？要不要喝点水？"

等了好一会儿，才听里头的人低低"嗯"了一声。

嗓音清越，煞是好听。

只是这新娘子未免太害羞，这一路上文文静静的，就没听她说过半句话。

喜娘将水壶递过去，就见轿帘掀开一角，从里头伸出来一只白皙如玉的手，接过水壶后，又把帘子严严实实地遮上了，连个面儿也不曾露。

啧啧，赶明儿见着了新姑爷，不知这叶家姑娘得羞成什么样？

轿子里响起了喝水声，连这动静也是斯文秀气的。

喜娘不由得想，到底是大户人家教养出来的小姐，这规矩就不一样！

叶家嫁女，嫁妆足有一百二十八抬，各种金银玉器、绫罗绸缎、古玩字画不一而足。因着送嫁的人多，路上走得便也慢，走了多半个时辰才上了官道。敲敲打打的锣鼓声早就停了，日头毒辣辣的有些晒人，喜娘正想叫停下来歇一歇，忽听得一阵马蹄声从远处传来。

马蹄声杂且乱，来得怕有二三十骑。等到了近前，才看清是一伙黑衣汉子，人人身上背着钢刀，明晃晃的好不吓人。

众人见了这阵仗，心中无不一惊。

也不知人群中谁喊了一声："来、来山贼啦！"

更是将大伙吓得不轻。

好在叶府的管家是个老成的，当下不慌不忙，组织起家丁护卫来迎击贼人。尤其是新娘子的那顶花轿，一下就被护卫们团团围了起来。

为首的贼人是个髯虬大汉，相貌生得凶神恶煞，他见叶府的护卫训练有素，便打了个呼哨，叫道："小子们，动起来。"

群匪一呼百应，纷纷扬鞭策马。他们却并不直接动手，而是一边呼喝，一边绕着送亲队伍来来回回的打转。马蹄扬起细沙，被

风一吹，乱蓬蓬的迷了护卫们的眼睛。

原来这也是贼人的手段之一。叶府的护卫没有经验，很快就乱了阵脚。

那髯虬汉子哈哈大笑，骑着马朝花轿这边冲来。

几个护卫被他撞翻在地，喜娘更是吓得躲在了一旁。那髯虬汉子在花轿前勒住了马，道："听闻叶家小姐花容月貌，老子今日倒要见识见识。"

说着，竟用手中的钢刀去掀轿帘。

刀尖刚碰着帘子，就见寒芒一闪，从轿子里头探出来一柄长剑，轻轻压在那刀刃之上。

髯虬汉子"咦"了一声，急忙挥刀应对。

刀剑相交，只听"铛"的一声，那柄钢刀竟然断成了两截。

接着轿帘一晃，有人从花轿里走了出来。此人身着大红嫁衣，头上盖着大红喜帕，原该是位娇滴滴的新娘子。可这新娘子的手里，却握着一柄摧金断玉的利剑。

髯虬汉子好生惊讶，道："想不到叶家小姐竟是个练家子。"

那新娘子将红盖头一掀，笑道："谁说我是叶家小姐？"

只见他芙蓉玉面、青丝玉冠，虽然相貌俊秀，但分明是个年轻男子。

叶府的管家见了他，不由得叫道："小少爷！"

叶敏玉回眸一笑，说："陈伯，待我收拾了这贼人，再来同你叙旧。"

说话间连出三剑，剑光快若闪电，直取那髯虬汉子的命门。髯虬汉子失了兵刃，只能在马上左躲右闪，骏马受惊后长嘶一声，突然扬蹄而立，将髯虬汉子颠下马来。那髯虬汉子功夫倒也不差，危急中一个鹞子翻身，勉强稳住了身形。

但还未等他站稳，叶敏玉的长剑又已攻至了。

那髯虬汉子倒也是个人物，虽被叶敏玉打了个措手不及，但很快定下神来，靠着一双肉掌与叶敏玉缠斗，竟也没落下风。

斗到酣处，忽然又有一匹骏马飞驰而来。

马上一个青年剑客，端的是英俊潇洒、顾盼神飞，他身后坐着个美貌女子，奇的是，那女子也穿了一身大红嫁衣。只听那剑客高声道："师侄，我将新娘子送来了。"

叶敏玉应道："有劳师叔了。"

两人说话之时，那马已到了近前。

叶府的管家见了马上的女子，惊讶道："小姐，你、你怎么在这儿？"

叶小姐下得马来，跺了跺脚，气道："还不是我这好弟弟出的主意！"

叶敏玉一面与那髯虬汉子打斗，一面说："阿姐，我义兄行走江湖，听闻有一伙匪徒看上了你的嫁妆，打算半途打劫，特意飞鸽传书告诉了我。我怕路上出事，这才来了一出偷龙转凤。"

"哼，区区几个毛贼，多派几个侍卫就能应付了，何必你亲自动手？爹娘拘了你在书阁里，让你好好念书，你倒好，又趁这机会偷跑出来了。"叶小姐说着，狠狠剜了周琰一眼。

帮着叶敏玉偷跑出来的人正是周琰。他自知理亏，不敢与叶小姐对视，目光落在那髯虬汉子身上，道："咦？这不是北武林的巨盗，封狼寨的郭大当家吗？你怎么跑这儿来做买卖了？我这师侄可比你小着一辈，你跟他打，这不是以大欺小么？来来来，换我来会会你。"

叶敏玉听得好笑，知道周琰是怕他打不过那髯虬汉子，要来替他解围。叶敏玉的武功虽然不弱，但应付起这等江湖上的成名人物，还是有些吃力。他也不逞强，当即道："好呀，师叔，接剑！"

　　说着，将手中的宝剑一掷。

　　周琰同他自有默契，旋即接剑在手，接替了他的位置。周琰与叶敏玉师出同门，使得也是同一套追风剑法，但是出剑更快，剑招也更为凌厉。

　　那髯虬汉子本已熟悉了叶敏玉的剑路，自忖再走上二三十招，定能叫叶敏玉撤剑认输，但此刻换上了周琰，局面可就大不相同了。两人刚一交手，他就觉剑光如电，扑面而来，真正疾若追风，叫人防不胜防。若非应付得快，他身上已多了好几个透明窟窿了。

　　髯虬汉子带来的那些手下功夫也都不弱，这时见首领遇险，纷纷围拢过来想要相助。叶敏玉脚尖一挑，从地上挑起一柄剑，道："我师叔与你们大当家的正在比剑，各位莫要扰了他们的兴头。"

　　说罢施展轻功，身姿翩然，如穿花绕树之蝶。他的轻身功夫更在剑法之上，只听"哎哟""哎哟"连声，髯虬汉子的那群手下尚未回过神来，已被叶敏玉出手放倒了。

　　那髯虬汉子跟周琰本就在伯仲之间，这时听得手下的叫声，更是心神不宁，出招时脚下踏错了一步。

　　周琰觑着时机，口中叫了一声："着！"

　　宝剑贴着髯虬汉子的手掌擦过，正正指住他的咽喉。

　　髯虬汉子那一掌虽也到了周琰胸口，却是怎么也拍不下去了。

　　周琰哈哈一笑，说："郭大当家的，承让了。"

　　髯虬汉子回头一看，见他带来的那一群手下，皆已被叶敏玉放倒在地了。这一局必输无疑，他只好收回手掌，苦笑道："在下技不如人，要杀要剐，悉听尊便罢。"

周琰就问叶敏玉："师侄，你说如何处置他们？"

"今日是我阿姐大喜的日子，自然不宜见血，我看不如……"叶敏玉眨了眨眼睛，说，"请他们喝一杯喜酒吧。"

众人听了这话，无不一脸愕然。

唯有周琰见怪不怪，朗声笑道："哈哈，说得好！不愧是我师侄，什么时候都不忘了请人喝酒。"

他将那髯虬汉子的穴道点了，收回宝剑道："行，就照你说的办。先留两个人在此守着，待送你阿姐出了嫁，再解开他们的穴道，请他们好好喝一顿酒。"

叶敏玉很快便安排好了此事，又将叶小姐送进了轿子里。

叶小姐端坐轿中，隔着轿帘道："等我出嫁之后，你可得回家去好好念书。咱们叶家书香门第，从未出过江湖浪子，你可不许跟着你那师叔胡闹。"

她说完之后，不见叶敏玉应声，掀开轿帘一看，却见周琰打马而过，朝叶敏玉伸出手道："师侄，走了。"

叶敏玉抓着他手，翻身上了马背，扬了扬手道："阿姐，过几日就是我师父的寿辰了，我先回一趟师门。你放心，我会好好念书的。"

话音未落，人已去得远了。

周琰策马扬鞭，问坐在身后的叶敏玉道："师侄，你当真就这么走了？"

"我若不走，岂不是又要被爹娘捉回去了？"

"你就一点也不担心你三姐？"

"封狼山的盗匪已经束手就擒，还有什么好担心的？"

"别忘了你义兄贺笑风。"

"我大哥怎么了？"

"你那大哥可是出了名的神偷。他见了你三姐的嫁妆，焉有不动心的道理？"

叶敏玉不服气道："君子爱财，取之有道。我大哥虽是神偷，却肯定不会去偷我三姐的嫁妆。"

"要不要跟我打个赌？若是输了，你再陪我大醉三天如何？"

"行啊，那若是师叔你输了呢？"

"那就、就……"

叶敏玉微微一笑，说："若是师叔你输了，你就陪我回一趟师门，如何？"

"咦？"

番外二：师门

叶敏玉紧赶慢赶，总算赶在魏凌天寿辰之前回了凌云派。

周琰则是被他硬拖上山的。他一边走一边还在做最后挣扎："师侄，我不去了行不行？"

"愿赌服输。师叔你答应了陪我回来的。"

"不是我想要赖，而是……你想想，明日就是师兄的生辰了，本来他老人家欢欢喜喜的做寿，结果见了我这个不成材的师弟，岂不是要凭白发一顿火吗？"

"师叔说笑了，师父他练的是一门静心功夫，从不动怒的。"

周琰苦着脸道："他对你当然和颜悦色，对着我可就不一定了。"

他们说话之时，不时见山下的农户抬着东西上山，什么牛羊鱼肉、蔬菜瓜果，应有尽有。

叶敏玉奇道："师父不爱铺张，往年寿辰，都只是师兄弟们聚在一块吃一顿，今年是要大摆筵席么？"

"说不定是做整寿？别看师兄相貌年轻，其实啊……"

周琰的话说到一半就停住了，因为他在这凌云山上见着了一个意想不到的熟人。

严双凤红衣似火，插着腰站在通往山顶的岔道口，正指点那些农户们往那条路走。

"这果子挺新鲜，先洗了送去魏掌门那儿吧。"

"羊肉？羊肉送去后厨。"

"我找的两个大厨呢？还没来吗？"

叶敏玉的两个师弟陪在严双凤身边，被她收拾得服服帖帖的，像两个跟班似的。

叶敏玉惊讶得回不过神。

还是周琰先开口招呼道："严姑娘，好久不见。"

严双凤挑眉道："你们回来了？怎么回来得这么晚，差点赶不上明日的寿辰了。"

她语气熟稔地将周叶二人训了一顿，接着问身旁的人："还有空的厢房吗？"

叶敏玉的一个师弟答道："叶师兄的屋子平日都在打扫的，随时可以住人，就是这位周师叔……"

"行了，我来安排。"

严双凤招了招手，就领着他俩往山上去了。路上遇着的师门弟子，都纷纷叫她"严姑娘"，严双凤落落大方，一一点头回应。

瞧她这做派，在山上住了也不是一日两日了。叶敏玉心中好奇，忍不住问："那日在江陵别后，严姑娘就跟着我师父来凌云派了？"

严双凤毫不扭捏，应道："魏掌门对我有救命之恩，我总想着报答一二。可惜我武功平平，只能帮着操办一下寿宴的事。"

她将偌大一个龙游帮也管得井井有条，办起此事来，自是得心应手了。

叶敏玉暗暗好笑，心想怪不得山上如此热闹了。

他们一行人到了魏凌天住的小院门口后，严双凤就停住了脚步，站在门口朝里头望了望，一副欲言又止的神气。最后却只是说："你们进去见魏掌门吧。"

叶敏玉当即进去拜见师父。

周琰却不敢去见师兄，在门口磨磨蹭蹭地打转，悄声问严双凤："严姑娘，你还没有拿下我师兄？"

严双凤瞪他一眼，道："我听不懂你在说什么。"

"你千里迢迢跟来凌云派，不就是想当我的师嫂么？"

闻言，严双凤俏脸飞红，不过倒没有否认，只是涩然道："魏掌门一心习武，无心儿女情长。我……我又是荆钗陋质，实在不堪匹配。"

"严姑娘说得什么话？我师兄练的内功心法，乃是一门静心功夫，越练越是寡情，到内功大成时，就彻底断绝七情六欲了。所以他现在跟块石头没什么两样，你就算在他身边呆上一万年，他也不懂你的心！"

"那怎么办？"

"依我看，你不如……"

周琰将严双凤拉到一边，低声耳语了几句。

屋内，魏凌天正低头看书，叶敏玉则站在一旁伺候茶水。

"听说你一回家，就被你爹娘关起来了？"魏凌天翻着书页，随口问道。

叶敏玉苦笑道："爹娘说送我上山习武，只是为了让我强身健体，可不想我当什么江湖侠客。他们把我拘在书阁里，非让我读书考状元。"

"那你是怎么跑出来的？"

"刚巧我三姐出嫁，我听说有人要打劫她的嫁妆，就替她上了花轿。等打发了盗匪之后，我就趁机跑出来了。"

魏凌天道："这定是周琰那小子出的主意。"

叶敏玉忙说："不是，是我自己想到。"

魏凌天瞧他一眼，说："你自打认识了他之后，可跟着学坏不少。"

叶敏玉无法辩驳，只好顾左右而言他："师叔怎么还不进来见师父？"

"他自知理亏，不敢来见我。"魏凌天低下头继续看书，说，"算了，不见也罢。"

叶敏玉陪着师父说了会儿话，直到天色渐暗，才出门去跟周琰一道吃了晚饭。

虽然明日才是寿宴，但这天晚上的伙食也不差。叶敏玉四下瞧了瞧，见师兄弟们都在，只是不见严双凤的身影。

因他俩回来得迟，来不及收拾厢房了，周琰就住在了叶敏玉房里。

睡到半夜的时候，突然有一壶冷水兜头浇下，将周琰冻得从床上跳了起来。"谁？刺客？"

叶敏玉睡得迷迷糊糊的，虽未被冷水淋着，却也吓了一跳，急忙抓过宝剑防身。

月色下，只见他房间的门少了半扇，呼呼的往屋里灌着冷风，而床前则站了个人——来人长身玉立，双手负在身后，虽因背着光瞧不清面容，但叶敏玉一下就认出他是谁了。

"师父？"

魏凌天一言不发，毫无表情的面孔上也看不出喜怒，仅是伸手一抓，揪住了周琰的衣领，直接将他拎出了门去。

"师父，你们去哪？"

叶敏玉穿上鞋子，急忙追了出去，只是等他追出门外，早不见魏凌天的身影了。他早知师父的轻功登峰造极，但直到这天夜里，才算真正见识到了。

这天晚上，整个凌云派的人都听到了周琰的惨叫声。

大家众说纷纭，谁也闹不清究竟发生了什么事。有说周琰被丢下了悬崖，有说周琰被打断了双腿，还有说……总之到了第二天

清晨，周琰就平安无事的回来了，只是被罚面壁思过，一个月不许踏出房门。

这天的寿宴自然也是照旧，只是原先准备好的美酒不翼而飞，一坛也没剩下了。是以筵席之上，众人只能以茶代酒，恭祝掌门人的寿辰了。

魏凌天高坐首位，面容沉静如水，依然看不出是喜是怒。

叶敏玉直到寿宴散了，才回房去看周琰。

周琰被罚面壁思过，不过好在凌云派并无专门面壁的地方，只是将人关在房中罢了。叶敏玉推门而入的时候，周琰还真老老实实地对着墙壁发呆。

叶敏玉暗觉好笑，走过去问："师叔，师父昨夜是如何罚你的？"

周琰讳莫如深，连连摇头道："还是不说为好。"

"那你是怎么得罪师父了？"

"我能怎么着他？是严姑娘……"

"啊，果然是为了严姑娘！今日一整天都没见着严姑娘，你是不是给她出了什么馊主意？"

周琰大喊冤枉："我不过是叫她抱一坛酒去师兄房里，直接表明心迹。否则纵是等上一生一世，师兄也未必能明白她的情意。谁知道后头发生了什么事，竟让师兄大发雷霆，大半夜的跑来折腾我。"

"师父才没有大发雷霆，他是、是……"

叶敏玉说不下去了，他也觉得今日的魏凌天有些古怪。但是穷极他的想象，也想不出那位千娇百媚的严姑娘能对师父做些什么。

他于是不再探究此事，只是说："师叔整日关在房里，肚子该饿了吧？我给你带了些吃的来。"

说着从怀里取出一个油纸包。

周琰打开来一看，竟是一只油光水滑的大鸡腿。他不禁喜笑颜开，道："好师侄，还是你明白我。"

说完又叹了口气："可惜没有酒喝，否则倒是可以跟你对饮一杯。"

叶敏玉笑说："谁说没有酒的？"

"不是说师兄一怒之下，将几十坛美酒通通砸了？"

"师叔你听谁说的？师父可没有砸酒，寿宴上的酒虽不见了，可我身边还带着一坛。"叶敏玉说到这里，手腕一翻，便从他衣袖中滑出一只小巧精致的酒坛子来。

这坛酒不过巴掌大小，端的是玲珑可爱，恐怕还不够周琰喝上三口的。不过周琰此刻见了，自然是如获至宝，连声道："师侄，你从哪里弄来的酒？"

叶敏玉有些不好意思，小声说："是我自己酿的酒。"

"咦？当真？"

"当初在江陵学了如何酿酒之后，我回家就试了一下。从家里跑出来的时候，也顺手将这坛酒带上了。因是我自己瞎琢磨着酿的，也不知道味道如何。"

"既是师侄亲手酿的，那我定要尝尝了。"

周琰拍开酒坛，只觉一股香气扑鼻而来。他取过酒杯，给自己和叶敏玉一人斟了一杯。他平日讲究大口喝酒大块吃肉，这时却把杯子凑到唇边，慢慢饮了一口。

叶敏玉紧张地问："如何？"

周琰眸光如水，含笑道："当世美酒。"

叶敏玉有些不信，自己也端起杯子喝了一口，只觉入口清冽，

果然味道不差。

两人举杯对酌，叶敏玉道："师叔给这酒取个名字吧。"

他酒量平平，只喝了这么几杯，脸上已浮起一抹艳红，当真面若桃花。

周琰心想，他虽被师兄禁了足，但能与叶敏玉这般对饮，实乃人生一大乐事。便道："如此风流的美酒，该当配个风流的名字，就叫……桃花醉吧。"

番外三：新年

寒风凛冽。

风吹得窗子哐当作响，叶敏玉刚生好火，就见屋门开了，一阵寒气扑面而来。推门而入的人一身白衣，鬓角上落满了零星的雪花，却更衬得他剑眉星目、相貌堂堂。

叶敏玉见了他面，不由笑道："师叔，你总算回来了。外头怎么样？"

周琰呵了呵气，抖落一身雪花，道："大雪封山，一时半会儿出不去了。"

叶敏玉起身迎了上去，见他双手冻得冰凉，忙倒了杯热茶递过去，问："我大哥呢？"

"他啊，"周琰捧着茶杯暖手，无奈道，"还在外头跟人打架。"

说话间，外头已传来打斗的声响。

叶敏玉凑到窗口一看，见外头漫天飞雪，有两道身影正在这大雪中缠斗。其中一人生了张娃娃脸，猫儿似的眼睛，颊边笑涡隐现，瞧来不过十七八岁，轻功却是绝佳。另一人相貌平平，手中握一柄最普通的青钢剑，武功却也不弱，两个人旗鼓相当，正好打个平手。

叶敏玉见他们难分胜负，便开口道："大哥，外头天凉，先进来喝口热茶罢。"

贺笑风应了声"好"，凌空翻一个跟头，也未见他如何动作，就轻松甩脱了身旁那人，向叶敏玉他们栖身的小屋掠来。

另一个人提剑追了几步，又停住不追了。

叶敏玉招呼道："这位……傅公子，不如也进来喝杯茶？"

那人并不搭理叶敏玉，只望了贺笑风一眼，轻轻哼了一声，掉头走了。

贺笑风一头撞进门来，正好听见叶敏玉这句话，便道："叶兄弟，你何必去管那家伙。"

"正所谓不打不相识，我们都被困在这山里，原该同舟共济才是。"

贺笑风的娃娃脸皱成一团，气呼呼道："若非他一路追着我不放，咱们岂会被大雪困住？"

周琰在一旁慢悠悠地喝茶，调侃道："也不知是谁一时手痒偷了人家的东西，人家当然要追着你不放了。"

"不过是一只玉镯而已，我哪知道……"

"哪知这是人家的传家之宝，要送给未来娘子的，你这小贼却去偷了过来，嗯……"

叶敏玉也道："大哥，你不该偷他这镯子的。"

"我不过是偷来瞧上一眼，回头就给他送回去了，哪知这姓傅的如此死心眼，一直追着我不放，从江南一路追到漠北来。"

虽说傅清的武功跟他不相上下，倒也伤不了他的性命，但他堂堂一个神偷，被人这么追着跑，自是不胜其烦，最后只好飞鸽传书向叶敏玉求援。结果叶敏玉和周琰赶来之后，刚巧遇上一场大雪，他们四人都被困在了山里。

"说来说去，都是你这小贼惹出的祸事。我跟师侄原本泛舟游湖，不知多么逍遥，如今却只能在此陪你忍饥挨饿。"

贺笑风委屈道："不就是大雪封山吗？等过些时候雪化了，自然就能离开了。"

周琰冷笑道："说得倒轻巧，明日就是除夕了，你让我师侄在这破屋里过年吗？"

"我跟叶兄弟义结金兰，自是有难同当有福同享，谁叫你来凑热闹的？"

"哼哼，我看福是没享着，难倒是不少。"

两人一言不合，眼看又要大打出手，叶敏玉连忙劝道："好了好了，反正这会儿也出不去了，不如想想明日如何过年吧。"

他们暂住在山间猎人建的小屋里，过冬的干粮倒是够了，只是既然过年，总要见一些荤腥的。周琰想了想，说："树林东面有一座大湖，我明日破开冰面，看能不能捉几条鱼上来。"

"好，"叶敏玉笑道，"那我就等着明日烤鱼吃了。"

贺笑风忙问："那我呢？"

"你？"周琰瞥他一眼，说，"别给我们添乱就成。"

贺笑风被他气得哇哇大叫，又要跟他打上一场，叶敏玉好不容易才劝住了。冬日里天黑得早，三人也就早早歇下了。

第二日雪住风停，竟是个难得的好天气。

周琰起了个大早，打算去多抓几条鱼的，不料贺笑风比他起得更早，大清早的就不见人影了。他推开房门一看，屋外不知何时堆了个雪人，胖乎乎的身子胖乎乎的脑袋，瞧上去憨态可掬，地上则歪七扭八的写了一行字：周琰大混蛋，我去猎兔子了，猎不到不回来！

一看就是贺笑风留下的。

周琰瞧着那雪人，很是哭笑不得。

叶敏玉倒是看笑了，说："这雪人跟师叔有几分相像。"

周琰无奈道："你这位义兄，真是叫人头疼。"

"大哥向来是这样的性情，师叔不必放在心上。"

"我岂会跟他一般见识？"周琰摆了摆手，说，"好了，去捉鱼吧。"

他昨日提到的那座湖就在树林东边，虽然离得不远，但因雪路难行，两人费了些功夫才到。湖水早已冻结成冰，湖面光可鉴人，四周的草木都裹上了一层银妆，此刻日头高升，淡金色的光芒落在湖面上，实在是一番笔墨难描的美景。

叶敏玉呵出一口气，道："想不到山中还有这等景色。"

周琰提了剑在冰面上凿洞，说："反正雪已停了，一会儿可以四处转转。"

他也算老江湖了，这捉鱼的手法自然不差，不多时就抓了一条活蹦乱跳的大鱼上来。叶敏玉瞧得有趣，也忍不住上前试试，周琰就手把手地教他捕鱼。

时辰过得飞快。他们中午啃了点干粮，下午又在山林里溜达了一圈，天色很快就暗了下来。等他俩回到暂住的小屋时，贺笑风却还没回来。

叶敏玉瞧了瞧窗外的天色，担忧道："大哥不会出事吧？"

"放心，你大哥可机灵得很，遇上危险跑得比谁都快。否则他这神偷不早给人打死了？"

叶敏玉一想也对，就先去生火烤鱼了。

鱼架在火上滋滋的烤，不时翻个面儿，待烤到外焦里嫩，飘出阵阵焦香时，再撒上一把盐花，味道着实鲜美。

周琰只尝了一口就赞好，最后狼吞虎咽，差点把贺笑风那份也给吃了，叶敏玉好不容易才抢了下来。

周琰指着窗外道："师侄，你知不知道对面那座山叫什么名字？"

叶敏玉摇头道："我从没来过此处，岂会知晓山名？"

周琰就说："那座山叫白首山。"

"师叔怎么知道？"

"你瞧那两座山峰，山顶积雪终年不化，又紧紧地挨在一处，可不正如一对白首偕老之人？"

叶敏玉听得一怔，这才知道他家师叔又在胡说八道了。

"原来是师叔自己取的名字。"

周琰得意道："我说的不对么？"

叶敏玉只好说："……对得很。"

他望了望周琰，又望了望那座白首山，忽然站起身来，推门走了出去。

周琰忙追上去道："师侄，你去哪里？"

叶敏玉指着屋外的那个雪人，说："大过年的，这雪人孤零零的独自在此，未免有些可怜了。"

周琰与他何等默契，立刻明白过来，笑说："那我们再堆上一个雪人，叫它俩成双成对，也不负这白首之名了。"

说罢动起手来。

这堆雪人不费什么力气，只一会儿功夫，周琰就又堆出一个白白胖胖的雪人，跟先前那个挨在一起，都是笑呵呵的样子，倒是十分喜庆。

叶敏玉感慨道："平常这个时候，师兄弟们已吃完了团圆饭，应该正放起炮仗来。"

周琰揉了揉他头发，问："是不是想家了？"

"还好。只不过师父罚你闭关思过，你却陪我偷跑了出来，也不知道师父他现在怎么样了？"

"还能怎么样？当然是有美人相伴了。我敢打赌，等我们回去的时候，你已多了一位师娘了。"

叶敏玉失笑道："又赌？师叔你前不久刚输给我。"

"这回可一定会赢了。"

"若是赌输了，拿什么做彩头？"

"师侄你说呢？"

叶敏玉眼波流转，望着远处的山峰道："若是输了，以后不论身在何地，不论何等风霜剑雨，师叔都如今日这般陪我过年，好不好？"

"当然好。"

周琰说完之后，又觉得有些不妥："若是我赢了呢？"

这个师叔，怎么变笨了？

叶敏玉笑吟吟道："当然是我陪师叔你过年了。"